涵泳宋词名句，提升文化底蕴
锻炼写作技巧，学会诗意表达

从宋词中汲取写作智慧

姜越 编著

远方出版社

图书在版编目（CIP）数据

从宋词中汲取写作智慧 / 姜越编著. -- 呼和浩特：
远方出版社，2023.11
（"魅力经典"系列）
ISBN 978-7-5555-1914-0

Ⅰ.①从… Ⅱ.①姜… Ⅲ.①宋词—诗词研究 Ⅳ.
①I207.23

中国国家版本馆CIP数据核字（2023）第140544号

从宋词中汲取写作智慧
CONG SONGCI ZHONG JIQU XIEZUO ZHIHUI

编　　著	姜　越	
责任编辑	王　叶	
封面设计	李　玉	
版式设计	姚　雪	
出版发行	远方出版社	
社　　址	呼和浩特市乌兰察布东路666号　邮编 010010	
电　　话	（0471）2236473总编室　2236460发行部	
经　　销	新华书店	
印　　刷	北京洲际印刷有限责任公司	
开　　本	710毫米×1000毫米　1/16	
字　　数	247千	
印　　张	17.25	
版　　次	2023年11月第1版	
印　　次	2024年1月第1次印刷	
标准书号	ISBN 978-7-5555-1914-0	
定　　价	66.00元	

前　言

　　宋词，是中华古典文学皇冠上光辉夺目的一颗巨钻，在古典文学的阆苑里，它是一座芬芳绚丽的园圃。它以姹紫嫣红、千姿百态的神韵，与唐诗争奇，与元曲斗艳，历来与唐诗并称"双绝"。

　　宋词是一种取材广泛、笔法灵活、篇幅短小、情文并茂的古典文学样式，含有丰富的文章写作技巧。

　　以记叙人物、事件、景物为主的宋词，一般来说，叙事，事件、时间、地点较完整；写人，人物形象鲜明；写景物，物象选择倾注作者的情感。另外，宋词在叙事的时候需要饱蘸情感，多用比喻、想象等修辞手法。

　　偏重于描写景物的宋词，作品所描写的景物必须完全真实，不允许夸饰和虚构，但又不是照相似的实录，而是作者融情于物，达到情景交融的再创造。

　　以抒情为主的宋词主要用象征、比兴、拟人等方法，通过对外在形象的描绘来传达作者的情思，其中托物言志是宋词最常用的手法。作者将情感融于某个具有象征意义的具体事物，借助象形联想或意蕴联想把主观情感表现出来。借景抒情也是宋词的重要写作技巧，宋词将感情寓于景物之中，赋景物以生命，明写景，暗写情，做到情景交融，情景相生。

　　以发表议论为主的宋词被称为议论性宋词，但它不同于一般的议论文。议论文用事实和逻辑来说理，而议论性宋词主要用文学形象来说话。它既有生动的形象，又有严密的逻辑；既要以情动人，又要以理服人；熔形、情、理于一炉，合政论与文艺于一体。

…………

人靠衣装，文靠言装。文章是语言的艺术，好的文章，一定有出彩的语言，或底蕴丰厚，情感充沛，或闪烁哲理光芒，或飘逸诗情画意，或人文精神高扬，或书卷气息浓郁……文章写作，要博得人的青睐，一定要有若干"亮点"闪烁其间，让人一见倾心。所以，我们可以用宋词作为写作的调料，提高文章品位。

学习并熟练运用宋词，既可以使语言生动、凝练，吸引读者的目光，又可使文章有内涵、深度，文意流畅触动情思，做到"读中华诗词，增文化内涵，赋作文之美"。

从宋词中汲取写作智慧

目　录

第一章　读宋词，学拟题立意

第二章　读宋词，学开头结尾

第三章 读宋词，学结构布局

第四章 读宋词，学人物刻画

第五章　读宋词，学景物描写

第六章 读宋词，学抒情技巧

第七章　读宋词，学议论方法

第八章　读宋词，学修辞方法

从宋词中汲取写作智慧

第一章

读宋词，学拟题立意

若到江南赶上春，千万和春住

——标题要轻松明快

◎ **出处**

宋·王观《卜算子·送鲍浩然之浙东》

◎ **原文**

水是眼波横，山是眉峰聚。欲问行人去那边？眉眼盈盈处。

才始送春归，又送君归去。若到江南赶上春，千万和春住。

◎ **注释**

卜算子：词牌名，北宋时盛行此曲。

鲍浩然：生平不详，词人的朋友，家住浙江东路（简称浙东）。

眼波：比喻目光似流动的水波。

欲：想，想要。

行人：指词人的朋友（鲍浩然）。

盈盈：美好的样子。

才始：方才。

◎ **译文**

水像美人流动的眼波，山如美人蹙起的眉毛。想问行人去哪里？到山水交汇的地方。

刚送走了春天，又要送你回去。假如你到江南，还能赶上春天的话，千万要把春天的景色留住。

◎ **赏析**

"水是眼波横，山是眉峰聚。"这两句，含义丰富，启人遐想。词人把明澈的水流喻为美人的眼波，把青黛的山峦喻为美人的眉峰，描写浙东山水的美丽可爱。同时，也可以理解为词人对鲍浩然心事的设想：波光漾动的流水是他心上人的眼波，脉脉传情；青黛的山峦是心上人的眉峰，因思念自己而满怀愁怨，眉头都蹙起来了。词人通过这一设想写出了鲍浩然"之浙东"的心切。与此相应，上片结句"眉眼盈盈处"也可以有两层理解：一是鲍浩然是去山水秀丽得像美人"眉眼盈盈"的地方，一是他是去与"眉眼盈盈"的心上人相会。

下片抒发词人的情怀。"才始送春归"，点明这里春刚逝去，说明词人心中满怀着伤春之愁；"又送君归去"则再添了别恨，心情就更痛苦了。最后两句是词人对友人鲍浩然的深情祝愿：希望他生活在"春"里。这个"春"既是指鲜花如锦的春天这一季节，也喻指他与心上人生活在一起。

◎ 写作应用

送别，是古代的一个永恒的主题。这是一首浸润着真挚感情的送别词，上片以眼波和眉峰来形容水和山，以眉眼盈盈处来显示浙东山水的清秀。下片写暮春送客又兼送春，并祝愿友人与春同在，体现出送行人的一片深情。表现了作者新巧的艺术构思和形象地刻画离情别意的艺术手段。

这首词，轻松活泼，比喻巧妙，耐人寻味，几句俏皮话，新而不俗，雅而不谑。有两点突出的地方值得注意：一是构思别致。词人把送春与送别交织在一起来写，充分表现出对友人的深情和对春天的留恋；二是比喻新颖。词人以眼波和眉峰来比喻浙东的山山水水，仿佛这位美人正期待着他的到来，贴切、自然，富有真情实感。

这首词有一个标题"送鲍浩然之浙东"，这会使我们很自然地想起李白的那首名作《送孟浩然之广陵》，连送别朋友的名字都一样！或许王观加这么一个标题，本身就有着开开玩笑的意思吧！

在我们的日常写作中，标题写得明快、轻松、真挚、庄重，乃至深刻的，都不罕见，但真正写出了幽默意味的，就比较难得了。幽默是一种天分，也可以是一种后天养成的能力和素质，它的要素一是发自内心的善意，二是一种从容调侃的心理优势。这两点，我们在王观的这首送别词中都可以看到。在这一方面，钱钟书先生的名作《围城》中，有着大量妙不可言的例子，非常值得我们好好品味和学习。

从宋词中汲取写作智慧

渡江天马南来，几人真是经纶手

——文章材料一定要与主题相符

◎ **出处**

宋·辛弃疾《水龙吟·甲辰岁寿韩南涧尚书》

◎ **原文**

渡江天马南来，几人真是经纶手。长安父老，新亭风景，可怜依旧。夷甫诸人，神州沉陆，几曾回首。算平戎万里，功名本是，真儒事、君知否。

况有文章山斗。对桐阴、满庭清昼。当年堕地，而今试看，风云奔走。绿野风烟，平泉草木，东山歌酒。待他年，整顿乾坤事了，为先生寿。

◎ **注释**

韩南涧：即韩元吉。辛弃疾居信州，与韩相邻，往来唱和频繁。

经纶：原意为整理乱丝，引申为处理政事，治理国家。

夷甫：西晋宰相王衍的字。他专尚清谈，不论政事，终致亡国。

沉陆：也说陆沉，指中原沦丧。

平戎万里：指平定中原，统一国家。戎，指金兵。

山斗：泰山、北斗。

绿野：唐宰相裴度退居洛阳，其别墅曰绿野堂。

平泉：唐宰相李德裕在洛阳的别墅名平泉庄。

◎ **译文**

自从高宗皇帝南渡之后，有几个人能真正称得上是治国的行家里手？中原沦陷区的父老乡亲期盼北伐，翘首眺望，南渡的士大夫们也慨叹山河破碎，国土沦陷，半壁河山至今依旧。而那些清谈家们面对大片国土丧失，何曾把收复失地、挽救危局、统一国家放在心上？算起来，我为平定金兵，戎马倥偬，已征战了万里之遥。横枪立马把金人赶走，建功立业，报效祖国，留名青史，这才是真正的读书人的事业。韩元吉啊，你是否明白这一点呢？

你的文章可以与韩愈齐名，被人视为泰山、北斗。你的家世尊贵显赫，门庭前的梧桐成荫，浓密清幽，一定会招来金凤凰。你生来就志在四方。今请看：若生逢其时，遭遇明主，你就会叱咤风云，崭露头脚，大显身手。现在你虽然辞官在家，寄情于绿野堂的景色与平泉庄的草木，纵情于东山上的歌舞诗酒，但古代名相的志趣并未丢，为国捐躯的壮志也并未减。等到将来，有朝一日，你再出山重整社稷，收复中原，完成国家统一大业之后，我再来为你举杯祝寿。

◎ 赏析

南渡以来，朝廷中缺乏整顿乾坤的能手，以致偏安一隅，朝政腐败。这两句力贯全篇，后面的议论抒情全由此而发。

北宋沦亡，中原父老盼望北伐；南渡的士大夫们，感叹山河变异"可怜依旧"。这就是宋室南迁近六十年来的社会现实！宋高宗在位三十五年，这是个彻头彻尾的投降派，任何屈膝叩头的事都做得出来，只求保住自己的小朝廷皇位。宋孝宗初年还有些作为，后来又走上老路。

词人接下来指责朝廷中一些大臣清谈误国："夷甫诸人，神州沉陆，几曾回首。"这里借桓温对王夷甫的批评，斥责南宋当权者使中原沦陷，不思恢复。

通过上述种种有力的议论，于是指出："算平戎万里，功名本是，真儒事，公知否。"辛弃疾在带湖闲居，提出"平戎万里"这样严肃的政治问题，既是对韩南涧的期望，更表现出他身在江湖，心存魏阙，对国事的关怀。

◎ 写作应用

这是辛弃疾一首很有名的作品，标题是"甲辰岁寿韩南涧尚书"。由于韩元吉与自己在抗金雪耻上的志向一致，所以，辛弃疾的这首祝寿之作就写得颇有特色，将对韩元吉的颂祷与自己的胸襟及人生志向融为一体。对于文章写作，材料的恰当使用是非常重要的。在这首词中，辛弃疾使用的东晋和唐代的一些历史材料，可以说是构成了它的主体。这些材料之所以显得毫不生硬，极为自然，关键的一点，就在于这些材料很是妥帖。东晋与南宋都因异族侵凌而南渡偏安，东晋的士子们对国事的忧虑已成为有名的历史典故，东晋的谢安和唐代的裴度、李德裕三位名相，都曾有过政治失意而悠游林下的时候，也都曾建立过除敌平乱的奇功。于是，这些都很自然地进入了处于此时此情此境的辛弃疾的脑海之中，作文的材料就有机地构织起来了。

大千世界，千姿百态，无所不包，无奇不有。材料之多，可谓"取之不尽，用之不竭"。一篇文章，不可能包罗万象，对材料必须有所选择。选材的首要标准，就是要根据文章主题的需要来决定材料的取舍。在不少教科书里，对选材的表述就是"去粗取精，弃劣存优"的取舍，这是不够确切的，因为它忽视了材料与主题的关系。文章中主题和材料的关系是相互依存、辩证统一的：处于主导地位的主题，首先受到作者所采集到的材料的制约，它本身从这些材料中提炼出来，且又要靠这些材料来表现；但是，反过来说，主题一经从材料中提炼和确立，就集中地体现着作者的目的、意图和愿望。王夫之的《夕堂永日绪论》中讲得很透彻："意犹帅也。无帅之兵，谓之乌合。"写作者理所当然要把它放在"统帅"的位置，并根据表达主题的需要来对材料进行选择、加工和处理。不靠主题"统帅"，材料的集中就不过是一些杂乱、散漫的生活现象和事实的盲目堆砌，是没有生命和力量的。具体到文章写作过程之中，就是要把握和主题有关，并能够有力地说明、烘托、突出主题者，把它留下；和主题无关的，则要坚决地把它"扣下来"，勿使其轻易过"卡"。日本作家小林多二喜在《小说写作法》中说得好："只要确定了写'什么'，以后就好办了；只要沿着必要的路线选择取舍就可以了。"他所说的"什么"，就是指文章的主题。

无可奈何花落去，似曾相识燕归来

——好文章不仅让人爱读，更让人耐读

◎ **出处**

宋·晏殊《浣溪沙·一曲新词酒一杯》

◎ **原文**

一曲新词酒一杯，去年天气旧亭台。夕阳西下几时回？

无可奈何花落去，似曾相识燕归来。小园香径独徘徊。

◎ **注释**

浣溪沙：唐玄宗时教坊曲名，后用为词调。

无可奈何：不得已，没有办法。

似曾相识：好像曾经认识。形容见过的事物再度出现。后用作成语，即出自晏殊此句。

燕归来：燕子从南方飞回来。

香径：带着幽香的园中小径。

独：副词，用于谓语前，表示"独自"的意思。

徘徊：来回走。

◎ **译文**

听一支新曲喝一杯美酒，还是去年的天气旧日的亭台。落下的夕阳何时再回来？

那花儿落去我也无可奈何，那归来的燕子似曾相识。在小园的花径上独自徘徊。

◎ **赏析**

起句"一曲新词酒一杯，去年天气旧亭台"写对酒听歌的现境。从复叠错综的句式、轻快流利的语调中可以体味出，词人面对现境时，开始是怀着轻松喜悦的感情，带着潇洒安闲的意态的，似乎主人公十分醉心于宴饮涵咏之乐。的确，作为安享尊荣而又崇文尚雅的"太平宰

相"，以歌侑酒，是作者习于问津、也乐于问津的娱情遣兴方式之一。但边听边饮，这现境却又不期然而然地触发对"去年"所历类似境界的追忆：也是和"今年"一样的暮春天气，面对的也是和眼前一样的楼台亭阁，一样的清歌美酒。然而，似乎一切依旧的表象下又分明感觉到有的东西已经起了难以逆转的变化，这便是悠悠流逝的岁月和与此相关的一系列人事，此句中正蕴含着一种景物依旧而人事全非的怀旧之感，在这种怀旧之感中又糅合着深婉的伤今之情。这样，作者纵然襟怀，又怎能没有些伤感呢？于是词人不由得从心底涌出这样的喟叹："夕阳西下几时回？"夕阳西下，是眼前景。但词人由此触发的，却是对美好景物情事的流连，对时光流逝的怅惘以及对美好事物重现的微茫的希望。这是即景兴感，但所感者实际上已不限于眼前的情事，而是扩展到整个人生，其中不仅有感性活动，还包含着某种哲理性的沉思。夕阳西下，是无法阻止的，只能寄希望于它的东升再现，而时光的流逝、人事的变更，却再也无法重复。

　　"无可奈何花落去，似曾相识燕归来。"花的凋落，春的消逝，时光的流逝，都是不可抗拒的自然规律，即便惋惜流连也无济于事，所以说"无可奈何"，这一句承上"夕阳西下"；然而在这暮春时节中，让人所感受到的并不只是无可奈何的凋衰消逝，还有令人欣慰的重现，那翩翩归来的燕子不就像是去年曾于此处安巢的旧时相识吗？这一句应上"几时回"。"花落""燕归"虽也是眼前景，但一经与"无可奈何""似曾相识"相联系，它们的内涵便变得非常广泛，意境非常深刻，带有美好事物的象征意味。惋惜与欣慰的交织中，蕴含着某种生活哲理：一切必然要消逝的美好事物都无法阻止其消逝，但消逝的同时仍然有美好的事物再现，生活不会因消逝而变得一片虚无。只不过这种重现毕竟不等于美好事物的原封不动地重现，它只是"似曾相识"罢了。"小园香径独徘徊"，是说他独自一人在花间踱来踱去，心情无法平静。这里伤春的感情胜于惜春的感情，含着淡淡的哀愁，情调是低沉的。

◎ 写作应用

这是晏殊词中最为脍炙人口的篇章。这首词虽含伤春惜时之意，却实为感慨抒怀之情。词的上片绾合今昔，叠印时空，重在思昔；下片则巧借眼前景物，重在伤今。全词语言婉转流利，通俗晓畅，清丽自然，意蕴深沉，启人神智，耐人寻味。词中对宇宙人生的深思，给人以哲理性的启迪和美的艺术享受。

晏殊这首名作写的也是暮春景色，但与其他人的词相比，却有着自己鲜明的特色，而且正是因为这种特色而独树一帜。不似他人以渲染、刻画、暗示、感觉等等来取胜，晏殊走的是明白如话的这条路，这是特点之一，我们一读马上就能感觉得到。但是，明白如话的深处，似乎又有着某种让人反复沉吟、反复思考的东西。这就是一种人的触景生情，因景而感的复杂性、多面性，以及这种种复杂因素在一个人心理状态中的融合交错。

一篇好文章可以挖掘的因素有许多，在取材、角度、主题发掘、写作手法、语言风格等方面突出某一点——只要能够突出一点，就会形成自己的吸引力和感染力。但是，有一点值得我们充分注意，就是一篇文章不仅要好读，让人爱读，更高的要求或许是让人耐读。开始拟题时能够把人"抓住"，让人读进去，而读完一遍之后，觉得意犹未尽，还得再读，里面还有一些东西值得品味，值得琢磨，而且，这种品味和琢磨可能永远也不会有一个尽头。晏殊的这首词惆怅于美的必然消逝，与此同时却也宽慰于美会再来，而美的再来或许又是另外一副模样和风貌了吧。这首词中这番深沉而又多面性的感受——在明白如话中表达出来的这番感受，是很值得我们在写作中重视和学习的。

绿杨堤畔问荷花：记得年时沽酒，那人家

——多种情感共同展现主题

◎ **出处**

宋·仲殊《南柯子·十里青山远》

◎ **原文**

十里青山远，潮平路带沙。数声啼鸟怨年华。又是凄凉时候，在天涯。

白露收残月，清风散晓霞。绿杨堤畔问荷花：记得年时沽酒，那人家？

◎ **注释**

南柯子：又名《南歌子》，唐教坊曲名，后用为词牌。

潮平：指潮落。

凄凉时候：指天各一方的凄凉的日子。

白露：露水。

收：消除。

残月：一作"残暑"，指余热。

散：一作"衬"，送。

年时沽酒：去年买酒。

◎ **译文**

潮水涨平了沙路，远处的青山连绵不断，偶尔听到几声鸟鸣，好像是在哀怨时光流逝。又是凄凉冷漠的秋天了，我远在海角天涯。

残月西坠，白露湿衣，拂晓的凉风慢慢地吹散朝霞。走到那似曾相识的绿杨堤畔，我询问起塘中盛开的荷花："你可记得，那年我路边买酒，敲开的是哪门哪家？"

◎ **赏析**

上片着重从空间方面着笔，首二句便直接铺叙景物，展示出一幅

"青山隐隐水迢迢"的画境。"十里青山远"是远望所得之景。"十里青山"本已含"远"，而这里更著一个"远"字，不但点出"行人更在春山外"的意境，而且透露出词人不知归期的惆怅冷寂的心态。"潮平路带沙"是近看所得之景。词人的视线由"十里青山"的远景观赏收回到眼前之景，由赋山转向摹水，点出行人的具体环境。第三句由写所见过渡到所闻，远处一带青山，偶尔可以听见"数声啼鸟"，这对于欢乐的人来说，便是良辰美景的赏心乐事，但对感触颇多、凡心未尽的词人来说，却似乎觉得啼鸟是在怨时光易逝、青春易老了，这是词人的心理情感移入鸟啼声所引起的移情联想。由鸟的啼怨，词人不期而然地涌起又是"凄凉时候"，又是"远在天涯"的感叹了。这是词人长期在外漂泊以及对这种生活的厌倦情绪的反映。

下片主要从时间方面落笔。杨柳堤岸，浓荫密处，微风过后，荷香四溢，那荷花鲜艳又美，正撩人情思。站在荷塘边，词人突然想起来了，原来有一年，也是这个时候，他到过此地，在附近的酒家买酒喝，并乘着酒意还来观赏过荷花。他禁不住又是感叹又是喜悦，于是向着塘里的荷花问道："荷花啊，你还记得那年买酒喝的那个醉汉吗？"这一问颇含韵致，如今词人看到荷花想起的是它那世俗的美艳，并将荷花与自己醉中赏花的事紧紧联系起来，这就表明了词人的真实心态。

◎ 写作应用

这首词抒发了词人对尘世生活的眷恋之情，表明了词人情操越俗的品格和对浮世生活的深情迷恋。全词从时空两方面构思，写景抒情，情寓于景，意象清悠，意境清晰。词作设色明艳，对比和谐，色彩艳丽，美感很强。所以，我们不妨就把它作为一首人在旅途所见所感的作品来欣赏。

这首词写景采用了远近结合的手法。"十里青山远"是远景，"潮平路带沙"是近景；还用了视听结合的手法，前两句词是视觉的描写，"数声啼鸟"是听觉的描写。也运用了拟人的修辞手法，"数声啼鸟怨

从宋词中汲取写作智慧

年华"一句其实是表达作者内心的愁怨。

两种颇为不同的情绪交织在一起，应当是这首词作的一大特色：一是"数声啼鸟怨年华，又是凄凉时候在天涯"的感伤和惆怅，一是"绿杨堤畔问荷花：记得年时沽酒那人家"的幽默爽朗。而且，这两种情绪在词中并不像在其他许多宋词中那样，一轻一重，一主一次，旷达超脱只是为了进一步衬映深层的悲哀惆怅。

在写作训练中，我们经常强调的就是文章要主题明确，情感鲜明，不要自相矛盾或者是含糊不清。不过，人生的感受相当复杂，此时的感受与另一时刻的感受会有所变化，并不永远都是一个不变的模式。对此，我们无论是理解生活，还是在文章中进行描写，都应该有所意识并加以重视。所以，像仲殊这首词中的复杂情感以及它的展现方式，对于我们的写作素养的提高而言，还是有着深层启发的。

卖鱼生怕近城门，况肯到红尘深处
——用片言显示文章主题

◎ **出处**

宋·陆游《鹊桥仙·一竿风月》

◎ **原文**

一竿风月，一蓑烟雨，家在钓台西住。卖鱼生怕近城门，况肯到红尘深处？

潮生理棹，潮平系缆，潮落浩歌归去。时人错把比严光，我自是无名渔父。

◎ **注释**

鹊桥仙：词牌名，此调专咏牛郎织女七夕相会事。

一竿风月：风月中垂一钓竿。

蓑：蓑衣。

钓台：汉代隐士严光隐居的地方，在今浙江省富春江畔的桐庐县。

况肯：更何况。

红尘：指俗世。

棹：指船桨。

潮平系缆：潮水满涨时停船捕鱼。

浩歌：指放声高歌，大声歌唱。

严光：即严子陵，东汉著名隐士。

渔父：渔翁，捕鱼的老人。

◎ 译文

清早出去，笼一蓑霏微烟雨，傍晚归来，钓一竿迷蒙风月，家就居在富春江滨的子陵钓台西边。卖鱼的时候唯恐走近城门跟前，更不用说还会到闹市深处去了。

潮水涨起来时泛船出去打鱼，潮水平下来时摆船靠岸系缆，潮水落下来时高唱渔歌回家。当时的人们错把我比作披蓑垂钓的严光，然而，我更愿做一位无名的渔父。

◎ 赏析

"一竿风月，一蓑烟雨"，写的是渔父的生活环境。"家在钓台西住"，这里借用了严光不应汉光武帝的征召，独自披羊裘钓于浙江的富春江上的典故，以此来喻渔父的心情近似严光。上片结句说，渔父虽以卖鱼为生，但是他远远地避开争利的市场。卖鱼还生怕走近城门，当然就更不肯向红尘深处追逐名利了，以此来表现渔父并不热衷于追逐名利，只求悠闲自在。

下片头三句写渔父在潮生时出去打鱼，在潮平时系缆，在潮落时归家。生活规律和自然规律相适应，并无分外之求，不像世俗中人那样沽名钓誉，利令智昏。最后两句承上片"钓台"两句，说严光还不免有求名之心，这从他披羊裘垂钓上可以看出来。宋人有一首咏严光的诗说：

"一着羊裘便有心，虚名留得到如今。当时若着蓑衣去，烟水茫茫何处寻。"也是说严光虽拒绝汉光武帝的征召，但还有求名之心。陆游因此觉得："无名"的"渔父"比严光还要清高。

◎ **写作应用**

渔翁的形象在中国古典诗词中是极富象征意味的，化入在渔翁形象之中的人生基调是超脱和隐逸。陆游这首词表面上是写渔父，实际上是作者自己咏怀之作。他写渔父的生活与心情，正是写自己的生活与心情。

无论是真心向往淡泊高远的渔父生活，还是有着失意后的深层感叹，"卖鱼生怕近城门，况肯到红尘深处"这两句很形象的话，可以应用在我们文章的描绘和谈论之中。对于我们的写作来说，或是作为主题，或是作为题材，或是作为人物的选择，启示意味是很强的，很容易激活我们的思路，此时，陆游的这首词就可以用上了。

陆机在《文赋》中曾说："立片蓄而居要，乃一篇之警策。"好的文章要立片言，用一句话来做要领，使整个文章围绕着这句话而鼓动。

古往今来许多名作，都非常重视片言。《离骚》中的"路漫漫其修远兮，吾将上下而求索"，《劝学》中的"青出于蓝而胜于蓝"，《捕蛇者说》中的"苛政猛于虎"，《岳阳楼记》中的"先天下之忧而忧，后天下之乐而乐"，《过零丁洋》中的"人生自古谁无死，留取丹心照汗青"，等等，这些词句不仅成为流传千古的警句，还很好地概括了诗文的主题。

用片言显示文章主题大致有两种情况：一种是用片言直接点题，可以说片言就是文章的中心。如列宁在《决不要撒谎！我们的力量在于说真话！》一文中说："吹牛撒谎是道义上的灭亡，它势必引向政治上的灭亡。"这句话不但指出了吹牛撒谎在道义上的虚弱本质，而且指出了它们在政治上的危害，说得深刻有力，点出了全文的主题。另一种是用片言提出问题，全文以此为纲，加以论述。如毛泽东的《中国社会各阶级的分析》，一开始就设问："谁是我们的敌人？谁是我们的朋友？这个问题是革命的首要问题。"文章正是根据这个中心，详细论述了中国社会各阶级的经济地位及其政治态度，从而分清敌与我，回答了文章提出的问题，揭示了文章的主题。

君莫舞，君不见、玉环飞燕皆尘土
——精彩的语言更能表达文章主题

◎ **出处**

宋·辛弃疾《摸鱼儿·更能消几番风雨》

◎ **原文**

更能消、几番风雨，匆匆春又归去。惜春长怕花开早，何况落红无数。春且住，见说道、天涯芳草无归路。怨春不语。算只有殷勤，画檐蛛网，尽日惹飞絮。

长门事，准拟佳期又误。蛾眉曾有人妒。千金纵买相如赋，脉脉此情谁诉？君莫舞，君不见、玉环飞燕皆尘土！闲愁最苦。休去倚危栏，斜阳正在，烟柳断肠处。

◎ **注释**

摸鱼儿：词牌名。

漕：漕司的简称，指转运使。

消：经受。

落红：落花。

长门：汉代宫殿名。

脉脉：绵长深厚。

君：指善妒之人。

玉环飞燕：指杨玉环、赵飞燕，皆貌美善妒。

危栏：高楼上的栏杆。

◎ **译文**

还经得起几回风雨，春天又将匆匆归去。爱惜春天又常怕花开得过早，何况此时已落红无数。春天啊，请暂且留步，难道没听说，连天的芳草已阻断你的归路？真让人恨啊，春天就这样默默无语，看来殷勤多情的，只有雕梁画栋间的蛛网，为留住春天整日沾染飞絮。

长门宫阿娇盼望重被召幸，约定了佳期却一再延误。都只因太美丽有人嫉妒。纵然用千金买了司马相如的名赋，这一份脉脉深情又向谁去倾诉？奉劝你们不要得意忘形，难道你们没看见，红极一时的杨玉环、赵飞燕都化作了尘土？闲愁折磨人最苦。不要去登楼凭栏眺望，一轮就要沉落的夕阳正在那令人断肠的烟柳迷蒙之处。

◎ **赏析**

这首词上片写惜春、怨春、留春的复杂情感。以"更能消"三字起笔，在读者心头提出了"春事将阑"，还能经受得起几番风雨摧残这样一个大问题。表面上，"更能消"一句是就春天而发，实际上却是就南宋的政治形势而言的。本来，宋室南渡以后，曾多次出现过有利于北伐抗金、恢复中原的大好形势，但是朝廷的昏庸腐败、投降派的猖狂破坏，使得抗战派失意受压，导致抗金的大好时机白白丧失。这中间虽有几次北伐，结果均以屈膝投降的"和"而告终。北伐的失败，反过来又成为投降派贩卖妥协投降路线的口实。南宋王朝处于风雨飘摇之中，"匆匆春又归去"，就是对这一形势的形象化写照，抗金复国的大好春天已经化为乌有了，这是第一层。但是，作者是怎样留恋着这大好春光呵！"惜春长怕花开早"。然而，现实是无情的："何况落红无数！"这两句一起一落，表现出理想与现实之间的矛盾。"落红"就是落花，是春天逝去的象征。同时，它又象征着南宋国事衰微，也寄寓了作者对光阴虚掷、事业无成的感叹，这是第二层。面对春天的消失，作者并未束手无策。相反，出于爱国的义愤，他大声疾呼："春且住！

见说道、天涯芳草无归路。”这一句，实际是向南宋王朝提出忠告，它形象地说明：只有坚持抗金复国才是唯一出路，否则连退路也没了。这两句用的是拟人化手法，明知春天的归去是无可挽回的大自然的规律，但却强行挽留。词里，表面上写的是"惜春"，实际上却反映了作者恢复中原的急切心情，反映了作者对投降派的憎恨，这是第三层。从"怨春不语"到上片结尾是第四层。尽管作者发出强烈的呼唤与严重的警告，但"春"却不予回答。春色难留，势在必然；但春光无语，却出人意外。所以难免要产生强烈的"怨"恨，然而怨恨又有何用！在无可奈何之际，词人又怎能不羡慕"画檐蛛网"？即使能像"蛛网"那样留下一点儿象征春天的"飞絮"，也是心中莫大的慰藉了。这四句把"惜春""留春""怨春"等复杂感情交织在一起，以小小的"飞絮"作结。上片四层之中，层层有起伏，层层有波澜，层层有顿挫，巧妙地体现了作者复杂而又矛盾的心情。

下片借陈阿娇的故事，写词人爱国深情无处倾吐的苦闷。这一片可分三个层次，表现三点不同的内容。从"长门事"至"脉脉此情谁诉"是第一层。这是词中的重点。作者以陈皇后长门失宠自比，揭示自己虽忠而见疑，屡遭谗毁，不得重用和壮志难酬的不幸遭遇。"君莫舞"三句是第二层，作者以杨玉环、赵飞燕的悲剧结局比喻当权误国、暂时得志的奸佞小人，向投降派提出警告。"闲愁最苦"至篇终是第三层，以烟柳斜阳的凄迷景象，象征南宋王朝昏庸腐朽、日落西山、岌岌可危的现实。

◎ 写作应用

辛弃疾的这首词是他的代表作之一，表面上写的是失宠女人的苦闷，实际上却抒发了作者对国事的忧虑和屡遭排挤打击的沉重心情。词中对南宋小朝廷的昏庸腐朽，对投降派的得意猖獗表示出强烈不满。

总体来说，这首词的内容是热烈的，而外表是婉约的，能将热烈的内容与婉约的外表和谐地统一在一首词里，说明了辛弃疾这位大作家的才能。

由于这首词是这样脍炙人口，久为传诵，所以里面的许多句子都早已成了名句，如"更能消、几番风雨？匆匆春又归去""惜春长怕花开早，何况落红无数""天涯芳草无归路""千金纵买相如赋，脉脉此情谁诉？""君莫舞，君不见、玉环飞燕皆尘土！""休去倚危栏，斜阳正在、烟柳断肠处"，等等。这些句子朗朗上口，寓意丰富，使用很广，在辛弃疾的原意之外，还可以随作文的不同立意而灵活使用，常常也都很妥帖，我们在写作中是可以直接引用的。

孔子说："言之无文，行而不远。"要表达的主题再好，没有好的语言修饰，没有一定的文采，就达不到写作的目的。文章写作技巧大体有二：一是做到"达"，就是能准确表达所要表达的内容，尤其是主题；另一个是做到"巧"，即表达得巧妙精彩。前者主要解决对和错、当与不当的问题；后者主要解决巧和拙、好和不好的问题。其实，在实际写作过程中，这两者是很难截然分开的。文章中语言最精彩的地方，往往是文章作者感情最深厚、文章主题表达最精粹的地方。华丽的辞藻，优美的句子，必须要与自己想表达的意思相偎相依。离开了文章的主题，谈所谓纯粹的语言技巧是毫无意义的。

梦从海底跨枯桑，阅尽银河风浪

——借物言志，烘托主题

◎ 出处

宋·刘辰翁《西江月·新秋写兴》

◎ 原文

天上低昂似旧，人间儿女成狂。夜来处处试新妆，却是人间天上。

不觉新凉似水，相思两鬓如霜。梦从海底跨枯桑，阅尽银河风浪。

西江月：词牌名，原唐教坊曲，用作词调。

低昂：起伏，指星月的升沉变化。

成狂：指欢度七夕的景象。

阅：经历。

银河：是指横跨星空的一条乳白色亮带，在中国古代又称天河、银汉、星河、星汉、云汉。

◎ 译文

天上日落月升，斗转星移，景象跟从前一样，人间男女依然如痴如狂，陶醉在节日的欢乐中。七夕夜，处处可见着新装的人们，仿佛来到了人间天堂。

不经意间感觉新秋凉意似水，因为思念故国，我两鬓已斑白如霜。我梦见自己在海底跨越枯桑，又在天上看遍了银河风浪。

◎ 赏析

这首词是词人借七夕抒发自己寄寓故国之思。上片侧重写七夕儿女幸福的欢快景象。"天上低昂似旧，人间儿女成狂"二句紧扣"新秋"，分写"天上"与"人间"七夕情景。上句说天上日落月升、斗转星移等天象变化，依然像从前一样。"似旧"二字，意在言外，暗示人间却与自然界的景象不同，发生了巨大变化。下句说人间儿女也像从前一样欢度七夕。在词人看来，经历过人间沧桑巨变的人们，新秋七夕，本应深怀黍离之悲，但今天人们竟依旧狂欢，这种景象不免使词人感慨万千。

"夜来处处试新妆，却是人间天上。""处处试新妆"原是当时七夕风习，也是上文所说"儿女成狂"的一种突出表现，人们几乎误认为这种处处新妆的欢庆景象为人间的天堂了。正如上文"儿女成狂"寓有微意一样，这里的"人间天上"也含有讽刺意味。"却是"二字，言外有意，沦陷后的故国山河，已成为人间地狱，而眼前的景象却截然相反，仿佛人们早已忘却家国之痛，叫人无限悲痛。

下片侧重直抒词人的感受。"不觉新凉似水，相思两鬓如霜。"时间飞逝，不经意间，感到新秋凉意，原来夜深了。由于"相思"——怀念故国，自己的两鬓已经斑白如霜。上句写出一位心事重重的老人久久坐着默默无语，几乎忘却外界事物，下句将长期怀念结果与一夕相思的现境联接在一起，给人以时间飞逝的印象，用以突出表现作者深深的思虑。

"梦从海底跨枯桑，阅尽银河风浪。"结拍写七夕之梦。上句暗用《神仙传》沧海屡变为桑田的典故，下句以"银河"切"新秋"。诗人梦见在海底超越枯桑，又梦见在天上看尽银河风浪。这里虽明为纪梦，实为借梦来表达对于世事沧桑与人事巨变的感受。这两句尤其突出全文寓意。结末二句起到了画龙点睛的作用。有此二句，不但上片"儿女成狂"的情景讽慨自深，就连过片的"新凉""相思"也都获得了特殊的含义。

◎ **写作应用**

这是一首描写七夕节的词，词人借七夕节时天上人间一如既往的狂欢景象，抒发自己对国土沦丧的感慨和对人们麻木心灵的悲叹，所以，词人为此作加了一个题目"新秋写兴"。

词人以自己作为独醒的爱国者与普通人相对照，抒发了自己眷怀故国的深沉悲壮的情感，这是这首词构思和章法上的基本特点。

词人写作此词时，南宋局势已是岌岌可危，然而人们仍同往常一样，如痴如狂地欢度七夕，看到这一切，作者那种星河斗转、人世沧桑，今天我们狂欢，明天则可能成为一片废墟的人生感叹，禁不住就油然而生了！在写作中，如果能有这样一种由时光流逝、沧海桑田而引发出来的人生俯瞰之感，只要不是硬挤出来的，或者是生硬地贴上去的，而是触景生情，因事而思，情不自禁，由衷而发，往往就可以给文章增加一种气度，增加一种成熟和从容的力量。这样的优秀文章在历年一些高考作文中时常可以见到，其成功的原因与这一层是大有关系的。

抒情为主题服务，重在寓情于理，托物咏志。如茅盾的《白杨礼赞》，借白杨的形象，抒发自己对延安革命根据地的敬意和向往。高尔基的《海燕》，借海燕的形象，寄托自己对革命先驱的赞誉和对革命风暴的渴望。这种借物言志、间接传递感情的方式委婉曲折，能很好地烘托主题，给人以很强的感染力。

月上柳梢头，人约黄昏后
——以语言文字来"构图"

◎ **出处**

宋·欧阳修《生查子·元夕》

◎ **原文**

去年元夜时，花市灯如昼。月上柳梢头，人约黄昏后。

今年元夜时，月与灯依旧。不见去年人，泪湿春衫袖。

◎ **注释**

元夜：元宵之夜。

花市：民间风俗。每年春时（正月十四到十六三天）举行的卖花、赏花的集市。

灯如昼：灯火像白天一样。

见：看见。

春衫：年少时穿的衣服，也指代年轻时的自己。

◎ **译文**

去年正月十五元宵节，花市的灯光像白天一样雪亮。月儿升起在柳树梢头，他约我黄昏以后同叙衷肠。今年正月十五元宵节，月光与灯光同去年一样。再也看不到去年的情人，泪珠儿不觉湿透衣裳。

◎ 赏析

这是一首相思词。词的上片回忆从前幽会，充满希望与幸福，可见两情是何等欢洽。而周围的环境，无论是花、灯，还是月、柳，都成了爱的见证、美的表白、未来幸福的图景。情与景联系在一起，展现了美的意境。

但快乐的时光总是很快成为记忆。词的下片，笔锋一转，时光飞逝如电，转眼到了"今年元夜时"，把主人公的情思从回忆中拉了回来。"月与灯依旧"概括地交代了今天的环境。"依旧"二字又把人们的思绪引向上片的描写之中，月色依旧美好，灯市依旧灿烂如昼。环境依旧似去年，而人又如何呢？这是词的主旨所在，也是词人抒情的主体。词人于人潮涌动中无处寻觅佳人芳踪，心情沮丧，辛酸无奈之泪打湿了自己的衣襟。旧时天气旧时衣，佳人不见泪黯滴，怎能不伤感遗憾？上句"不见去年人"已有无限伤感隐含其中，末句再把这种伤感之情形象化、明朗化。

物是人非的怅惘，今昔对比的凄凉，由此美景也变为伤感之景，月与灯交织而就的花市夜景即由明亮化为暗淡。淡漠冷清的伤感弥漫于词的下片。灯、花、月、柳，在主人公眼里只不过是凄凉的化身、伤感的催化剂、相思的见证。而今佳人难觅，泪眼看花花亦悲，泪满衣袖。

◎ 写作应用

这首词是欧阳修脍炙人口的名篇之一。此词多少有点儿不像宋词，而更像一首风格明快、通俗易懂的民歌。就这首词的整体结构而言，很明显是一种今昔对比，而且不仅是时间与事情的对比，更有着心态与氛围上的对比。

不过，作者的意图与读者的接受，这二者之间常常会有差距的。欧阳修寄寓其中的"不见去年人，泪满春衫袖"之意，人们已经淡忘，而"月上柳梢头，人约黄昏后"这两句写恋情的，却成为经典名句，人们常常用其来描绘青年男女的恋爱约会。而且，体味一下，这种约会的格调和氛围，都显得那般明快美好，洋溢着一种青春的活力与愉悦，具有很强的艺术感染力。

从写作的角度来看，这么两句，总共十个字，却好似一幅极富表现力的速写：一轮明月高悬在柳树的上空，一对青年男女相依相伴在柳树长长的枝条之下，这是一幅多么美好的充满人间真情的画面！词人渲染得这般灵动，然而又写得如此简洁。这就显示了一种高超的"构图"能力。一是观察生活，二是如何在自己的脑海中形成栩栩如生的一幅画面，在这两个方面，词人所具有的那种高度的凝聚能力，值得我们好好体会。

三三两两钓鱼舟，岛屿正清秋
——抓住细节，点染主题

◎ **出处**

宋·潘阆《酒泉子·长忆西湖》

◎ **原文**

长忆西湖，尽日凭阑楼上望：三三两两钓鱼舟，岛屿正清秋。

笛声依约芦花里，白鸟成行忽惊起。别来闲整钓鱼竿，思入水云寒。

◎ **注释**

西湖：即今杭州西湖。

尽日：整天。

凭：靠着。

阑：横格栅门。

岛屿：指湖中三潭印月、阮公墩和孤山三岛。

依约：隐隐约约。

白鸟：白鸥。

水云：水和云融为一体，淡蓝乳白相间，给人清凉爽快之感，这里指西湖秋天的景色。

◎ 译文

我经常想起漫游西湖，整天站在楼台上，扶栏远眺那湖光山色的情景：湖面上三三两两的钓鱼小船，小岛上一片天高淡远的景色。

最难忘的是，一阵悠扬的笛声隐隐约约地从芦花荡里传出时，惊动了栖息在那里的白鹭，它们倏地成群飞起，排列成行。西湖的景色使我艳羡神往，因此一旦离开它，闲暇时，又撩起我垂钓的情趣，开始整修钓鱼工具，此刻仿佛又置身于清凉爽朗的西湖秋色之中了。

◎ 赏析

词的上片写到秋高气爽的时节，凭栏远眺，西湖水如明镜，孤山景色清爽，几只渔船悠然自得，寥寥几笔，勾勒了一幅远近相宜、意趣恬淡的优美画面，写景静中有动，以动衬静。"三三两两钓鱼舟，岛屿正清秋。"前句写风物，后句写背景，相映生辉。"三三两两"句点明渔舟位置，有悠然自得、不扰不喧的意思。以"三三两两钓鱼舟"映衬湖水的宽阔，以笛声依约、白鸟成行烘托景致的幽雅，将依依相思之情融入笔端，描写极富诗情画意，经"忆"字提示，下文便从现实中脱开，转入回忆。接下来由眼前的不懈思念，引出当年无尽的栖迟，用感情带动写景。"凭阑楼上"用到这里，表明词人终日留恋的同时，还使以下诸景因之入目无遗。

词的下片写到从芦花丛中传来隐隐约约的笛声，惊动了白鸟从水里飞起，用"忽惊起"状白鸟（即白鹭）翩然而逝、倏然而惊的形态，色彩明快，颇具情味，朴实的白描中透出空灵。"别来"二字将思路从回忆拉到现实，"闲整钓鱼竿"不但应上片之"钓鱼舟"，而且以收拾鱼竿、急欲赴西湖垂钓的神情，衬托忆西湖忆得不能忍耐、亟想归隐湖上的念头。词的下片，营造出钓渔翁隐出没的辽阔苍茫的背景，以景寓情，寄托了词人的"出尘"思想。

中国古代读书人志在高远的人生态度和生活雅趣，用诗词来作这般细致而又传神的表达的人很多，但潘阆的这一首相当出色。据说，这首词写出后，一时盛传，苏轼非常喜爱，把它书写在自己房间的屏风上，而另一位诗人石曼卿更是让画工把它画成了一幅图画。的确，它具有中国古典诗词优秀之作的一个典型特征，即画龙点睛的细节所起到的贴切感染作用。一个人在楼上俯瞰秋天的西湖，感觉它特别美，特别令人赏心悦目，与自己内在的某种生活情趣和人生志向特别吻合。产生这种感觉是很容易的，但是要把这种感觉用语言文字传达出来，去感染别人，就不容易了。潘阆很聪明——像中国古代所有优秀的诗人一样聪明，他把自己在楼上所看到的若干个细节点染出来：三三两两的钓鱼小舟，开着白花的芦滩里传出悠扬的笛声，白鸟成行地从中惊起，高飞盘旋，或许还有一个渔翁，正在垂钓，长长的鱼竿伸到水中……这样，作者那种"别来闲整钓鱼竿，思入水云寒"的高洁人生志趣不就跃然而出了吗？而读者对此的领悟也不是抽象的知道，而是形象的感染了。

现在的人们应该很少能有这样的隐逸情愫，然而，"三三两两钓鱼舟，岛屿正清秋"，却可以作为我们观察和描写秋景乃至四时景色的一种借鉴、一种启发，那就是抓住此时此地最富有特征的景物，在表达上追求一种线条简洁，细节到位，以一当十，洗练而传神地勾勒出来、点染出来。

却是池荷跳雨，散了真珠还聚

——恰当地进行强化性描写

◎ **出处**

宋·杨万里《昭君怨·咏荷上雨》

◎ **原文**

午梦扁舟花底，香满两湖烟水。急雨打篷声，梦初惊。

却是池荷跳雨，散了真珠还聚。聚作水银窝，泛清波。

◎ **注释**

昭君怨：词牌名，又名《宴西园》《一痕沙》。

扁舟：小船。

烟水：雾霭迷蒙的水面。

打篷声：雨落船篷之声。

真珠：即珍珠。形圆如豆，乳白色，有光泽，由某些软体动物（如蚌）壳内所产，为珍贵的装饰品，并可入药。

水银：喻水珠。

清波：清澈的水流。

◎ **译文**

夏日午眠，梦见荡舟西湖荷花间，满湖烟水迷茫，荷花氤氲清香扑鼻。突然如筛豆般的阵雨敲击船篷，发出"扑、扑"的声音，把我从西湖赏荷的梦境中惊醒。

以为是在西湖赏荷，却原来是在家中午休，遇急雨击池中荷叶把我惊醒，梦醒后观庭院荷池，急雨敲打荷叶，雨珠跳上跳下，晶莹的雨点忽聚忽散，散了如断线的珍珠，四处迸射，使人眼花缭乱，最后聚在叶心，像一窝泛波的水银，亮晶晶的。

◎ **赏析**

杨万里的词和诗一样，都善于描写事物的动态。像这首词明明题作"咏荷上雨"，一开始反从"午梦"入笔，起手便不同凡响。假如是梦见阴雨倒还罢了，谁知梦见的正是满湖烟雨，氤氲香气，作者正在这迷人的环境里荡舟花底。这些描写好像跟主题风马牛不相及，其实是用西湖烟雨衬托庭院荷池：西湖的美景是公认的，那么词篇就已暗示给你，院中的雨荷有着同样的魅力。更何况梦中的香正是院池荷花的清香呢！"梦初惊"后该是知道身在家中了，然而他却以为还在扁舟，因为他把荷上的落雨声误作雨打船蓬声。这里描写已醒未醒的境界，既自然又别致，而且更加缩短了西湖与院池的距离。"却是"以下完全离开梦境，并在上半阕已打好的基础上开始了对"荷上雨"的正面咏写。"池荷跳雨"指急雨敲打荷叶，雨珠跳上跳下的样子。接下去，作者把荷叶上面晶莹的雨点比作珍珠，说这些珍珠随着荷叶的跳动忽聚忽散，最后聚在叶心，就像一窝泛波的水银。这些描写生动形象，而且比喻新颖，都是"人所未言"者。再说，作者用变幻的手法，把"稍纵即逝""转瞬即改"的景象展现在读者面前，使词篇的形式同内容一样，活泼而不受羁绊，也体现了杨万里"活法"在抒情写景方面的特殊作用。

◎ 写作应用

杨万里此作题为"咏荷上雨"，写得很"跳"，完全抓住了夏日阵雨急打在荷叶上的特征。

词的上阕是梦境中听到了雨打荷叶声，下阕则是看到了雨珠生荷叶，无论是听觉还是视觉，都突出一种阵雨骤然而至带给人的急速动感，所以就给人描绘出一幅栩栩如生、如在目前的夏日雨荷图。这就给我们的写作提供了一种启示：景物描写不仅要抓住其特征，而且一定要把这种特征表现到位，这也是一种处理。也可以在读者的脑海中引发一种鲜明的内视觉效果，不过，这需要一种千锤百炼之后的删繁就简。在我们写作的起始阶段，恰当地进行强化性的描写，尤其是从动态和动感方面来入手，仍然是一种较好的训练。

北京的一位同学写《塞外行》一文时，里面有这样的语言描写，也是抓住了草原黄昏的动感："……当日头在远处迷蒙一片的青山后挣扎着下落时，一片柔和而朦胧的光辉笼罩了整个草原，无垠的草原仿佛披上了一层纱衣，每一片草叶都镶上了一道细细的金边。从幽深的草原内部，慢慢地飘来了一阵细若游丝的歌声，那大概是牧归之人吧。一群，不，一片移动的羊群，缓缓地仿佛一片云，盖住一片片草原。轻轻地，一股袅袅的炊烟悠悠升起……"这是一段相当出色的描写，这位同学有意放慢自己观察的节奏，细细地、慢慢地去体悟和展开自己所看到的这一切，这就是一种强化，达到了强化的效果。

第二章

读宋词，学开头结尾

庭院深深深几许

——用问句开头使文章生动起来

◎ **出处**

宋·欧阳修《蝶恋花·庭院深深深几许》

◎ **原文**

庭院深深深几许？杨柳堆烟，帘幕无重数。玉勒雕鞍游冶处，楼高不见章台路。

雨横风狂三月暮，门掩黄昏，无计留春住。泪眼问花花不语，乱红飞过秋千去。

◎ **注释**

几许：多少。许，估计数量之词。

堆烟：形容杨柳浓密。

玉勒：玉制的马衔。

雕鞍：精雕的马鞍。

游冶处：指歌楼妓院。

章台：汉长安街名。

乱红：凌乱的落花。

◎ **译文**

庭院深深，不知有多深？杨柳依依，飞扬起片片烟雾，一重重帘幕不知有多少层。豪华的车马停在贵族公子寻欢作乐的地方，她登楼向远处望去，却看不见那通向章台的大路。

春已至暮，三月的雨伴随着狂风大作，即便重门将黄昏景色掩闭，也无法留住春意。泪眼汪汪问落花可知道我的心意，落花默默不语，纷乱的，零零落落一点一点飞到秋千外。

◎ **赏析**

词的上片开头三句写"庭院深深"的境况，"深几许"于提问中含有怨艾之情，"堆烟"状院中之静，衬人之孤独寡欢，"帘幕无重数"，写闺阁之幽深封闭，是对大好青春的禁锢，是对美好生命的戕害。"庭院"深深，"帘幕"重重，更兼"杨柳堆烟"，既浓且密——生活在这种内外隔绝的阴森环境中，女主人公身心两方面都受到压抑与禁锢。叠用三个"深"字，写出其遭封锁、形同囚居之苦，不但暗示了女主人公的孤身独处，而且有心事深沉、怨恨莫诉之感。显然，女主人公的物质生活是优裕的，但她精神上的极度苦闷，也是不言自明的。

下片前三句用狂风暴雨比喻封建礼教的无情，以花被摧残喻自己青春被毁。"门掩黄昏"四字喻韶华空逝、人生易老之痛。春光将逝，年华如水。结尾二句写女子的痴情与绝望，含蕴丰厚。"泪眼问花"，实为含泪自问。"花不语"，也非回避答案，正讲少女与落花同命共苦、无语凝噎之状。"乱红飞过秋千去"，不是比语言更清楚地昭示了她面临的命运吗？"乱红"飞过青春嬉戏之地而飘去、消逝，正是"无可奈何花落去"也。在泪眼盈盈之中，花如人，人如花，最后花、人莫辨，同样难以避免被抛掷遗弃而沦落的命运。"乱红"意象既是下景实摹，又是女子悲剧性命运的象征。这种完全用环境来暗示和烘托人物思绪的笔法，深婉不迫，曲折有致，真切地表现了生活在幽闭状态下的贵族少妇难以明言的内心隐痛。

◎ 写作应用

作为一首写闺怨的名作，这首词开头一问，历来被人们所称道，李清照在《临江仙·庭院深深深几许》的序中说，自己酷爱欧阳公这一句，用这一句作了数首"庭院深深"的词。的确，"庭院深深深几许？"这样一个开头的问句，就暗示给读者三重之深，并且与全词的主旨和基调水乳交融地融合起来：一是女主人公居住环境的幽深，二是居住在这个幽深环境中的女主人公的哀怨之深，三是通过整首词透露出来的词人的情深。庭院内密集的杨柳和一重又一重的帘幕，是居住环境的幽深；从高楼上凝望，看不见丈夫在外游乐的地方，是深深的哀怨；含着眼泪，问被暮春狂风暴雨摧残的花，但花默默不语，只有败落的花瓣被风刮走，这是词人对闺怨之痛的深深理解和深切同情。

在文章写作中，使用问句作为开头或结尾，或者是文中关键之处的过渡，这是一种常用的手法。无论是质问还是反问，使用得当的话，可以使得文章气势生动起来，也可以为表达得委婉有致提供一个角度。比如，我们所熟悉的《谁是最可爱的人》和《白杨礼赞》特别耐读，读起来特别令人感动的，很多人都觉得正是里面那几句精彩的问句。

相顾无言，惟有泪千行
——结尾要讲究呼应

◎ **出处**

宋·苏轼《江城子·乙卯正月二十日夜记梦》

◎ **原文**

十年生死两茫茫，不思量，自难忘。千里孤坟，无处话凄凉。纵使相逢应不识，尘满面，鬓如霜。

夜来幽梦忽还乡，小轩窗，正梳妆。相顾无言，惟有泪千行。料得年年肠断处，明月夜，短松冈。

◎ **注释**

乙卯：公元1075年，即北宋熙宁八年。

十年：指结发妻子王弗去世已十年。

思量：想念。

千里：王弗葬地四川眉山与苏轼任所山东密州，相隔遥远，故称"千里"。

幽梦：梦境隐约，故云幽梦。

小轩窗：指小室的窗前。

顾：看。

◎ 译文

你我夫妻诀别已经整整十年，强忍不去思念，可终究难忘。千里之外那座遥远的孤坟啊，没有地方跟她诉说心中的凄凉悲伤。纵然夫妻相逢你也认不出我，我已经是灰尘满面，两鬓如霜。

昨夜我在梦中又回到了家乡，你在小屋窗口，正在梳妆打扮。你我二人默默相对惨然不语，只有相对无言泪落千行。料想得到我当年想她的地方，就在明月的夜晚，矮松的山冈。

◎ 赏析

"十年生死两茫茫"，词一开始即点出夫妻死别的时间——十年。苏轼的妻子王弗死于治平二年，距词人写此词时正好十年。十年时间，不论长短，都是有限的，但只就它横亘在生与死之间这一点说，就是永无休止的了。谁都明白，生者与死者是永远不能会面的。这里"生死"二字，道出两个世界，用得十分沉痛，使其后的"两茫茫"不但有了"全无所知"之感，而且有了"永无所知"之感。"不思量，自难忘"，写生者对死者的思念。"不"初看自相矛盾，仔细领会，却是词人更深一层的情怀。说不思量，便是思量。因为这种思念，既是一种有意识的每时每刻的思念，也是一种难以中断的无意识的思念，所以是"不思量，自难忘"。"千里孤坟，无处话凄凉"，词人通过生者与死者在时间与空间上的隔离，表达了对亡妻沉痛的思念以及永远不得相逢的遗恨。"纵使相逢应不识，尘满面，鬓如霜"，这是词人的一个假想。"相逢"，死者依然故我，而生者呢？这十年，正是围绕王安石变法，革新派与守旧派的斗争愈演愈烈的时候。苏轼被卷进这场旋涡之中，身不由己，宦海沉浮，不断地遭放外任，左迁，流徙，历尽沧桑，备尝艰辛，已是"尘满面，鬓如霜"了。此时此刻，生者与死者若能相逢，也肯定是"不识"了。这里有词人的那种相逢不识的遗恨，更多的则是词人回首往事，倍觉辛酸的慨叹。

下阕承接"相逢"写梦，境换而意相连，"夜来幽梦忽还乡，小轩窗，正梳妆。相顾无言，唯有泪千行。"正是由于"不思量，自难忘"的那种刻骨铭心的想念，才产生了诗人所绘下的梦境。夫妻相逢在梦中，现实中时间与空间的距离都没有了。往昔的美好时光出现在眼前——窗下，妻子对镜梳妆，似乎是静谧、幸福的，然而，是"相顾无言，惟有泪千行"。这里与起句"十年生死两茫茫"相映照。一说情思萦绕，怅惘空虚；一说纵使相逢，苦不堪言。梦毕竟是梦，梦中还有着生死夫妻相逢的浪漫情调，哪怕这种浪漫是苦涩的、悲怆的；而在现实中，丈夫对亡妻的不可遏止的思念，则又是另一种情调了。"料得年年断肠处，明月夜，短松岗。"词人的思绪又回到了上阕的"千里孤坟"处。由于词人刻意用了"料得"这样一个主动词和"年年"这样一个漫长的时间单位，使之不但含有死者对生者的怀念，而且增加了生者对死者的怀念，使本词产生了双重的生死怀念之情，词的重量顿时倍增。王弗十六岁时嫁给苏轼，她天资聪颖，知书懂诗。王弗生前，不但是苏轼生活上的伴侣，而且是文学上的知音和事业上的贤内助。不幸的是王弗二十六岁时就谢世了。这无疑在生活上、感情上对苏轼都是一个沉重的打击。正是由于与妻子的情笃，生者的思念才是那样的持久，这点在《江城子》词中表现得淋漓尽致。

◎ **写作应用**

苏轼这首悼亡词是他最广为人知的作品之一。词人用朴实无华、近似白话的言词，写实情真，记梦意深；虚实相间，轻重结合，全无雕琢痕迹，却意义深远。

词中所表达的对于亡妻的思念是那样的一往情深，真挚动人，这触动着我们人性的深层而必然引起共鸣。就作品的艺术感染力来看，更重要的是，词人把这种真挚的情感化成那样出色的抒情文字、那样鲜明的艺术形象和那样真切的意境氛围，词人的情思与词所塑造的艺术形象，真正做到了水乳交融。这就涉及文章写作的一个核心问题：写作"写什么"十分重要，但同样重要而且可能更为重要的是"怎样写"。

"十年生死两茫茫，不思量，自难忘"，开头就是词人从心灵深处涌出的一句沉重感叹，直抒胸臆，产生了很好的效果，悲凉思念的闸门一下子打开，汹涌奔出，我们不妨体会和学习这种处理手法。

"千里孤坟，无处话凄凉。纵使相逢应不识，尘满面，鬓如霜"，这既是气氛渲染，也是形象刻画，气氛烘托着形象，形象也显示着气氛。

"夜来幽梦忽还乡，小轩窗，正梳妆。相顾无言，惟有泪千行"，这首词，词人自己题为"乙卯正月二十日记梦"，而真正写梦境的正是这五句。写了两个细节：妻子正在窗前梳妆；两个人相顾无言，泪流满面。这两个细节是典型的梦境中的片段，前者是词人对亡妻记忆最深的印象之一，后者是每个人梦中思念逝去亲人时都可能出现过的场景，这就是作文在选择素材时的以一当十。

"料得年年肠断处：明月夜，短松冈"，结尾讲究呼应，梦醒过后，必然是这样一种生死相隔、年年断肠的惆怅。所以，文章结束时的呼应，能够使结构严谨，凸显文章的主旨，加深读者的印象，引起读者的共鸣。

多情多感仍多病，多景楼中
——好的开头可以打开思路

◎ 出处

宋·苏轼《采桑子·润州多景楼与孙巨源相遇》

◎ 原文

多情多感仍多病，多景楼中。尊酒相逢，乐事回头一笑空。
停杯且听琵琶语，细捻轻拢。醉脸春融，斜照江天一抹红。

◎ 注释

多景楼：在镇江北固山甘露寺内，北临长江，三面环水，登楼四望，美景尽收眼底，曾被赞为天下江山第一楼。

樽酒：举杯饮酒。"樽"同"尊"。

琵琶语：指歌妓所弹琵琶能够表情达意。

细捻轻拢：弹奏琵琶指法。捻指揉弦，拢指叩弦。

醉脸春融：酒后醉意，泛上脸面，好像有融融春意。

斜照：将要落山的太阳照着。

◎ 译文

本来就多情、多感、多病，偏偏又置身于多景楼中。和友人杯酒相逢，回想起之前为国所做的一些快事，却一笑而去。

听到悠远的琵琶声，不由放下了手中的酒杯，弹琵琶的女子技术娴熟地演奏着动人的音乐。脸上泛起像春日般的红晕，犹如江边斜照下来的一抹夕阳，美丽动人。

◎ 赏析

开篇两句，一连叠用四个"多"字，写出了特定环境中特定人物的心境，具有很好的艺术效果。这时正是作者因为反对新法、政治上遭到挫折的时刻，这里的"情""感"和"病"，深含着词人对身世的感慨。

"樽酒相逢"，点明与孙巨源、王正仲等集会于多景楼之事实，语感平实，为的是给下面抒情的"乐事回头一笑空"做铺垫。"乐事回头一笑空"，与起句"多情多感仍多病"的语意相连，意谓这次在多景楼饮酒听歌，诚为"乐事"，可惜不能长久，"一笑"之后，"回头"看时，眼前的"乐事"便会消失，只有"多情""多感""多病"永远留心头，哀怨尽言外。上片虚与实结合，言事与言情的结合，而以虚为主，以言情为主，既不浮泛又颇空灵，错落有致。

"停杯且听琵琶语"承上启下，认为"乐事回头一笑空"，故不能以认真的态度来对待音乐，所以，词人特地挑选了虚字"且"放于

"听"字之前，用以表现他当时不经意的心态。本无心欣赏，然而却被吸引，说明演奏得确实美妙。赞美之情通过"细"和"轻"二字表达出来，让人不由联想起白居易曾描述过的"大珠小珠落玉盘"的音乐之美。赞罢弹奏者的技艺，顺势描写弹奏者，但苏东坡惜墨如金，没有写其容貌、形体和服饰等，只用"醉脸春融"四字来写其神，丽而不艳，媚中含庄，活脱脱描摹出一个怀抱琵琶的少女两颊泛红、嘴角含笑的动人姿态。

"斜照江天一抹红"，是一句景语，是当时"残霞晚照"的写实，也可借以形容琵琶姑娘之"醉脸"，妙处在于难以捉摸，耐人寻味。

◎ **写作应用**

据苏东坡的一个朋友说，一年冬天，苏轼与两个朋友欢聚于润州（今江苏镇江）甘露寺多景楼。席间一个名叫胡琴的歌伎，姿色技艺令人陶醉。朋友请求东坡作词，说："残霞晚照，非奇词不尽。"于是苏轼就写了这首词。从写作的角度看，值得我们作为一种写作技巧来学习的，就是词人如何开头，有了一个好的开头后，就可以打开思路，自然而然地伸展开去。

文章的开头既难又关键。头开不好，就无法写；勉强开了个头，会觉得无法往下写，越写越不顺；而头开得好的话，就等于是自己给自己骑上了一匹思想和语言的骏马，一踏上路就四蹄利索，行走轻快，越走越有劲，这时的作文，就不是艰难的挤牙膏了，你会感觉到一种欢畅地表达自己的快乐。

来自云南的一位同学写了一篇《融融春意浓浓情》，头就开得很好："逐渐增加的太阳热力使剑川坝子回到了春天。春天，像一位童话里面美丽的小姑娘，从剑湖登岸，向北，向西，向金华镇行进……一路留下融融春意浓浓情！追寻着春姑娘的脚步，我回到了常在梦中神游的故乡——金华镇，回到了阔别两年之久的爷爷奶奶的小院。"有了这样一个设置了背景、打开了思路的开头，显然往下就好写了。

试浇桥下水，今夕到湘中

——把握好文章的逻辑结构

◎ **出处**

宋·陈与义《临江仙·高咏楚词酬午日》

◎ **原文**

高咏楚词酬午日，天涯节序匆匆。榴花不似舞裙红。无人知此意，歌罢满帘风。

万事一身伤老矣，戎葵凝笑墙东。酒杯深浅去年同。试浇桥下水，今夕到湘中。

◎ **注释**

午日：端午。

酬：过，派遣。

节序：节令。

戎葵：即蜀葵，花开五色，似木槿。

◎ **译文**

我放声吟诵楚辞，来度过端午。此时我漂泊在天涯远地，是一个匆匆过客。异乡的石榴花再红，也比不上京师里的舞者裙衫飘飞那般艳丽。没有人能理解我此时的心意，慷慨悲歌后，仿佛要满帘生风啊！

万事在如今，只是空有一身老病在。墙东的蜀葵，仿佛也在嘲笑我的凄凉。杯中之酒，看起来与往年相似。我将它浇到桥下的江水，让江水带着流到湘江去。

◎ **赏析**

阴历五月初五是端午节，民间划龙舟、食粽子以纪念屈原，词人就由这种江边的民俗写起，借以抒发自己的爱国情怀。

词一开头，一语惊人。"高咏楚词"透露了在节日中的感伤心绪和壮阔胸襟，屈原的高洁品格给词人以激励，他高昂地吟诵楚辞，深感流落天涯之苦，节序匆匆，自己却报国无志。陈与义在两湖间流离之际，面对现实回想过去，产生无穷的感触，他以互相映衬的笔法，抒写"榴花不似舞裙红"，用鲜艳灿烂的榴花比鲜红的舞裙，回忆过去春风得意、声名籍籍时的情景。"无人知此意，歌罢满帘风"，有谁能理解他此刻的心情呢？高歌《楚辞》之后，满帘生风，其慷慨悲壮之情，是可以想象的，但更加突出了词人的痛苦心情。在这值得纪念的节日里，词人心灵上的意识在歌声中起伏流动。"节序匆匆"的感触，"榴花不似舞裙红"的怀旧，"无人知此意"的感喟，都托诸于激昂悲壮的歌声里，而"满帘风"一笔，更显出词人情绪的激荡，融情入景，令人体味到一种豪旷的气质和神态。

词的下阕，基调更为深沉。"万事一身伤老矣"，一声长叹，包涵了词人对家国离乱、个人身世的多少感慨之情！人老了，一切欢娱都已成往事。"戎葵凝笑墙东"句，是借蜀葵向太阳的属性来喻自己始终如一的爱国思想。最后三句写此时此刻的心情。满腔豪情，倾注于对屈原的怀念之中。"酒杯深浅"是以这一年之酒与前一年之酒比较，特写时间的流逝。酒杯深浅相同，而时非今日，不可同日而语，感喟深远。用酒杯托意而意在言外，在时间的流逝中，深化了"万事一身伤老矣"的慨叹，突出了词人的悲愤之情。情绪的激荡，促使词人对屈原的高风亮节的深情怀念："试浇桥下水，今夕到湘中。"面对湘江词人祭酒的虔诚，加上这杯中之酒肯定会流到汨罗江的联想，因而滔滔江水之中，融合了词人心灵深处的感情。从高歌其辞赋到酹酒江水，深深地显示出词人对屈原的凭吊，其强烈的怀旧心情和爱国情感，已付托于这"试浇"的动作及"桥下水，今夕到湘中"的遐想之中。

◎ 写作应用

屈原是历史上忠臣的象征，而宋朝因其国势艰难，又是一个总在激励着忠臣、呼唤着忠臣的时代。这些忠臣们是很容易联想起屈原的，尤其是在每年端午节的时候。陈与义的这首词，从"高咏楚词酬午日

"到"试浇桥下水，今夕到湘中"，形成了一种主线贯通且首尾呼应的结构。在这样一个结构中，词人安排了此时此情中最具代表性的几种事物、几个意象："楚词""天涯""榴花""万事一身""戎葵""浇酒""流水""湘中"，等等。

这种仿佛一根红线串上几颗珍珠的结构，在作文写作中是常用常见的。这根红线，可以是时空顺序，可以是事物的因果发展逻辑，而难度较大，但最容易感染读者的，则是作者在特定情境中的情感发展线索和心理发展线索。中国古代大量的诗词名作，其结构实质都是这样，初读起来跳跃性很大，似乎有点儿摸不着头绪，但把握住作者的情感逻辑和心理逻辑后，就会被带到那个特定的形象世界和感人氛围之中。我们写作时，如果能够进入那种意境，也完全可以试一试这种超越生活逻辑和事物自身逻辑的心理逻辑结构。

寻寻觅觅，冷冷清清，凄凄惨惨戚戚
——用精练的语言收尾

◎ **出处**

宋·李清照《声声慢·寻寻觅觅》

◎ **原文**

寻寻觅觅，冷冷清清，凄凄惨惨戚戚。乍暖还寒时候，最难将息。三杯两盏淡酒，怎敌他、晚来风急？雁过也，正伤心，却是旧时相识。

满地黄花堆积。憔悴损，如今有谁堪摘？守着窗儿，独自怎生得黑？梧桐更兼细雨，到黄昏、点点滴滴。这次第，怎一个愁字了得！

◎ **注释**

寻寻觅觅：意谓想把失去的一切都找回来，表现非常空虚怅惘、迷茫失落的心态。

凄凄惨惨戚戚：忧愁苦闷的样子。

乍暖还寒：指秋天的天气，忽然变暖，又转寒冷。

将息：旧时方言，休养调理之意。

怎敌他：对付，抵挡。

损：表示程度极高。

堪：可。

怎生：怎样。

这次第：这光景，这情形。

◎ 译文

整天都在寻觅，却只见冷冷清清，让人深感凄惨悲戚。忽寒忽暖的时节，最难调养安息。喝三两杯淡酒，怎么能抵得住晚上的寒风急袭？大雁从眼前飞过，更让人伤心，因为都是旧日的相识。

园中凋谢的菊花满地堆积，都已经憔悴不堪，如今有谁还会来采摘？冷清清地守着窗子，独自一个人怎么熬到天黑？梧桐叶上细雨淋漓，到黄昏时分，还是点点滴滴不停息。此情此景，怎么能用一个"愁"字了结！

◎ 赏析

这首词起句便不寻常，一连用七组叠词，极富音乐美。宋词是用来演唱的，因此，音调和谐是一项很重要的内容。李清照对音律有极深造诣，所以这七组叠词朗读起来，便有一种大珠小珠落玉盘的感觉。只觉齿舌音来回反复吟唱，徘徊低迷，婉转凄楚，有如听到一个伤心至极的人在低声倾诉，然而她还未开口就觉得已能使听众感觉到她的忧伤，而等她说完了，那种伤感的情绪还是没有散去。一种莫名其妙的愁绪在心头和空气中弥漫开来，久久不散，余味无穷。

心情不好，再加上这种乍暖还寒的天气，词人连觉也睡不着了。如果能沉沉睡去，那么还能在短暂的时间内逃离痛苦，可是越想入眠就越难以入眠，于是词人就很自然地想起亡夫来。披衣起床，喝一点儿酒暖暖身子再说吧。可是寒冷是由于孤独引起的，而饮酒与品茶一样，独自一人只会觉得分外凄凉。

端着一杯淡酒，而在这天暗云低、冷风正劲的时节，却突然听到孤雁的一声悲鸣，那种哀怨的声音直划破天际，也再次划破了词人未愈的伤口，头白鸳鸯失伴飞。词人感叹：唉，雁儿，你叫得这样凄凉幽怨，难道也像我一样，余生要独自一人面对万里层山、千山暮雪吗？胡思乱想之下，泪光迷蒙之中，蓦然觉得那只孤雁正是以前为自己传递情书的那一只。无可奈何花落去，似曾相识燕归来。旧日传情信使仍在，而秋娘与萧郎已死生相隔、人鬼殊途了，物是人非事事休，欲语泪先流。这一奇思妙想包含着无限无法诉说的哀愁。

这时看见那些菊花，才发觉花儿也已憔悴不堪，满地堆积，再无当年那种"东篱把酒黄昏后，有暗香盈袖"的雅致了。词人想：以往丈夫在世时的日子多么美好，诗词唱和，整理古籍，可如今呢？只剩下自己一个人在受这无边无际的孤独的煎熬了。故物依然，人面全非。"旧时天气旧时衣，只有情怀，不得似往时。"独对着孤雁残菊，更感凄凉。手托香腮，珠泪盈眶；怕黄昏，挨白昼。对着这阴沉的天，一个人要怎样才能熬到黄昏的来临呢？漫长使孤独变得更加可怕。独自一人，连时间也觉得开始变慢起来。

好不容易等到了黄昏，却又下起雨来。点点滴滴、淅淅沥沥的，无边丝雨细如愁，下得人心更烦了。再看到屋外那两棵梧桐，虽然在风雨中却互相扶持，互相依靠，两相对比，自己一个人要凄凉多了。

急风骤雨，孤雁、残菊、梧桐，眼前的一切，使词人的哀怨重重叠叠，直至无以复加，不知怎样形容，也难以表达出来。于是词人再也不用什么对比、什么渲染、什么赋比兴了，直截了当地说："这次第，怎一个愁字了得？"简单直白，反而更觉神妙，更有韵味，更堪咀嚼。

◎ **写作应用**

这是李清照最典型的代表作之一，它的确写得好，精彩的赏析不计其数。对于写作而言，最具有应用价值有以下几点。

一是要充分重视口语的魅力。词是很雅的文体，提倡"词别是一家"的李清照则更讲究词的婉约清雅的风格。然而，雅并不是要一味雕琢文字，在口语中，同样可以体现出情致和意境来。"寻寻觅觅，冷冷清清，凄凄惨惨戚戚"，这首词最为人们称道的开头的三句叠字连用，就是以真切的口语渲染了冷清悲凄的氛围，为全词奠定了基调。

二是要自然而又深入地发掘周围物象与自己内心世界的映衬关系。这首词中写了一连串的物象："乍暖还寒时候""三杯两盏淡酒""晚来风急"（也有本作"晓来风急"）"雁过""满地黄花堆积""梧桐更兼细雨"等，都映衬着词人内心的悲苦无奈。

最后，在文章的结尾，用水到渠成的精练语言，把自己的情感或者是思想浓缩凝结，呈现出来。"这次第，怎一个愁字了得！"这并不是李清照的发明，而是许多文学家的成功经验，早在《诗经》中就有"卒章显志"的习惯性处理。对于作者来说，这往往是一种自然的收束；对于读者来说，很多时候也需要用确定明了的一句话，甚至是一个词，来把握呼应作者前面已经表达出来的万千思绪，以一种聚焦的方式在内心形成呼应。

新月又如眉。长笛谁教月下吹
——问式开头，展开思路

◎ **出处**

宋·晏几道《南乡子·新月又如眉》

◎ **原文**

新月又如眉。长笛谁教月下吹？楼倚暮云初见雁，南飞。漫道行人雁后归。

意欲梦佳期。梦里关山路不知。却待短书来破恨，应迟。还是凉生玉枕时。

南乡子：原为唐教坊曲名，后用为词牌名。

谁教：谁令，谁使。

短书：短信。

破恨：指稍解离恨。

应迟：揣度设想之辞，意谓书信大概会迟来。

玉枕：磁枕，夏季所枕。

◎ 译文

新月就好像弯眉一样。谁又让思人在月下吹笛？独倚高楼，暮云中初见大雁南飞。却只能徒然等待行人在大雁之后归来。

只想在梦中相见，只是在梦中，却不知道路在何方。只有等待短信来消解离恨，猜想书信会迟来。依旧是孤枕难眠。

◎ 赏析

上阕以时景起笔，而归结于情思。"新月"颇有与"故人"暗成对比的意味，"如眉"则是不圆之意，暗点离思主题，愁上眉间。"又"是此景之叹，表明词人已历见多次，既状时间之长，亦隐隐透出触目惊心、怎堪又见的苦涩。恍惚间，耳际响起声声长笛。"谁教"表面上探寻的是月下吹笛的缘由，实则却在千般埋怨它的不是时候。"楼倚"两句写其所见极具层次感，独倚高楼，先是看到天涯尽处一片"暮云"夕景，继而苍茫云间"初见"斑黑点点，而后逐渐清晰扩大为可识别的"雁"，继而在雁过后醒觉它们所循的方向，点破时节。"南飞"二字独为一句，语音短促，似结未结，仿佛状写了了，也涵括了她凝眸追踪群雁行迹的整个时间过渡，直至影踪全无。"漫道"语极失落凄婉，别说希冀行人雁前归，怕是连"行人雁后归"也是一种徒然空盼。

下阕以情思起笔，而归结于时景。"佳期幽会两悠悠，梦牵情役几时休"（五代顾夐《浣溪沙》），词人已不敢奢望现实中的"佳期"，唯有寄望于托梦圆愿，"意欲"表示她退而求其次的转念，也存了但求稍解离愁的期待，可却偏偏连这小小渴望也无法得偿。人说"天长路远魂飞苦，梦魂不到关山难"（李白《长相思》），而她虽不畏"关山路"苦，奈何"不知"关山路！现实梦境两头空，离恨已不可能由"佳期"来解，那么就只能再退一步等待千里之外的尺素。"短"是一退再退，不求绵绵情话，但求只言片语便已满足；"破"状她极欲消除，从此远离别恨，以至于要将之彻底粉碎使其无法重拼再生；"却"又是一个满怀希望的期待之辞。然而"应迟"，这短书必是迟来的肯定判断，似乎出于她过去的经验。至此退无可退，"还是"二字，萧冷无边，思量无尽，幽怨无限，神伤无已。

◎ 写作应用

这也是一首怀人之作，我们不妨从作品开头问式的使用来看这首词。

"新月又如眉，长笛谁教月下吹？"体会一下，我们就会发现，新月之下吹起长笛的，正是这位倚楼眺望的女主人公，她其实是在自己问自己，是不必问的故意发问。然而，有了这一问，就有了一种自怨自艾、凄婉幽怨的情感氛围，为整首词中的思念奠定了基调。

问式在文章中的使用可以多种多样，可以如这首词一样意在渲染氛围，也可以设法为后面思路的展开设置一个平台。来自江西的一位同学在一篇题为《华容道用关羽之我见》的议论文中数次使用了设问："我认为，诸葛亮用关羽，不仅没错，而且正体现了他的高明之处，是一般人难以理解的。为什么这么说呢？……假如杀了曹操，谁来抵挡东吴大军呢？……但既然诸葛亮要放走曹操，在华容道上设伏不是多此一举吗？……"整篇文章就是这样用一个接一个设问，将自己的思考层层推向深入，把问题的核心一步步剥离出来，怪不得有人在评点中感叹这位同学"小小年纪，对合纵连横、虚实真伪的政治权谋议论得如此透辟"。

瑶草一何碧，春入武陵溪

——开头一定要简洁

◎ **出处**

宋·黄庭坚《水调歌头·游览》

◎ **原文**

瑶草一何碧，春入武陵溪。溪上桃花无数，枝上有黄鹂。我欲穿花寻路，直入白云深处，浩气展虹霓。只恐花深里，红露湿人衣。

坐玉石，倚玉枕，拂金徽。谪仙何处？无人伴我白螺杯。我为灵芝仙草，不为朱唇丹脸，长啸亦何为？醉舞下山去，明月逐人归。

◎ **注释**

水调歌头：词牌名，又名"元会曲""台城游""凯歌""江南好""花犯念奴"等。

瑶草：仙草。

武陵溪：指代幽美清净、远离尘嚣的地方。

枝：一作"花"。

倚：依。一作"欹"。

金徽：金饰的琴徽，用来定琴声高下之节。这里指琴。

谪仙：谪居人间的仙人。

螺杯：用白色螺壳雕制而成的酒杯。

灵芝：菌类植物。古人以为灵芝有驻颜不老及起死回生之功，故称仙草。

◎ **译文**

瑶草多么碧绿，春天来到了武陵溪。溪水上有无数桃花，花的上面有黄鹂。我想要穿过花丛寻找出路，却走到了白云的深处，彩虹之巅展现浩气。只怕花深处，露水湿了衣服。

坐着玉石，靠着玉枕，拿着金徽。被贬谪的仙人在哪里？没有人陪我用田螺杯喝酒。我为了寻找灵芝仙草，不为表面繁华，长叹为了什么？喝醉了手舞足蹈地下山，明月仿佛在驱逐我回家。

◎ 赏析

开头一句，词人采用比兴手法，热情赞美瑶草（仙草）像碧玉一般可爱，使词作一开始就给人一种美好的印象，激起人们的兴味，把读者不知不觉地引进作品的艺术境界中去。从第二句开始，则用倒叙的手法，逐层描写神仙世界的美丽景象。

"春入武陵溪"，具有承上启下的作用。这里，词人巧妙地使用了陶渊明"桃花源记"的典故。陶渊明描写这种子虚乌有的理想国度，以表现他对现实社会的不满。黄庭坚用这个典故，其用意不言自明。这三句写词人春天来到"桃花源"，那里溪水淙淙，到处盛开着桃花，树枝上的黄鹂不停地唱着婉转悦耳的歌。

"我欲穿花寻路"三句，写词人想穿过桃花源的花丛，一直走向飘浮白云的山顶，一吐胸中浩然之气，化作虹霓。这里，词人又进一步曲折含蓄地表达了对现实的不满，幻想能找到一个可以自由施展才能的理想世界。然而"只恐花深里，红露湿人衣"两句，曲折地表现了词人对纷乱人世的厌倦但又不甘心离去的矛盾。词人采用比喻和象征手法很富有令人咀嚼不尽的诗味。"红露湿人衣"一句，是从王维诗句"山路元无雨，空翠湿人衣"（《山中》）脱化而来，黄庭坚把"空翠"换成"红露"，化用前人诗句，天衣无缝，浑然一体。

下阕继续采用浪漫主义的笔调，抒写词人孤芳自赏、不同凡俗的思想。词人以丰富的想象，用"坐玉石、倚玉枕、拂金徽（弹瑶琴）"表现他的志行高洁、与众不同。"谪仙何处？无人伴我白螺杯"两句，表面上是说李白不在了，无人陪他饮酒，言外之意，是说他缺少知音，感到异常寂寞。他不以时人为知音，反而以古人为知音，曲折地表达出他对现实的不满。

"我为灵芝仙草"两句，表明他到此探索的真意。"仙草"即开头的"瑶草","朱唇丹脸"指第三句的"溪上桃花"。"长啸亦何为"意谓不必去为得不到功名利禄而忧愁叹息。

最后两句是词作中的警句，生动、形象、含蓄。它描写词人最后摇摇晃晃及其下山翩翩起舞的形象，尤其表现了他想逃避现实而又不甘心如此的矛盾心理，最终回到现实中，却像是明月驱赶他回来的。

◎ 写作应用

《水调歌头》作为词中的长调，是很适于铺述的。它既可以用来描绘空间上的宏大场面，将其中的传神镜头一一摄入；又可以用来叙述一个时间较长的事件，将其中一步步的发展娓娓道来。黄庭坚的这首词为春行纪游之作，词人采用幻想的镜头，描写自己神游一个美好仙境的过程。

"瑶草一何碧，春入武陵溪"，从写作的角度来看，这真是一个极好的开头。从遍地的碧草起笔，很自然地进入春天的武陵溪中。再往下，就可以展开描写一个五彩缤纷的美妙仙境了。

来自沈阳的一位同学写了一篇题为《树》的作文，是这样开头的："月亮静悄悄地爬上了山腰，皎洁的月光洒满了这个山沟沟，落在了稀稀落落的十几个农舍上，这是一个远离城镇的山村。到底与城镇多远，谁也说不清楚，据村里的老人讲，要翻过两个山头才能找到大路，再沿大路走好远才能看到城市。故事就发生在这个闭塞的山村里。"

作文写的是一个为山村教育事业贡献青春的"城里青年"。开头这段文字中就用不少话来渲染了这个远离城镇的山村"到底与城镇多远，谁也说不清楚"。其实这没有太大的必要。月亮下偏僻山村的那几句，已经恰到好处，有意境，有氛围，也点染出了山村的偏远荒凉，完全可以引发后面的故事，而故事的展开，也恰恰与之融合。多了那几句关于"多远"的解说，反而显得多余，还破坏了全篇的氛围。

彩舟载得离愁动，无端更借樵风送

——多动脑筋，文章才会有新意

◎ **出处**

宋·贺铸《菩萨蛮·彩舟载得离愁动》

◎ **原文**

彩舟载得离愁动，无端更借樵风送。波渺夕阳迟，销魂不自持。

良宵谁与共，赖有窗间梦。可奈梦回时，一番新别离！

◎ **注释**

菩萨蛮：本唐教坊曲，后用为词牌。亦作"菩萨鬘"，又名"子夜歌""重叠金"等。

彩舟：结彩的船，此处指行人乘坐的船。

无端：无缘无故。

樵风：树林中吹来的风。后用樵风指顺风。

波渺：水面宽阔，烟波茫茫的样子。

迟：晚。

自持：控制自己。

赖：感情依托。

可奈：怎奈，岂奈之意。

◎ **译文**

画船载着离愁驶离了岸边，不料正有顺风送我登程。水面烟波茫茫，夕阳中天色已晚，暮色中禁不住黯然伤神。

美好的夜晚再与谁共度，幸好还能与爱人小窗同倚在睡梦里。无奈到了梦醒的时候，又是一番新的别离。

◎ **赏析**

起首一句"彩舟载得离愁动"中的"彩舟"是行人乘坐之舟。长亭离宴，南浦分携，行前执手，一片哀愁，而今兰舟已缓缓地离开了码头。然而这位行人的心头却还是那样悲哀，他甚至觉得这载人载货的船上，已经装满了使人不堪负担的离愁，真是联想奇特，语新意深。

第二句"无端更借樵风送"这一句写的是船借着顺风飞快地远航而去，那伫立在岸边送行的心上人的倩影，很快就不可得见。词人五内俱伤，哀感无端，不由得对天公产生了奇特的怨责：为什么偏偏在这个时候，没来由送来一阵无情的顺风，把有情人最后相望的一丝安慰也吹得干干净净呢！

第三句"波渺夕阳迟"，词意由密转疏，情中布景。词人展望前程，天低水阔，烟波迷离。一抹夕阳的余晖，在沉沉的暮霭之中，看上去是那样的凄凉。

独立苍茫，一叶孤舟上茕茕孑立的行人遂生"销魂不自持"的无限感慨！

换头重笔另开，设想别夜的落寞惆怅。"良宵谁与共"，明知无人共度良宵而故作设问，突出了除心上人而再也没有其他人可以和自己共度时光的执着痴情。"赖有窗间梦"句是说，只有独卧窗下，在神思魂萦的梦境中才能和心上人再一次相见。一个"赖"字，说明词人要把梦中的欢聚作为自己孤独心灵的唯一感情依托。这两句，一问沉痛，一答哀婉，有力地表现了自己别后的孤独和凄凉。词人煞费苦心地为自己构筑了一个痴情而又感伤的希望，在冷酷的现实面前，又不得不亲手把它击得粉碎。

结拍"可奈梦回时，一番新别离"是说梦中的欢会诚然是缠绵热烈的，无奈梦总是要醒的；而梦醒之后，一番梦中相会的欢欣恰又导致了"一番新别离"的痛苦！

◎ **写作应用**

这首《菩萨蛮》上阕写离别，下阕写离愁，全词想象丰富，语意新奇，短小精悍，含蓄隽永。

贺铸以善于写愁而著称。他在那首借用了李贺"天若有情天亦老"

的《行路难》中感慨"争奈愁来一日却为长",而这首词作也是在写愁,也是有感于中,情真意切,但思路和角度却又换了新的。

这首词的开头和结尾实在是高明:"彩舟载得离愁动,无端更借樵风送",词人说自己乘坐的彩舟载的已是离愁了,埋怨老天爷为什么此时还要刮一阵顺风让它更快,这真是很高明的想象力;"可奈梦回时,一番新别离",梦中相见,本已强调着不能相见的痛苦,但词人更进一层,说这种梦也做不得,因为梦醒时分,不又是一番离别吗?

所以,写文章是一定要动脑筋的,一定不能满足于拾取大家总是在说的那些话、总是在用的那些手法。这里面有个很重要的问题:如果你的情感和思想较为浮泛,较为一般,你会觉得那些通行、通用的语言和表达方式好用、够用。但是,如果你确有真正来自自己内心的感受、真正是自己思考出来的见解,你就会觉得那些通用的说法和技巧不够用、不到位了,这时,只要认真动动脑筋,文章的新意很可能会呼之而出。

赤壁矶头,一番过、一番怀古
——开头放得开,结尾收得住

◎ **出处**

宋·戴复古《满江红·赤壁怀古》

◎ **原文**

赤壁矶头,一番过、一番怀古。想当时,周郎年少,气吞区宇。万骑临江貔虎噪,千艘列炬鱼龙怒。卷长波、一鼓困曹瞒,今如许?

江上渡,江边路。形胜地,兴亡处。览遗踪,胜读史书言语。几度东风吹世换,千年往事随潮去。问道傍、杨柳为谁春,摇金缕。

◎ **注释**

赤壁矶:即黄州赤壁。

区宇：即寰宇，宇宙。

万骑：借指孙刘联军。

貔虎：猛兽，指军队、勇士。

列炬：猛烈的火炬。

鱼龙怒：潜蛰在深水中的鱼龙类水族因受到战火威胁而发怒。这里侧面写战争场面的惊心动魄。

卷长波：水面上卷起了长长的火龙。

今如许：如今又怎么样呢？

形胜地：地形险要的战略要地。

兴亡处：当年众雄生死争斗的地方。

傍：同"旁"。

春：春色，此用作动词。

金缕：指嫩黄色的柳条。

◎ 译文

每经过一次赤壁矶就引发一次怀古心绪。想当年，周瑜意气风发，一心吞并天下。万骑临江，鼓声震天，在千艘烈炬的拼搏中，那些潜居江中的鱼龙因为受到战火的影响都变得怒不可遏。水面上卷起了长长的火龙，在鼓角声中，孙刘联军围困住了曹操，现在又怎样呢？

江上渡口，江边小路，全是地形险要的战略要地，是当年众雄生死争斗的地方。今天我在此凭吊古迹，自己得到的深切感受，胜过读历史书籍。东风吹，光景移，已经改朝换代无数次了，历史的往事随江潮而逝。问道旁的杨柳年年为谁而春，为谁摇动金黄的枝条。

◎ 赏析

上片开头说"赤壁矶头，一番过、一番怀古"，与苏轼的"大江东去，浪淘尽，千古风流人物"相比，戴词显得起势平淡，远不如苏词的气势雄伟，但戴词以朴素的叙述入题，倒也显得自然轻快。苏词中的周瑜形象，着墨较多，形象较鲜明；戴词写周郎，仅写他"气吞区宇"

的英雄气概，别是一种写法。对赤壁大战场面的描绘，苏轼仅有"谈笑间，樯橹灰飞烟灭"一句；戴词则用浓墨重彩，极力渲染气氛，艺术地再现这一惊心动魄的大战。"万骑临江貔虎噪，千艘列炬鱼龙怒"两句，用精工的对偶句，把战争的场面表现得淋漓尽致，生动、贴切地描绘出孙刘联军的高昂士气，写出了火攻曹军时的翻江倒海之势。"卷长波、一鼓困曹瞒"句，刻画出波澜壮阔的中流水战，气势磅礴，与"谈笑间，樯橹灰飞烟灭"有异曲同工之妙，传神地描绘出曹军崩溃之快、周瑜取胜之速。词写到这里，陡然转折，用"今如许"三字提出问题：现在又怎样呢？这转折一问，问得很好，感慨苍茫，意味深厚。南渡之后，国势一日不如一日，词人将大半生目击心伤的国事，全含在这一问句中。

下片"江上渡，江边路。形胜地，兴亡处"数句，写赤壁矶附近的山川形胜，游览赤壁之战的遗迹。词人认为建安十三年发生在这里的一次战斗，是两军决定存亡的一次战斗。如今看到这些遗迹，自己得到的深切感受，真胜过读历史书籍。下面又将话题一转，抒写词人忧国伤时的感慨："几度春风吹世换，千年往事随潮去。"东风吹，光景移，由三国至今，改朝换代的事已经发生不止一次了，历史的往事已经随江潮而逝去，这是历史的规律。千古风流人物，也随着滚滚东流的长江而流逝了，现在又有谁能收拾祖国残破的山河啊！下片的结尾处，词人向道旁的杨柳发问，问道旁杨柳在为谁生春，为谁摇动金色的柳条。言下之意是，由于自己感时伤世，面对"春风杨柳万千条"的美景，再也无心观赏了。

◎ **写作应用**

戴复古的这首《满江红》，也题为"赤壁怀古"，要在苏轼的"大江东去"的那首名作之后再来写，其难度无疑是很大的，我们且看他如何来开头，如何来发展，又如何来结尾。

戴复古知道，任何读者，一见到他的这首词，首先会想起的将是苏轼的名作。而其实他自己也是这样，站在赤壁江边，想到的也首先是前人的怀古之作。所以，他就实实在在地从这里写起："赤壁矶头，一番过、一番怀古。"然后，他把苏轼词中浓缩表现的激战加以展开和渲染，并联想到今天："想当时，周郎年少，气吞区宇。万骑临江貔虎噪，千艘列炬鱼龙怒。卷长波、一鼓困曹瞒，今如许？"接下来，他注目于长江天险的地理形势，表达自己的感叹："江上渡，江边路。形胜地，兴亡处。"看到这些历史遗迹，胜读过多少史书典籍啊！最后的结尾，可以分为两层意思的转折："几度东风吹世换，千年往事随潮去"，这仍是几乎所有的怀古之作必然出现的历史慨叹，而"问道傍、杨柳为谁春，摇金缕"，却又回到了自己内心深处一种悲哀的发问：道旁的这些杨柳啊，如今你们还在为谁迎来春天，摇动这金色的柳条呢？

　　作文的开头与结尾，无疑也是没有一定之规的，但有一个基本原则，就是要放得开，收得住。相比之下，开头的放得开是比较重要也比较困难的。开头如果放不开，整篇文章写起来就会觉得束手束脚，挤得难受，往下"挤"，凑够一篇文章应该有的像样篇幅很困难。收得住，可以是完整意思的画上句号，也可以是言有尽而意无穷的余音绕梁，但也必须给读者一个该说的话都已经说完的完整感，留下的不尽之意是让你去品味的。

第三章

读宋词，学结构布局

一点浩然气，千里快哉风

——由思路转折形成文章的生动感

◎ **出处**

宋·苏轼《水调歌头·黄州快哉亭赠张偓佺》

◎ **原文**

落日绣帘卷，亭下水连空。知君为我新作，窗户湿青红。长记平山堂上，欹枕江南烟雨，杳杳没孤鸿。认得醉翁语："山色有无中"。

一千顷，都镜净，倒碧峰。忽然浪起，掀舞一叶白头翁。堪笑兰台公子，未解庄生天籁，刚道有雌雄。一点浩然气，千里快哉风。

◎ **注释**

水调歌头：词牌名，又名"元会曲""台城游""凯歌""江南好""花犯念奴"等。

湿青红：漆色鲜润。

平山堂：宋仁宗庆历八年（1048年）欧阳修在扬州所建。

欹枕：卧着可以看望。

醉翁：欧阳修别号。

倒碧峰：碧峰倒映水中。

一叶：指小舟。

白头翁：指老船夫。

庄生：战国时道家学者庄周。

天籁：发于自然的声响，即指风吹声。

刚道："硬说"的意思。

◎ **译文**

落日中卷起绣帘眺望，亭下江水与碧空相接，远处的夕阳与亭台相映，空阔无际。为了我的到来，你特意在窗户上涂上了清油的朱漆，色彩犹新。这让我想起当年在平山堂的时候，靠着枕席，欣赏江南的烟雨，遥望远方天际孤鸿出没的情景。今天看到眼前的景象，我方体会到欧阳醉翁词句中所描绘的山色若隐若现的景致。

广阔的水面十分明净，山峰翠绿的影子倒映其中。忽然江面波涛汹涌，一个渔翁驾着小舟在风浪中掀舞。见此不由得想起了宋玉的《风赋》，像宋玉这样可笑的人，是不可能理解庄子的风是天籁之说的，硬说什么风有雄雌。其实，一个人只要具备至大至刚的浩然之气，就能在任何境遇中都处之泰然，享受到无穷快意的千里雄风。

◎ 赏析

这首词描写的对象，主要是"快哉亭"周围的广阔景象。开头四句，先用实笔，描绘亭下江水与碧空相接、远处夕阳与亭台相映的优美图景，展现出一片空阔无际的境界，充满了苍茫阔远的情致。"知君为我新作"两句，交代新亭的创建，点明亭主和自己的密切关系，反客为主、诙谐风趣地把张偓佺所建的快哉亭说成特意为自己而造，又写亭台窗户涂抹上青红两色油漆，色彩犹新。

"长记平山堂上"五句，是记忆中的情景，又是对眼前景象的一种以虚托实的想象式侧面描写。词人用"长记"二字，唤起他曾在扬州平山堂所领略的"江南烟雨""杳杳没孤鸿"那种若隐若现、若有若无、高远空蒙的江南山色的美好回忆。他又以此比拟他在"快哉亭"上所目睹的景致，将"快哉亭"与"平山堂"融为一体，构成一种优美独特的意境。这种以忆景写景的笔法，不但平添了曲折蕴藉的情致，而且加强了词境的空灵飞动。以上五句新颖别致，引人入胜，通过作者昔日的淋漓兴致，传达出当日在快哉亭前览胜的欣喜之情。

上片是用虚实结合的笔法，描写快哉亭下及其远处的胜景。下片开头以下五句，又用高超的艺术手法展现亭前广阔江面倏忽变化、波涛汹涌、风云开阖、惊心骇目的壮观场面。词人并由此生发开来，抒发其江湖豪兴和人生追求。"一千顷，都镜净，倒碧峰"三句，写眼前广阔明净的江面，清澈见底，碧绿的山峰倒映于江水中，形成了一幅优美动人的平静的山水画卷，这是对水色山光的静态描写。"忽然"两句，写一阵巨风，江面倏忽变化，一个渔翁驾着一叶小舟，在狂风巨浪中掀舞。至此，词人的描写奇峰突起，由静境忽变动境，从而自然地过渡到全词着意表现的着重点——一位奋力搏击风涛的白发老翁。这位白头翁的形象，其实是东坡自身人格风貌的一种象征。以下几句，作者由风波浪尖上弄舟的老人，自然引出他对战国时楚国兰台令宋玉所作《风赋》的议论。在词人看来，宋玉将风分为"大王之雄风"和"庶人之雌风"是十分可笑的，是未解自然之理的生硬说教，白头翁搏击风浪的壮伟风神便是明证。其实，庄子所言天籁本身绝无贵贱之分，关键于人的精神境界的高低。他以"一点浩然气，千里快哉风"这一豪气干云的惊世骇俗之语昭告世人：一个人只要具备了至大至刚的浩然之气，就能超凡脱俗，刚直不阿，在任何境遇中，都能处之泰然，享受到无穷快意的千里雄风。

◎ **写作应用**

苏轼谪居黄州，有一好友张怀民，两个人意气相投，苏轼那篇极短然而极耐读的名作《记承天寺夜游》，写的就是他和张怀民深夜在月光下散步的空灵境界。张怀民住在宅西南长江边筑有一亭，苏轼为之取名为"快哉亭"，并写有《黄州快哉亭记》，这首词描绘的也是亭四周的开阔景色，并融入了自己的胸襟。

这首词在艺术构思和结构上，具有波澜起伏、跌宕多姿、大开大合、大起大落的特点。全词熔写景、抒情、议论于一炉，既描写了浩阔雄壮、水天一色的自然风光，又在其中灌注了一种坦荡旷达的浩然之气，展现出词人身处逆境却泰然处之、大气凛然的精神风貌，充分体现了苏词雄奇奔放的特色。

开阔的视野，豪放的气概，超脱的胸襟，构成了这首词独有的艺术魅力，这是值得我们在写作中整体上来学习的。而就技巧而言，有一点非常重要，就是由思路转折而形成的文章的生动感。我们写文章，常常显得平淡，而苏轼这首词，上片由眼前快哉亭的景色回想到当年平山堂的赏景，下片由风平浪静忽然跳到浪起舟舞，这种结构上的起伏转折，造就了文章的气势生动，曲折有致，读起来峰回路转，丝毫没有沉闷之感。

前度刘郎重到，访邻寻里
——依情感的流动从容道来

◎ **出处**

宋·周邦彦《瑞龙吟·大石春景》

◎ **原文**

章台路。还见褪粉梅梢，试花桃树。愔愔坊陌人家，定巢燕子，归来旧处。

黯凝伫。因念个人痴小，乍窥门户。侵晨浅约宫黄，障风映袖，盈盈笑语。

前度刘郎重到，访邻寻里，同时歌舞。惟有旧家秋娘，声价如故。吟笺赋笔，犹记燕台句。知谁伴，名园露饮，东城闲步。事与孤鸿去。探春尽是，伤离意绪。官柳低金缕。归骑晚、纤纤池塘飞雨。断肠院落，一帘风絮。

◎ **注释**

章台路：章台，台名。秦昭王曾于咸阳造章台，台前有街，故称章台街或章台路。

试花：形容刚开花。

愔愔：幽静的样子。

坊陌：一作“坊曲”，意与章台路相近。

乍窥门户：宋人称妓院为门户人家，此有倚门卖笑之意。

浅约宫黄：又称约黄，古代妇女涂黄色脂粉于额上做妆饰，故称额黄。

前度刘郎：指唐代诗人刘禹锡。此处词人以刘郎自比。

◎ 译文

繁华的长街上，还能见到将谢的梅花挂在枝头，含苞欲放的桃花已长满一树。街巷里青楼寂无人声，只有那忙着修巢的燕子，又重新回到去年的旧处。

我沮丧地凝神伫立，寻思那位玲珑娇小的旧情人。那日清晨初见时，她恰好倚门观望。她前额头上抹着淡淡的宫黄，扬起彩袖来遮挡晨风，嘴里发出银铃般的笑语。

如今我故地重游，访问她原来的邻里和同时歌舞的姐妹。只有从前的秋娘，她的声价依然如故。我如今再吟词作赋，还清楚地记得她对我的爱慕。可惜伊人不见，还有谁伴我在花园纵情畅饮，到城东漫步？欢情旧事都已随着天边飞逝的孤雁远去。满怀兴致回来有意探春，却尽是离情别绪，感人伤怀。官道旁的柳树低垂着金黄色的枝条，仿佛在为我叹惜。我骑马归来时天色已晚，秋雨绵绵，纤纤雨丝打湿了衣襟，落满了池塘。那令人伤怀断肠的院落啊，风吹柳絮，满院狼藉，那门帘上也落满了随风飘飞的柳絮。

◎ 赏析

这首词，字面上的重见桃花、重访故人，有"还见""重道"之喜，但只见"定巢燕子，归来旧处""旧家秋娘，身价如故"，自己则"探春尽是，伤离意绪"。空来空去，落得"断肠院落，一帘风絮"。此词，大开大合，起句突而又平。又其云在"章台路"上，不写眼前所见，却说"还见"云云，梅桃坊陌，寂静如故，燕子飞来，归巢旧处，全系写景，但以"还见"贯之，人之来，人之为怀旧而来，人之徘徊踯躅，都从字里行间露出，景中含情，情更浓烈，可见此词的沉郁处。中片本为双拽头，字句与上片同。以"黯凝伫"之人的痴立沉思写起，不写他所访求之人在与不在，而只"因念"云云，表面上描绘其昔时情态笑貌，实则追想从前的交游欢乐，但不明说，实是词的顿挫之处。下片则铺开来写，加深描绘"前度刘郎""旧家秋娘"，一则"事与孤鸿去"，一则"声价如故"，对照写来，顿挫生姿。"燕台句"写空有才名，而今只留记诵。"知谁伴，名园露饮，东城闲步"，清游何在？真是沉郁之至。一结以"飞雨""风絮"，景中含情，沉郁而又空灵。这首词以"探春尽是，伤离情绪"为主旨，直贯全篇。

从时间上说，是以今昔情节对比写来。上片之"章台路""坊陌人家"均写今日之景。中片之"因念个人痴小"云云，都是写昔人的情况。今日之景是实写，昔日之人是虚拟。一实一虚，空灵深厚。"还见"字犹有过去的影子。"因念"字徒留今天的想象，又是今中有昔，昔中有今。下片则今昔情事交织写来，"前度刘郎重到"有今有昔。"同时歌舞，惟有旧家秋娘，声价如故"，则是昔日有者，今日有存有亡。"吟笺赋笔，犹记燕台句。知谁伴，名园露饮东，东城闲步。"又是昔日之事，而今日看来，一切皆"事与孤鸿去"。一笔收束往事，回到当前清醒的现实，而不露痕迹。"探春尽是，伤离意绪"，这是全篇主旨。显得沉着深厚。结尾再次写景，先以"官柳"与开头的"章台"，"归骑"与开头的"归来"遥相照应，再写池塘、院落、门帘，而"飞雨"与"风絮"足以令人"断肠"，更增添了离愁别恨。

◎ 写作应用

周邦彦是宋代著名词人，他的《清真集》中第一篇就是这首词，历来被视为其代表作。这首词篇幅较大，词人把写景、抒情、叙事、怀人完美地融为一体，表达了逝去的美好与对逝去美好的怀念与惆怅。词在时间上就是这样似断似续，伤春意绪却是连绵不断。词又是一起写景，一结写景；一起静景，一结动景。花柳风光中人具有无限惆怅，是以美景衬托出感伤，所以极为深厚。加以章法上的实写、虚写、虚实穿插进行，显出变化多端，使这首词极为沉郁顿挫而得到词中之三昧。

这首长调就好比一篇完整的回忆散文，很值得我们学习它的文章结构。暮春时节探访旧地的触景伤情，回忆过去的历历在目，故人何在的惆怅思念，悄然离去时的黯然神伤。全文的脉络清晰而又层层递进，转折自然，过渡流畅。它在结构上不刻意做文章，而是依自己情感的流动从容道来。对于写作来说，这也是一种很好的方法，也可以取得相当感人的效果。

醉里挑灯看剑，梦回吹角连营
——用对比实现反差

◎ **出处**

宋·辛弃疾《破阵子·为陈同甫赋壮词以寄之》

◎ **原文**

醉里挑灯看剑，梦回吹角连营。八百里分麾下炙，五十弦翻塞外声。沙场秋点兵。

马作的卢飞快，弓如霹雳弦惊。了却君王天下事，赢得生前身后名。可怜白发生！

◎ **注释**

醉里：醉酒之中。

挑灯：拨动灯火，点灯。

八百里：指牛。

麾：军旗。

炙：烤肉。

五十弦：本指瑟，泛指乐器。

翻：演奏。

塞外声：以边塞作为题材的雄壮悲凉的军歌。

作：像……一样，如。

霹雳：特别响的雷声，比喻拉弓时弓弦响如惊雷。

了却：了结，完成。

天下事：此指恢复中原之事。

可怜：可惜。

◎ 译文

醉梦里挑亮油灯查看宝剑，梦中回到了当年的各个营垒，接连响起号角声。把烤牛肉分给部下，乐队演奏北疆歌曲。这是秋天在战场上阅兵。

战马像的卢马一样跑得飞快，弓箭像惊雷一样，震耳离弦。（我）一心想替君主完成收复国家失地的大业，取得世代相传的美名。可怜已成了白发人！

◎ 赏析

这首词第一句，只六个字，却用三个连续的、富有特征性的动作，塑造了一个爱国志士的形象，让读者从那些动作中去体会人物的内心活动，去想象人物所处的环境，意味无穷。为什么要吃酒，而且吃"醉"？既"醉"之后，为什么不去睡觉，而要"挑灯"？"挑"亮了"灯"，为什么不干别的，偏偏抽出宝剑，映着灯光看了又看？这一连串问题，只要细读全词，就可能做出应有的回答，因而不必说明。用什么样的"说明"也难以比这无言的动作更有力地展现人物的内心世界。

"挑灯"的动作又点出了夜景。那位壮士在夜深人静、万籁俱寂之时，思潮汹涌，无法入睡，只好独自吃酒。吃"醉"之后，仍然不能平静，便继之以"挑灯"，又继之以"看剑"。翻来覆去，总算睡着了。而刚一入睡，方才所想的一切，又幻为梦境。"梦"了些什么，也没有明说，却迅速地换上新的镜头："梦回吹角连营。"壮士一梦醒来，天已破晓，一个军营连着一个军营，响起一片号角声。这号角声，富有催人勇往无前的力量。而那位壮士，也正好是统领这些军营的将军。于是，他一跃而起，全副披挂，要把他"醉里""梦里"所想的一切统统变为现实。

三、四两句，按格律可以不讲对仗，词人也用了偶句。偶句太多，容易显得呆板，可是在这里恰恰相反。两个对仗极工而又极其雄健的句子，突出地表现了雄壮的军容，表现了将军及士兵们高昂的战斗情绪。"八百里分麾下炙，五十弦翻塞外声"：兵士们欢欣鼓舞，饱餐将军分给的烤牛肉，军中奏起振奋人心的战斗乐曲。牛肉一吃完，就排成整齐的队伍。将军神采奕奕，意气昂扬，"沙场秋点兵"。这个"秋"字用得好，正当"秋高马壮"的时候，"点兵"出征，预示了战无不胜的前景。

"沙场秋点兵"之后，大气磅礴，直贯后片"马作的卢飞快，弓如霹雳弦惊"：将军率领铁骑，快马加鞭，神速奔赴前线，弓弦雷鸣，万箭齐发。虽没做更多的描写，但从"的卢马"的飞驰和"霹雳弦"的巨响中，仿佛看到若干连续出现的画面：敌人纷纷落马；残兵败将，狼狈溃退；将军身先士卒，乘胜追杀，霎时结束了战斗；凯歌交奏，欢天喜地，旌旗招展。

这是一场反击战。那将军是爱国的，但也是追求功名的。一战获胜，功成名就，既"了却君王天下事"，又"赢得生前身后名"，当为"壮"也。

如果到此为止，那真够得上"壮词"。然而在那个被投降派把持朝政的时代，并没有产生真正"壮词"的条件，以上所写，不过是词人孜孜以求的理想而已。词人展开丰富的想象，化身为词里的将军，刚攀上理想的高峰，忽然一落千丈，跌回冷酷的现实，沉痛地慨叹道："可怜白发生！"白发已生，而收复失地的理想成为泡影。想到自己徒有凌云壮志，而"报国欲死无战场"（借用陆游《陇头水》诗句），便只能在不眠之夜吃酒，只能在"醉里挑灯看剑"，只能在"梦"中驰骋沙场，快意一时。

◎ 写作应用

这是辛弃疾最著名的作品之一，淋漓尽致地表达了词人报效祖国、志在千里的豪情和抱负，同时也伴随着人生易老、壮志难酬的深深悲哀。

这首词在布局方面有一点值得注意。"醉里挑灯看剑"一句，突然发端，接踵而来的是闻角梦回、连营分炙、沙场点兵、克敌制胜，有如鹰隼突起，凌空直上。而当翱翔天际之时，陡然下跌，发出了"可怜白发生"的感叹，使读者不能不为词人的壮志难酬洒下惋惜怜悯之泪。这种陡然下落，同时也戛然而止的写法，如果运用得好，往往因其出人意外而扣人心弦，产生强烈的艺术效果。这样的结构不但宋词中少有，在古代诗文中也很少见。这种艺术手法也正表现了辛词的豪放风格和他的独创精神。但是辛弃疾运用这样的艺术手法，不是故意卖弄技巧、追求新奇，这种表达手法正密切结合他的生活感情、政治遭遇。由于他的恢复大志难以实现，心头百感喷薄而出，便自然打破了形式上的常规。

就这首词的结构而言，是一种醉、醒交织的安排。在文章写作中，这种利用梦、醒对比来表现理想与现实之反差的结构，也是人们常用的，但关键是要自然妥帖，不得显露出为用而用之感。

来自辽宁的一位同学写了一篇《假如我有一支魔笔》，尝试使用的也是这种结构："昨晚，我正看着地图册，突然，眼前模糊了……白烟缭绕，彩光四射，好刺眼哦！一个洪亮的声音传了过来：'孩子，你非常幸运，哈哈！'我定睛一看，一个白胡子飘飘的老爷爷正站在我面前……突然，睁开我蒙眬的睡眼一瞧，我还在家里呢！原来看着看着书，不知不觉睡着了，妈妈正在推我。我想：倘若这不是梦，而是一件真实的事该多好呀！"一个初中的学生，能够利用这种由梦而醒的结构安排，已经不错了，而且在梦的"进入"和"出来"这两端，他都相当注意尽可能地做到自然，这正是使用这种结构的一个关键。

从宋词中汲取写作智慧

醉来却不带花归，诮不解、看花意

——文章似山不喜平

◎ **出处**

宋·舒亶《一落索·蒋园和李朝奉》

◎ **原文**

正是看花天气，为春一醉。醉来却不带花归，诮不解、看花意。

试问此花明媚，将花谁比？只应花好似年年，花不似、人憔悴。

◎ **注释**

一落索：词牌名。

蒋园：宁波南城金紫光禄大夫蒋浚明的园林。

春：这里指花。

诮：简直，全然。

明媚：明丽妩媚。

好：指花的明丽妩媚。

◎ **译文**

现在正是看花的天气，为花一醉。虽然被花陶醉，但是又不把花带回来，简直不理解看花的意味。

请问花的明媚有谁能比？应该让花留枝头，年年保持如此的明媚之姿，因为花不似人之随着年光过往会渐趋憔悴。

◎ **赏析**

这首词上阕的"正是看花天气"开门见山，点出题意。这句略无修饰，纯用白描，看似朴拙，其实巧妙，因为看花经验，人皆有之，根据它所规定的情景，辅以自己的生活体验，在眼前描绘出一幅繁花似锦、春光宜人的美丽图画。次句由景及人："为春一醉。"对此良辰美景，陶然一醉，诚为赏心乐事。这一句既是写看花人的感受，也从侧面进一步烘托出春景的迷人。接下去便宕开笔锋，道"醉来却不带花归"。一个"却"字，顿起波澜。"为春一醉"，即为花一醉，足见对花爱之深、迷之切；但在留恋花丛兴犹未尽之时，偏又"不带花归"。对此，词人也不禁自己笑自己："诮不解、看花意。"前人有云："好花堪折直须折，莫待无花空折枝。"而今赏花却不折花而归，词人高于俗人的爱花、惜花的一片深情，便委婉曲折地表达了出来。

下阕先设一问："此花明媚，将花谁比？"言外之意是无人可比。再进一层说："只应花好似年年，花不似、人憔悴。"就是说花之好，是年年如此，便该让它留在枝头，年年保持如此的明媚之姿，因为花不似人之随着年光过往会渐趋憔悴。至此，因惜年华而惜春、因惜春而惜花的旨意便曲折透出，上下片浑成一体，词的意味顿生。

◎ 写作应用

这首词紧扣赏花来写，句句有花，实则句句写人，惜花亦即惜人。词人既不雕章琢句，也不刻画景物，只以自然质朴的语言抒写自己从赏花中悟出的生活哲理，立意既新，理趣尤富。这种领悟也属平常，无非就是人花相比，怜春惜花之意；然而，被宋代多少词人无数次感慨过的怜花惜春之意，到了舒亶这首词里，就有了一些别致，有了一些让人爱读，耐人寻味的地方，这究竟靠的是什么呢？分析一下，靠的似乎是两个字：曲折。

正是看花的季节，这样美的花，我为其一醉吧！由花美而人醉，这是写文章的一处曲折。

喝醉之后，归来却不带上几枝花。人醉而不带花归，与通常的"好花堪折直须折，莫待无花空折枝"不同，又是做了一处曲折。

"真是不懂看花之意啊"，这句感慨是谁发的？是词人自己发的，是在自嘲。比起写他人的嘲笑来，这更是一重曲折，对花的怜爱，由这种自嘲体现得更为深挚。

花如此明媚，有谁能够比得上呢？也不同于通常的花可比人，舒亶发自内心认为无法相比，这也是曲折。

最后的感叹：只有花才是年年同样的好，它们不像人那样容易憔悴，很容易让读者联想起"年年岁岁花相似，岁岁年年人不同"的句子，但二者还是有所不同的：刘希夷的这首《代悲白头翁》叹的是人易老；舒亶此处突出的是花美的永久长存，是在表达对花的深爱。

分析这么多，还是为了对大家的写作有所帮助。写文章，很多时候是把要说的话直截了当说出来，这样的文章写得好，自有其畅快淋漓之感，有一就是一、二就是二的真诚之感，有大江奔涌、挟人而去的力度。但是，关于写文章，我们的古人还有过一个很通俗的说法："文章似山不喜平。"文章要"做"，所谓"做"就是动心思，用脑筋或者是想方设法把自己方方面面的复杂感受和想法表达出来，或者是把自己想透了的一个问题曲折有致、令人信服地表达出来。这类文章自然也会成为好文章。

登临望故国，谁识京华倦客
——写作中的蒙太奇手法

◎ **出处**

宋·周邦彦《兰陵王·柳》

◎ **原文**

柳阴直，烟里丝丝弄碧。隋堤上、曾见几番，拂水飘绵送行色。登临望故国，谁识京华倦客？长亭路，年去岁来，应折柔条过千尺。

闲寻旧踪迹，又酒趁哀弦，灯照离席。梨花榆火催寒食。愁一箭风快，半篙波暖，回头迢递便数驿，望人在天北。

凄恻，恨堆积！渐别浦萦回，津堠岑寂，斜阳冉冉春无极。念月榭携手，露桥闻笛。沉思前事，似梦里，泪暗滴。

兰陵王：词牌名，首见于周邦彦词。

柳阴直：长堤之柳，排列整齐，其阴影连缀成直线。

烟：薄雾。

弄：飘拂。

隋堤：汴京附近汴河之堤，隋炀帝时所建，故称隋堤。

拂水飘绵：柳枝轻拂水面，柳絮在空中飞扬。

行色：行人出发前的景象、情状。

故国：故乡。

旧踪迹：指过去登堤饯别的地方。

酒趁哀弦：饮酒时奏着离别的歌。

离席：饯别的宴会。

一箭风快：指正当顺风，船驶如箭。

半篙波暖：指撑船的竹篙没入水中，时令已近暮春，故曰波暖。

迢递：遥远。

驿：驿站。

凄恻：悲伤。

恨：这里是遗憾的意思。

渐：正当。

冉冉：慢慢移动的样子。

春无极：春色一望无边。

念：想到。

月榭：月光下的亭榭。榭，建在高台上的敞屋。

露桥：布满露珠的桥梁。

◎ 译文

正午的柳荫直直地落下，雾霭中，丝丝柳枝随风摆动。在古老的隋堤上，曾经多少次看见柳絮飞舞，把匆匆离去的人相送。每次都登上高台向故乡瞭望，杭州远隔山水一重又一重。旅居京城使我厌倦，可有谁知道我心中的隐痛？在这十里长亭的路上，我折下的柳条有上千枝，可总是年复一年地把他人相送。

我趁着闲暇到了郊外，本来是为了寻找旧日的行踪，不料又逢上筵席给朋友饯行。华灯照耀，我举起了酒杯，哀怨的音乐在空中飘动。驿站旁的梨花已经盛开，提醒我寒食节就要到了，人们将把榆柳的薪火取用。我满怀愁绪看着船像箭一样离开，艄公的竹篙插进温暖的水波，频频地朝前撑动。等船上的客人回头相看，驿站远远地被抛在后面，就这样离开了让人愁烦的京城。他想要再看一眼天北的我哟，却发现已经是一片朦胧。

我孤零零的，十分凄惨，堆积的愁恨有千万重。送别的河岸迂回曲折，渡口的土堡一片寂静。春色一天天浓了，斜阳挂在半空。我不禁想起那次携手，在亭榭游玩，月色溶溶。我们一起在露珠盈盈的桥头，听人吹笛到曲终。唉，回忆往事，如同是一场大梦，我暗中不断垂泪。

◎ 赏析

"柳阴直，烟里丝丝弄碧。""柳阴直"三字有一种类似绘画中透视的效果。"烟里丝丝弄碧"转而写柳丝。新生的柳枝细长柔嫩，像丝一样。它们仿佛也知道自己碧色可人，就故意飘拂着以显示自己的美。柳丝的碧色透过春天的雾霭看去，更有一种朦胧的美。

以上写的是词人自己这次离开京华时在隋堤上所见的柳色，但这样的柳色已不止见了一次，那是为别人送行时看到的："隋堤上、曾见几番，拂水飘绵送行色。""拂水飘绵"这四个字锤炼得十分精工，生动地摹画出柳树依依惜别的情态。那时词人登上高堤眺望故乡，别人的回归触动了自己的乡情。这个厌倦了京华生活的客子的怅惘与忧愁有谁能理解呢："登临望故国，谁识京华倦客？"隋堤柳只管向行人拂水飘绵表示惜别之情，并没有顾到送行的京华倦客。其实，那欲归不得的倦客的心情才更加悲凄。

接着，词人撇开自己，将思绪又引回到柳树上面："长亭路，年去岁来，应折柔条过千尺。"古时驿路上十里一长亭，五里一短亭。亭是供人休息的地方，也是送别的地方。词人设想，在长亭路上，年复一年，送别时折断的柳条恐怕要超过千尺了。这几句表面看来是爱惜柳树，而深层的含义却是感叹人间离别的频繁，情深意挚，耐人寻味。

上阕借隋堤柳烘托了离别的气氛，中阕便抒写自己的别情。"闲寻旧踪迹"就是追忆往事的意思。当船将开未开之际，词人忙着和人告别，不得闲静；这时船已启程，周围静了下来，自己的心也闲下来了，就很自然地要回忆京华的往事。这就是"闲寻"二字的意味。现代人也会有类似的经验，亲友到月台上送别，火车开动之前免不了有一番激动和热闹。等车开动以后，坐在车上静下心来，便会回想亲友的音容乃至别前的一些生活细节。这就是"闲寻旧踪迹"。此时周邦彦想起了："又酒趁哀弦，灯照离席。梨花榆火催寒食。"在寒食节前的一个晚上，情人为他送别。在送别的宴席上灯烛闪烁，伴着哀伤的乐曲饮酒。此情此景难以忘怀。这里的"又"字说明，从那次的离别宴会以后词人已不止一次地回忆，如今坐在船上又一次回想起那番情景。"梨花榆火催寒食"写明那次钱别的时间，寒食节在清明前一天，旧时风俗，寒食这天禁火，节后另取新火。唐制，清明取榆、柳之火以赐近臣。"催寒食"的"催"字有岁月匆匆之感。岁月匆匆，别期已至。

"愁一箭风快，半篙波暖，回头迢递便数驿，望人在天北。"这四句很有实感，不像设想之辞，应当是词人自己从船上回望岸边的所见所感。"愁一箭风快，半篙波暖，回头迢递便数驿"，风顺船疾，行人本应高兴，词里却用一"愁"字，这是因为有人让他留恋着。回头望去，那人已远在天边，只见一个难辨的身影。"望人在天北"五字，包含着无限的怅惘与凄婉。

中阕写乍别之际，下阕写渐远以后。这两阕的时间是连续的，感情却又有波澜。"凄恻，恨堆积！"船行愈远，遗憾愈重，一层一层堆积在心上难以排遣，也不想排遣。"渐别浦萦回，津堠岑寂。斜阳冉冉春无极"。从词开头的"柳阴直"看来，启程在中午，而这时已到傍晚。"渐"字也表明已经过了一段时间，不是刚刚分别时的情形了。这时望中之人早已不见，所见只有沿途风光。大水有小口旁通叫浦，别浦也就是水流分支的地方，那里水波回旋。因为已是傍晚，所以渡口冷冷清清的，只有守望所孤零零地立在那里。景物与词人的心情正相吻合。再加上斜阳冉冉西下，春色一望无边，空阔的背景越发衬出自身的孤单。他不禁又想起往事："念月榭携手，露桥闻笛。沉思前事，似梦里，泪暗滴。"在月榭之中、露桥之上度过的那些夜晚，给人留下了难忘的印象，宛如梦境，一一浮现在眼前。想到这里，不知不觉滴下了泪水。"暗滴"是背着人独自落泪，自己的心事和感情无法使旁人理解，也不愿让旁人知道，只好暗自悲伤。

◎ **写作应用**

这首词的题目是"柳"，内容却不是咏柳，而是伤别。古代有折柳送别的习俗，所以诗词里常用柳来渲染别情。周邦彦的这首词也是这样，它一上来就写柳荫、写柳丝、写柳絮、写柳条，先将离愁别绪借着柳树渲染了一番。这是中国古典文学中的一个典型意象，从全文中也可以看出，这是一首送别之作或是离别之作。

从词人自己离别的角度来看，这首词在写作上的一个显著特点就是现实与回忆、外景与内心的一再交错闪回，就好比电影中的蒙太奇手法。的确，人在一些重要的时刻中，由于当下的行动牵动着过去的经验，当下的行动对今后的影响重大，所以当下的行动和过去的往事就会情不自禁地交替出现，构成了明暗两条线索交织跳跃的心理内容。周邦彦这样写看似凌乱，却很符合此时船上主人公的真实心态。我们在写作时，也是可以适当学习借鉴的。

杏花村馆酒旗风。水溶溶。飏残红
——虚实结合要把握好度

◎ 出处

宋·谢逸《江神子·杏花村馆酒旗风》

◎ 原文

杏花村馆酒旗风。水溶溶。飏残红。野渡舟横，杨柳绿阴浓。望断江南山色远，人不见，草连空。

夕阳楼外晚烟笼。粉香融。淡眉峰。记得年时，相见画屏中。只有关山今夜月，千里外，素光同。

◎ 注释

江神子：词牌名，也有称"江城子"。

杏花村馆：即杏花村驿馆。

溶溶：指河水荡漾、缓缓流动的样子。

飏：意为飞扬，此指飘散的样子。

残红：喻指凋残的花。

野渡：村野渡口。

望断：一直望到看不见。

人不见，草连空：意为不见所怀念的故人，唯见草色接连到天际。

晚烟笼：指黄昏时烟气笼罩的景象。

融：融合，匀融，匀合。

素光：指皎洁清素的月光。

◎ 译文

杏花村馆酒旗迎着和煦的风。江水缓缓流淌，凋残的花轻轻扬起。野渡无人舟自横，两岸杨柳绿荫浓。遥望江南山色远，人影不见，唯有芳草连碧空。

楼外夕阳下烟气笼罩。粉香四溢淡眉峰。记得当年那时，与你相见于如画一般的景象中。今夜关山万千重，千里之外，素光明月与君共。

◎ 赏析

自从唐代诗人杜牧在他的《清明》一诗中写出了"借问酒家何处有，牧童遥指杏花村"这样脍炙人口的诗句之后，"杏花村"一词就成为乡村酒家的代称了。谢逸此词，就从这样一家乡村酒家写起。

"野渡舟横"显出了环境的凄幽荒凉，而一见到"杨柳绿阴浓"，又不免给词人增添了一丝丝离愁。"绿阴浓"，也含有绿暗之意。清幽荒寂的野渡和象征离愁别恨的杨柳，与上文所形成的淡淡的惆怅色彩是和谐一致的。这一切又为下文"望断江南山色远，人不见，草连空"的怀人怅别做了铺垫，渲染了环境氛围。经过上文渲染、铺垫之后，"人不见"的"人"就不是凭空出现的了。谢逸是江西临川人，也是江南人了。他一生虽工诗能文，却科场不利，屡试不第，以布衣终老。这样一位落拓文人，身在异乡，心情凄苦，自不待言，远望江南，青山隐隐，连绵无际，相思离别之情，油然而生。意中人远在江南，可望而不可见，可见的唯有无穷无尽的春草与天相连接，延伸到无限遥远的远方。而春草又是容易引起离别相思的物象，词人用了一个远镜头，远望春草连天，伊人却不知在何处，心驰神往，离恨倍增。

下阕紧接上阕，由望断江南而人不见的相思之苦，自然转到回忆往事。"夕阳……画屏中"五句全是回忆往事，由上阕的从空间着笔转到下阕的时间追忆。五句都是"记得"的内容，都应由"记得"领起。但"文似看山不喜平"，词尤忌全用平铺直叙，所以词人从回忆开始，马上描绘形象，而不从叙事入手。在一个夕阳西下的美好时刻，楼外晚烟轻笼，在这温馨旖旎的环境里，一位绝色佳人出现了。融融脂粉，香气宜人，淡淡眉峰，远山凝翠。词人不多做铺叙笔法写她的面容、体态，而采用以部分代整体的借代修辞法，只写她的眉峰、粉香，其他就可想而知了。较之尽情铺叙，一览无余，更令人神往。这是很鲜明的形象，在词人记忆的荧光屏上永远不会消失。然后再用补写办法，补叙往事：

"记得年时，相见画屏中。"这说明上面的一切都发生在楼上的画屏中。最后词人提出了一个问题："相见以后是很快就离别了呢，还是共同生活了一段时间？"词人却不再做任何说明。填词也如绘画，绘画不能把整个纸面全部画满，什么都画尽，而应该留下适当的空白，笔尽而意不尽。

回忆至此，一笔顿住，将时间拉回到眼前："只有关山今夜月，千里外，素光同。"回忆的风帆驶过之后，词人不得不面对现实。关山迢递，春草连天，远望佳人，无由再见。词人心想：只有今夜天上的一轮明月照着他乡作客的我，也照着远隔千里的她，我们只有共同向明月倾诉相思，让我们通过明月交流心曲吧！

◎ **写作应用**

这首词的主题是怀人，于忆旧中抒写相思之情。首先从空间着笔，展开一个立体空间境界。杏花村馆的酒旗在微风中轻轻飘动，清清的流水静静地淌着。花已经谢了，春风吹过，卷起阵阵残红。这是暮春村野，也是作者所处的具体环境。这一切都显示出"流水落花春去也"，在作者的心态上抹上了一层淡淡的惆怅色彩。杏花村与酒连在一起，出自杜牧《清明》诗"借问酒家何处有，牧童遥指杏花村"，后来酒店多以杏花村为名。

虚实结合是写文章的一种基本思路。过分的实，一味只写眼前之景，缺乏想象和回忆，文章可能就容易显得板滞而不生动，没有灵气和神韵；而过分的虚，完全是想象或回忆，没有身边的氛围和细节，文章也会显得浮泛空洞，缺乏真切之感。如同绝大多数宋词一样，谢逸的这首小词在虚实结合这一点上，给我们的写作提供了很好的借鉴。当然，宋代词人肯定不是事先设计好了才这样来处理，而完全是一种自然的发展，是写作时的情绪和思绪所至。如果我们能够在作文的思路转换角度，在使用材料总体考虑的角度上，有针对性地来学习这些优秀的作品，一定会有所裨益。

从宋词中汲取写作智慧

争渡，争渡，惊起一滩鸥鹭

——游记不能写成流水账

◎ **出处**

宋·李清照《如梦令·常记溪亭日暮》

◎ **原文**

常记溪亭日暮，沉醉不知归路。

兴尽晚回舟，误入藕花深处。

争渡，争渡，惊起一滩鸥鹭。

◎ **注释**

如梦令：词牌名，又名"忆仙婆""宴桃源"。

常记：时常记起。"难忘"的意思。

溪亭：临水的亭台，溪边的亭子。

日暮：黄昏时候。

沉醉：大醉。

兴尽：尽了兴致。

晚：比合适的时间靠后，这里意思是天黑路暗了。

回舟：乘船而回。

误入：不小心进入。

藕花：荷花。

争渡：怎渡，怎么才能划出去。

惊：惊动。

起：飞起来。

一滩：一群。

鸥鹭：泛指水鸟。

◎ **译文**

常常想起那次在溪边亭中的一次郊游，一玩就到日暮时分，沉醉在其中忘记了回家的路。一直玩到没了兴致才乘着夜色掉转船头返回，却不料走错了路划进藕花池的深处。怎么出去呢？怎么出去呢？叽喳声、惊叫声、划船声惊起了一群鸥鹭。

◎ 赏析

现存李清照《如梦令》词有两首，都是记游赏之作，都写了酒醉、花美，清新别致。"常记"两句起笔平淡，自然和谐，把读者自然而然地引到了她所创造的词境中。"常记"明确表示追述，地点在"溪亭"，时间是"日暮"，词人饮宴以后，已经醉得连回去的路径都辨识不出了。"沉醉"二字却流露了词人心底的欢愉，"不知归路"也曲折地传达出其流连忘返的情致，看起来，这是一次给词人留下了深刻印象的十分愉快的游赏。果然，接写的"兴尽"两句，就把这种意兴递进了一层，兴尽方才回舟，那么，兴未尽呢？恰恰表明兴致之高，不想回舟。而"误入"一句，行文流畅自然，毫无斧凿痕迹，同前面的"不知归路"相呼应，显示了主人公的忘情心态。盛放的荷花丛中正有一叶扁舟摇荡。舟上是游兴未尽的少年才女，这样的美景，一下子跃然纸上，呼之欲出。

一连两个"争渡"，表达了主人公急于从迷途中找寻出路的焦灼心情。正是由于"争渡"，所以又"惊起一滩鸥鹭"，把停栖在洲渚上的水鸟都吓飞了。至此，词戛然而止，言尽而意未尽，耐人寻味。

这首小令用词简练，只选取了几个片断，把移动着的风景和作者怡然的心情融合在一起，写出了作者青春年少时的美好心情，让人不由得想随她一道荷丛荡舟，沉醉不归。

◎ 写作应用

这也是李清照最为脍炙人口的小令之一，把一幅夕阳归来图描绘得那般形象而又富有美感，词人仿佛是在写一篇小小的游记。

日常写作，游记是常写的一类体裁。只要自己真正游了一个地方，而且是游玩得很有兴致，有兴奋的体验和新鲜的感受，那么写起来都会有话可说，不会有太大的困难。不过，游记要真正写得好，也是很有讲究的。李清照的这首小令，被视为一篇词体的游记，从写作借鉴上来看，有几点特别值得我们学习。

第一是词人所采取的角度、选择的内容。她没有去记述这次游玩的全过程（那其实也很可能是颇有写头的），只是择取了游兴已尽，归来途中的一幅小景，这个角度就很独特，给人以清新精巧之感。第二，正是因为是一种游兴阑珊的心理状态和观察角度，所以无论是观察到的景物，还是自身在景物上所必然赋予的主观色彩，都不是那种热烈兴奋的基调，而是恬静和淡雅，仿佛一幅淡墨山水小品画。第三，在这幅淡雅的小品画中，词人又很随意、自然地展示了一抹灵动的笔触。溪亭日暮，沉醉归去，藕花深处，这些都是一些基调为静的画面，而小舟争渡，惊起一滩鸥鹭，则使得整幅画面动了起来，在暮霭降临中跃动了起来，鲜活了起来。

一些作文选上的游记，写得都还不错，景物描写，特别是那些真正打动了自己的细节，描绘得颇为形象生动；同时，自己的主观情感在游玩之中的引发、变化，在景物中的自然渗透，都真实感人。但是，似乎也有着一个通病，就是结构较平，较为板滞，基本上都是从游玩的开始写到结束，是一种时间和空间的完整过程。这当然也可以，但我们也不妨学学李清照的这种巧妙处理。

知否，知否？应是绿肥红瘦

——文章的层次感很重要

◎ **出处**

宋·李清照《如梦令·昨夜雨疏风骤》

◎ **原文**

昨夜雨疏风骤，浓睡不消残酒。试问卷帘人，却道海棠依旧。知否，知否？应是绿肥红瘦。

◎ **注释**

雨疏风骤：雨点稀疏，晚风急猛。

浓睡：酣睡。

残酒：尚未消散的醉意。

浓睡不消残酒：虽然睡了一夜，仍有余醉未消。

卷帘人：有学者认为此指侍女。

绿肥红瘦：绿叶繁茂，红花凋零。

◎ **译文**

昨天夜里雨点虽然稀疏，但是风却刮得急猛，我酣睡一夜，然而醒来之后依然觉得还有一点儿酒意没有消尽。于是就问那正在卷帘的侍女：庭园里的海棠花怎么样了？她只说海棠花依然和之前一样。你可知道，你可知道，这个时节应该是绿叶繁茂，红花凋零了。

◎ **赏析**

起首两句，表面上虽然只写了昨夜饮酒过量，翌日晨起宿醉尚未尽消，但在背后还潜藏着另一层意思，那就是昨夜酒醉是因为惜花。这位女词人不忍看到明朝海棠花谢，所以，昨夜在海棠花下才饮了过量的酒，直到今朝尚有余醉。

三、四两句所写，是惜花心理的必然反映。尽管饮酒致醉一夜浓睡，但清晨酒醒后所关心的第一件事仍是园中的海棠。词人情知海棠不堪一夜骤风疏雨的揉损，窗外定是残红狼藉，落花满眼，却又不忍亲见，于是试着向正在卷帘的侍女问个究竟。一个"试"字，将词人关心花事却又害怕听到花落的消息、不忍亲见落花却又想知道究竟的矛盾心理，表达得贴切入微、曲折有致。"试问"的结果——"却道海棠依旧"。侍女的回答却让词人感到非常意外。本来以为经过一夜风雨，海棠花一定凋谢得不成样子了，可是侍女卷起窗帘，看了看外面之后，却漫不经心地答道：海棠花还是那样。一个"却"字，既表明侍女对女主人委曲的心事毫无觉察，对窗外发生的变化无动于衷，也表明词人听到答话后感到疑惑不解。她想："雨疏风骤"之后，"海棠"怎会"依旧"呢？这就非常自然地带出了结尾两句。

　　"知否？知否？应是绿肥红瘦。"这既是对侍女的反诘，也像是自言自语：这个粗心的丫头，你知道不知道，园中的海棠应该是绿叶繁茂、红花稀少才是。这句对白写出了诗画所不能道，写出了伤春易春的闺中人复杂的神情口吻，可谓传神之笔。"应是"，表明词人对窗外景象的推测与判断，口吻极当。因为她毕竟尚未目睹，所以说话时要留有余地。同时，这一词语中也暗含着"必然是"和"不得不是"之意。海棠虽好，风雨无情，它是不可能长开不谢的。一语之中，含有不尽的无可奈何的惜花情在，可谓语浅意深。而这一层惜花的殷殷情意，自然是"卷帘人"所不能体察也无须更多理会的，她毕竟不能像她的女主人那样感情细腻，那样对自然和人生有着更深的感悟。这也许是她所以有上面的回答的原因。末了的"绿肥红瘦"一语，更是全词的精绝之笔，历来为世人所称道。"绿"代替叶，"红"代替花，是两种颜色的对比；"肥"形容雨后的叶子因水分充足而茂盛肥大，"瘦"形容雨后的花朵因不堪雨打而凋谢稀少，是两种状态的对比。本来平平常常的四个字，经词人的搭配组合，竟显得如此色彩鲜明、形象生动，这实在是语言运用上的一个创造。由这四个字生发联想，那"红瘦"正是表明春天的渐渐消逝，而"绿肥"正是象征着绿叶成荫的盛夏的即将来临。这种极富概括性的语言，实在令人叹为观止。

◎ 写作应用

李清照虽然不是一位高产的作家，其词流传至今的只不过四五十首，但却"无一首不工""为词家一大宗矣"。这首《如梦令》便是"天下称之"的不朽名篇。这首小令，有人物，有场景，还有对白，充分显示了宋词的语言表现力和词人的才华。小词借宿酒醒后询问花事的描写，曲折委婉地表达了词人的惜花伤春之情，语言清新，词意隽永。

这首小词，只有短短六句三十三言，却写得曲折委婉，极有层次。细细剖析起来，的确是一层接一层，一层转折进入下一层的浓缩。比如：昨夜风雨影响到院中海棠，海棠在风雨中的命运与女主人饮酒的某种内在牵动关系，喝醉了酒导致了一夜酣睡，睡意未醒，却依然关心着被风雨袭过的海棠，侍女的浑然粗心又导致了女主人的心疼怜爱。尽管对于一般读者而言，在阅读时是不会想得如此细致复杂的，他们最直接的感受就是一幅清晨庭院图：院里的海棠树还带着雨珠，绿叶被雨水冲洗得青翠碧亮，红蕊却被淋得有些委顿了；一个侍女正掀起帘子，女主人从床上探身朝庭院望去。但是，正是因为词作内涵中潜藏暗示了这样一些层次，所以他们才能读出其中的丰富意味来。

就写作的借鉴而言，我们应该好好学习的，正是这幅清晨庭院图的描写背后，那种院中海棠背景的设置以及卷帘人与问花人对话的意味深长。

今朝一岁大家添，不是人间偏我老

——鲜明的对照更富有表现力

◎ **出处**

宋·陆游《木兰花·立春日作》

◎ **原文**

三年流落巴山道，破尽青衫尘满帽。身如西瀼渡头云，愁抵瞿塘关上草。

春盘春酒年年好，试戴银旛判醉倒。今朝一岁大家添，不是人间偏我老。

◎ **注释**

木兰花：词牌名，与"玉楼春"格式相同。

巴山：即大巴山，绵亘于陕西、四川一带的山脉，经常用以代指四川。

青衫：古代低级文职官员的服色。

西瀼：水名，在重庆。

瞿塘：即长江三峡中的瞿塘峡，其北岸就是夔州。

春盘春酒：谓立春日的应节饮馔。传统风俗，立春日当食春饼、生菜，称为"春盘"。

旛：即幡，是一种窄长的旗子，垂直悬挂。

◎ **译文**

流落巴山蜀水屈指也已三年了，到如今还是青衫布衣沦落天涯，尘满旅途行戍未定。身似瀼水渡口上的浮云，愁如瞿塘峡关中的春草除去还生。

春盘春酒年年都是醇香醉人，一到立春日，戴旛胜于头上，痛饮一番，喝到在斜阳下醉倒。人间众生到今日都长一岁，绝非仅仅我一人走向衰老。

◎ 赏析

这首词是陆游四十七岁任夔州通判时所写的。他到夔州至写这首词时不过一年多，却连上岁尾年头，开口便虚称"三年"，且云"流落"，从一入笔就已有波澜之情。次句以形象描写"流落"二字。"青衫"言官位之低，"破尽"可见穷之到了极点，"尘满帽"描写出作者在路途中风尘仆仆、行戍未定的栖栖之态，简简单单的七个字就活画出一个沦落天涯的诗人形象，与"细雨骑驴入剑门"异曲同工。三、四句仍承一、二句生发。身似浮云，飘忽不定；愁如春草，划去还生。以"西瀼渡头""瞿塘关上"为言者，不过取眼前地理景色，与"巴山道"三字相对应而已。这上阕四句，把抑郁潦倒的情怀写得如此深沉痛切，不了解陆游当时那几年遭遇，是很难掂量出这些句子中所蕴含的感情分量来的。

上阕正面写心底抑郁潦倒之情，抒发报国无门之愤，这是陆游诗词的主旋律，在写法上没有什么特别的地方。下阕忽然换意，紧扣"立春"二字，以醉狂之态写沉痛之怀，设色陡变，奇峰突起。立春这一天士大夫戴旛胜于头上，这是宋时的一种习俗，戴上旛胜表吉庆之意。但戴银旛而曰"试"，节日痛饮而曰"判"（"判"即"拼"之意），就显然有一种"浊酒一杯家万里"的不平常意味了。这只是词人借酒消愁，逢场作戏罢了，而内心是很伤感的。结尾处更是飏开一笔，表面上是说不是他一人偏老，而实际上是词人深深感到时光的虚度。这就在上阕抑郁潦倒的情怀上，又添一段新愁。词人强自宽解，故作旷达，正是推开一层、透过一层的写法。哭泣本人间痛事，欢笑乃人间快事。但今日有人焉，不得不抹干老泪，强颜随俗，把哭脸装成笑脸，让酒红遮住泪痕，这种笑，岂不比哭还要凄惨吗？东坡《赤壁赋》物我变与不变之论，辛弃疾《丑奴儿》"如今识尽愁滋味，欲说还休。欲说还休，却道'天凉好个秋'"之句，都是强为解脱而写的违心之言，写出更深一层的悲哀。

从宋词中汲取写作智慧

◎ **写作应用**

陆游原是临安城里的京官，因力主抗金而被贬斥，越调越远，到此时已是四十七岁，在偏远的蜀地夔州任通判。此词写于一个立春之日，它的结构很有意思，上阕与下阕在图景和心情上似乎形成了鲜明的对照。

上阕写的是人生的艰辛和心中的郁闷；下阕则调子一变，无论是映入眼中的景物，还是自己的情绪，都为之一变：立春时的佳肴美酒年年都这样好，戴上银旛，欢庆节日，痛饮春酒，一醉方休。今天大家都添加了一岁，并不是人间只有我才老啊！

前面言愁，后面欢庆；前面感慨，后面超脱，词人那种复杂的心绪在这种看似矛盾的两种情感中显得淋漓尽致。人生艰辛的感慨常常是不由自主要浮上心头的，特别是在辞旧迎新、万象更新的立春之日，更容易触发这样的人生感叹。然而，在无奈之中，词人也要尽力寻求一种豁达的解脱：春天到了，姑且先来迎接春天好了，一年一年大家不都在过吗？人间也不是偏偏只有我在老去呀！

这样的文章结构是很富有表现力的，它可以打破那种单调的、平铺直叙的文章模式，将作者的复杂心态立体地显示出来；而且，这样的文章结构，对于中学生的作文来说，其实也并不难学习运用，只要把握住一点就可以做到，这就是梳理好自身思想情感的流动变化和不同层面。

月未到诚斋，先到万花川谷

——好文章是由心灵流淌出来的

◎ **出处**

宋·杨万里《好事近·七月十三日夜登万花川谷望月作》

◎ **原文**

月未到诚斋，先到万花川谷。不是诚斋无月，隔一林修竹。

如今才是十三夜，月色已如玉。未是秋光奇绝，看十五十六。

◎ **注释**

好事近：词牌名。又名"钓船笛"，《张子野词》入"仙吕宫"。

诚斋：杨万里书房的名字。

万花川谷：是离"诚斋"不远的一个花圃的名字。在吉水之东，作者居宅之上方。

修竹：长长的竹子。

奇绝：奇妙非常。

◎ **译文**

月亮还未照到我的书斋前，先照到了万花川谷。不是书斋没有月光，而是被高高的竹林阻隔着。

现在才是农历七月十三的夜晚，圆月已像白玉雕成的一样。秋月还没到最美的时候，到了十五日、十六日夜晚你再看，那才是最好的。

◎ **赏析**

"月未到诚斋，先到万花川谷。"开篇两句，明白如话，说皎洁的月光尚未照进他的书房，却照到了"万花山谷"。词人用"未到"和"先到"巧设悬念，引人遐想。读完这两句，人们自然要问：既然"诚斋"与"万花川谷"相去不远，何以月光照到了"万花川谷"，词人的书房里不见月光呢？紧接着两句"不是诚斋无月，隔一庭修竹"使悬念顿解，也说明了作者为什么要离开诚斋跑到万花川谷去赏月。原来，在他的书房前面有一片茂密的竹林，遮蔽了月光。本句中的"隔"字与"修"字看似平平常常，实则耐人琢磨，有出神入化之妙。试想，竹子如果不是长得郁郁葱葱，修长挺拔，怎么会把月光"隔"断？寥寥十一字，既解开了"月未到诚斋"的疑窦，也说明了书房处于竹林深处，环境幽雅僻静。《宋史》记载，杨万里在任永州零陵县丞时，曾三次去拜访谪居永州的张浚不得见面，后来"……以书谈始相见，浚勉以正心诚意之学，万里服其教终身，乃名读书之室曰'诚斋'"。这样，就可以想见杨

从宋词中汲取写作智慧

万里名为"诚斋"的书房是费了一番心思，做了精心的设置和安排的。

上阕通过对照描写，用"未到"和"先到"点明，此时诚斋仍处在朦胧暗影之中，而"万花川谷"已是月光朗照。下阕四句，便描写"万花川谷"的月色。"如今才是十三夜，月色已如玉"两句中只有"如玉"二字写景，这两字用巧妙的比喻，形象生动地描绘出碧空澄明、冰清玉洁的月夜景色。"才"字与"已"字相呼应，使人想到作者在"十三"的夜里欣赏到这样美妙的月景，有些喜出望外；也使人想到，尽管现在看到的月色像玉一般的晶莹光洁，令人陶醉，但"十三夜"毕竟不能算是欣赏月色的最佳时刻。那么，何时的月色最美呢？人人皆知，阴历的十五日、十六日月亮最圆，是观赏月亮最好的日子。这样，词的结尾两句，也就很自然地推出一个新的境界："未是秋光奇绝，看十五十六。""未是"二字压倒前句描写的美妙如玉、剔透晶莹的境界，推出一个"秋光奇绝"的新天地，指出即将来临的十五、十六才是赏月的最佳时刻。末尾二句笔墨看似平淡，却表现出一个不同凡响的艺术境界，说明词人对未来、对美有着强烈的憧憬和追求。

◎ **写作应用**

杨万里的这首词作，有着一种递进的结构，一是观看景色的视角的递进，从自己这座名为"万花川谷"的花园递进到自己的书斋"诚斋"；二是景色变换的时间递进，从阴历十三的月亮到"十五的月亮十六圆"，给读者展现出一幅美好的画面：一座修竹茂密、书房静雅的文人宅院里，月色渗入，月光流淌……

古人常说，"文有大法而无定法""运用之妙，存乎一心"，意思是说作文是最没有套路可言的，凡是按套路作出来的文章，会显得死板笨拙，没有一点儿意思，"作"的人决不会有什么表达自己的快感（虽然不一定费劲，因为他是在机械地抄袭或者是"组装"），而读的人也必定味同嚼蜡，看的时候只嫌其长，看完之后马上忘掉。真正有意思的文章，在本质上是由心灵流淌出来的，这种情感、思绪和脑中形象的流淌，常常会有自己独特的角度、焦点和表现形式。杨万里的这首词中的写月光，与我们所知道的李白、杜甫、苏轼等大家的写月，何曾有什么套路相似？杨万里是在用自己的心灵赏月、品月，与月亮进行着无言的交谈，自然地把自己的感觉写出来，结果就成了一篇很新鲜、很有魅力的佳作。

有的时候，即便的确是由自己心灵流淌出来的东西，也会与别人已经写过的相似甚至是相同，因为人类的一些基本情感及其凝聚表现，在思路、焦点和技法上会有共通模式的，但只要真正是经过自己的心灵之泉流淌出来，就必定会有自己的鲜活，有自己的灵性，而且读者是可以马上领悟并被吸引住的。

而今听雨僧庐下，鬓已星星也
——片断式结构的写作技巧

◎ **出处**

宋·蒋捷《虞美人·听雨》

◎ **原文**

少年听雨歌楼上，红烛昏罗帐。壮年听雨客舟中，江阔云低、断雁叫西风。

而今听雨僧庐下，鬓已星星也。悲欢离合总无情，一任阶前、点滴到天明。

◎ **注释**

虞美人：著名词牌之一。

昏：昏暗。

罗帐：古代床上的纱幔。

断雁：失群孤雁。

僧庐：僧寺，僧舍。

星星：白发点点如星，形容白发很多。

无情：无动于衷。

一任：听凭。

◎ 译文

年少的时候，歌楼上听雨，红烛盏盏，昏暗的灯光下罗帐轻盈。人到中年，在异地他乡的小船上，看蒙蒙细雨，茫茫江面，水天一线，西风中，一只失群的孤雁阵阵哀鸣。

而今，人已暮年，两鬓已是白发苍苍，独自一人在僧庐下，听细雨点点。人生的悲欢离合的经历是无情的，还是让台阶前一滴滴的小雨下到天亮吧。

◎ 赏析

词人从"听雨"这一独特视角出发，通过时空的跳跃，依次推出了三幅"听雨"的画面，而将一生的悲欢歌哭渗透、融汇其中。

第一幅画面："少年听雨歌楼上，红烛昏罗帐。"它展现的虽然只是一时一地的片断场景，但具有很大的艺术容量。"歌楼""红烛""罗帐"等绮艳意象交织出现，传达出春风骀荡的欢乐情怀。少年时候醉生梦死，一掷千金，在灯红酒绿中轻歌曼舞，沉醉在自己的人生中。一个"昏"字，把那种"风箫吹断水云间，重按霓裳歌遍彻"的奢靡生活表现出来。这时听雨是在歌楼上，他听的雨就增加了歌楼、红烛和罗帐的意味。尽管这属于纸醉金迷的逐笑生涯，毕竟与忧愁悲苦无缘，而词人着力渲染的只是"不识愁滋味"的青春风华。这样的阶段在词人心目中的印象是永恒而短暂的，以这样一幅欢快的青春图，反衬后面处境的凄凉。

第二幅画面："壮年听雨客舟中，江阔云低、断雁叫西风。"一个客舟中听雨的画面，一幅水大辽阔、风急云低的江秋雨图，一只失群孤飞的大雁。这里的"客舟"不是《枫桥夜泊》中的客船，也不是"惊起一滩鸥鹭"里的游船，而是孤独的天涯羁旅，孤独、忧愁、怀旧时时涌上心头。这时的雨伴随着断雁的叫声。这一个"断"字，联系了诸多意境，同断肠联系在一起，同亲情的斩断联系在一起，有一种人生难言的孤独和悔恨。"客舟"及其四周点缀的"江阔""云低""断雁""西风"等衰瑟意象，映现出风雨飘摇中颠沛流离的坎坷遭际和悲凉心境。壮年之后，兵荒马乱之际，词人常常在人生的苍茫大地上踽踽独行，常常尔奔曲走，四方漂泊。一腔旅恨、万种离愁都已包孕在他所展示的这幅江雨图中。

"而今听雨"的画面，是一幅显示词人当前处境的自我画像。一位白发老人独自在僧庐下倾听着夜雨。处境之萧索，心境之凄凉，在十余字中，一览无余。江山已易主，壮年愁恨与少年欢乐，已如雨打风散去。此时此地再听到点点滴滴的雨声，却已无动于衷了。"悲欢离合总无情"，是追抚一生经历得出的结论，蕴有无限感伤，不尽悲慨。"一任阶前、点滴到天明"，似乎已心如止水，波澜不起，但彻夜听雨本身，却表明他并没有真正进入超脱沉静的大彻大悟之境，只不过饱经忧患，已具有"欲说还休"的情感控制能力。

三幅画面前后衔接而又相互映照，艺术性地概括了词人由少到老的人生道路和由春到冬的情感历程。其中，既有个性烙印，又有时代折光：由作者的少年风流、壮年飘零、晚年孤冷，分明可以透见一个历史时代由兴到衰、由衰到亡的嬗变轨迹，而这正是此词的深刻、独到之处。

◎ 写作应用

蒋捷生活于宋、元易代之时，在南宋成为进士后没几年，宋朝就亡了。他的一生颠沛流离，饱经忧患，这样一首以几个"听雨"时刻来结构的作品，就动情而又高度概括地感叹了自己的一生。

历代诗人的笔下，绵绵不断的细雨总是和"愁思"难解难分，如："梧桐更兼细雨，到黄昏，点点滴滴，这次第，怎一个愁字了得？""欲黄昏，雨打梨花深闭门。"但是在蒋捷的词里，同是"听雨"，却因时间不同、地域不同、环境不同而有着迥然不同的感受。

"少年听雨……壮年听雨……而今听雨……"读了蒋捷的这首词，凡是熟悉台湾现代诗人余光中那首名作《乡愁》的读者，可能会发现这两首作品在结构上是很相似的：

小时候 / 乡愁是一枚小小的邮票 / 我在这头 / 母亲在那头

长大后 / 乡愁是一张窄窄的船票 / 我在这头 / 新娘在那头

后来啊 / 乡愁是一方矮矮的坟墓 / 我在外头 / 母亲在里头

而现在 / 乡愁是一湾浅浅的海峡 / 我在这头 / 大陆在那头

可见，重复再现不同时期同一个典型的人生场面，以表达起伏变化的社会生活和丰富复杂的人生内涵，这种结构手法是一种经济而又高效的处理。蒋捷和余光中的作品都是诗作，但类似的象征意味、片段结构的散文作品也常可见到。我们在写作中也可以练习，以提高聚焦选取的能力、结构安排的能力和寓意象征的能力。

第四章

读宋词，学人物刻画

老夫聊发少年狂

——多角度刻画人物形象

◎ 出处

宋·苏轼《江城子·密州出猎》

◎ 原文

老夫聊发少年狂，左牵黄，右擎苍，锦帽貂裘，千骑卷平冈。为报倾城随太守，亲射虎，看孙郎。

酒酣胸胆尚开张，鬓微霜，又何妨！持节云中，何日遣冯唐？会挽雕弓如满月，西北望，射天狼。

◎ 注释

江城子：词牌名，又名"江神子"。

密州：在今山东诸城市。

老夫：词人自称，时年四十岁。

聊：姑且，暂且。

狂：狂妄。

左牵黄，右擎苍：左手牵着黄犬，右臂托起苍鹰，形容围猎时用以追捕猎物的架势。

千骑：上千个骑马的人，形容随从乘骑之多。

倾城：全城的人都出来了，形容随观者之众。

太守：指词人自己。

孙郎：三国时期东吴的孙权，这里借以自喻。

尚：更。

微霜：稍白。

节：兵符，传达命令的符节。

会：定将。

挽：拉。

满月：圆月。

◎ 译文

我姑且抒发一下少年人的狂傲之气，左手牵着黄狗，右手托着苍鹰。头戴华美艳丽的帽子，身穿貂皮做的衣服，率领随从千骑席卷平坦的山冈。为报答全城的百姓都来追随我，我一定要亲自杀一只老虎，就像三国时的孙权一样给大家看看。

喝酒喝到正酣畅时，我的胸怀更加开阔，即使头发微白，又有什么关系呢！带着传达圣旨的符节，皇帝什么时候才派遣像冯唐一样的人拿着符节去边地云中，把边事委托给我呢？那时我定将拉开弓箭，使之呈现满月的形状，瞄准西北，把代表西夏的天狼星射下来。

◎ 赏析

这首词用一"狂"字笼罩全篇，借以抒写胸中雄健豪放的一腔磊落之气。"狂"虽是聊发，却缘自真实。苏轼时年四十，正值盛年，不应言老，却自称"老夫"，又言"聊发"，与"少年"二字形成强烈反差，形象地流露出内心郁积的情绪。此中意味，需要特别体会。他左手牵黄狗，右手擎猎鹰，头戴锦绣的帽子，身披貂皮的外衣，一身猎装，气宇轩昂，何等威武。"千骑卷平冈"，一"卷"字，突现出太守率领的队伍，势如磅礴倾涛，何等雄壮。全城的百姓也来了，来看他们爱戴的太守行猎，万人空巷。这是怎样一幅声势浩大的行猎图啊！太守备受鼓舞，气冲斗牛，为了报答百姓随行出猎的厚意，决心亲自射杀老虎，让大家看看孙权当年搏虎的雄姿。上阕写出猎的壮阔场面，豪兴勃发，气势恢宏，表现出词人壮志踌躇的英雄气概。

下阕承前进一步写"老夫"的"狂"态。出猎之际，痛痛快快喝了一顿酒，意兴正浓，胆气更壮，尽管"老夫"老矣，鬓发斑白，又有什么关系！以"老"衬"狂"，更表现出词人壮心未已的英雄本色。北宋仁宗、神宗时代，国力不振，国势赢弱，时常受到辽国和西夏的侵扰，令许多尚气节之士义愤难平。想到国事，想到自己怀才不遇、壮志难酬的处境，于是苏轼借出猎的豪兴，将深隐心中的夙愿和盘托出，不禁以西汉魏尚自况，希望朝廷能派遣像冯唐一样的使臣，前来召自己回朝，得到朝廷的信任和重用。其"狂"字下面潜含的赤诚令人肃然起敬。

"会挽雕弓如满月，西北望，射天狼"，词人以形象的描画，表达了自己渴望一展抱负以及杀敌报国、建功立业的雄心壮志。下阕借出猎表达了自己强国抗敌的政治主张，抒写了渴望报效朝廷的壮志豪情。

◎ 写作应用

这首词的确完全不同于柳永那种婉约的风格，而是典型的豪放派，我们可以从语言使用的角度来看一看。"老夫聊发少年狂"，一个"狂"字，就奠定了全词的基调。他左手牵着黄犬，右臂架着苍鹰，一身锦帽貂裘的打猎装束，一时间，千骑冲下，席卷山岗：犬鹰、装束、氛围、动作、场面，所有这一切都透着豪放。"为报倾城随太守，亲射虎，看孙郎"，这三句是苏轼自己的呼喊，更是豪情十足："快快告诉全城百姓，跟随太守我来，看看我亲自射虎，比得上那三国的孙权！"酣畅淋漓地喝起酒，胸中胆气顿生，鬓角微生白发，这又算得上什么？这三句也很有因酒生胆的冲天豪气；最后，由打猎的成功，词人进而想到自己还能为朝廷干一番事业：御兵讨敌，我不在话下，朝廷何日能派我前去边关？到那时，我定将雕弓拉开如满月，朝西北方劲射，射杀那天狼。这就更刻画了一座挽弓劲射的英雄雕像。

作为一首典型的豪放词，苏轼塑造了一个胆气冲天、英武豪迈的自"我"形象，这为我们在作文中刻画人物形象提供了很好的借鉴。分析一下，这主要是从动作神态、语调口吻、形象刻画三个方面来展开的，我们还可以联系《水浒传》《三国演义》等中国古典小说中的人物刻画手法来进一步领会这样三个角度。

敛尽春山羞不语，人前深意难轻诉

——活灵活现的人物更传神

◎ **出处**

宋·苏轼《蝶恋花·记得画屏初会遇》

◎ **原文**

记得画屏初会遇。好梦惊回，望断高唐路。燕子双飞来又去。纱窗几度春光暮。

那日绣帘相见处。低眼佯行，笑整香云缕。敛尽春山羞不语。人前深意难轻诉。

◎ **注释**

蝶恋花：又名"凤栖梧""鹊踏枝"等，唐教坊曲，后用为词牌。

画屏：有画饰的屏风。

惊回：惊醒。

佯行：假装走。

香云缕：对妇女头发的美称。

敛尽：紧收，收敛。

春山：喻指妇女姣好的眉毛。

轻诉：轻快地倾吐。

◎ **译文**

记得当初在画屏前相遇。夜间好梦，忽儿在幽会，恋情绵绵，难忘高唐路。燕子双双，飞来又飞去，碧绿纱窗，几度春光已逝去。

在那天，绣帘相见处，低头假意走过，笑弄鬓发如云缕一般。紧锁着秀眉，娇羞不开口，陌生人前，深情难以倾诉。

◎ **赏析**

上片回忆了恋爱的全过程：初遇—破灭—思念。"记得画屏初会遇"，写出这爱情的开端是美妙的，令人难忘的，与心爱的人在画屏的初次相会，至今仍记得清清楚楚。可是不知出于什么原因，情缘突然被割断了，这无异于一场美梦的破灭，一切幸福的向往都化为泡影，所以紧接着就说"好梦惊回，望断高唐路"，这里借高唐之典比喻再也不能与情人相会了。"燕子双飞来又去，纱窗几度春光暮"，进一步写出男主人公的一片痴情。虽然是"高唐梦断"，情丝却还紧紧相连：梁间的双飞燕春来又秋去，美丽的春光几度从窗前悄悄走过，而对她的思念却并未因时间的流逝而减弱半分。其特别标举燕子是双飞，春光是从纱窗前走过，是因为这些物象最惹人相思，意在表明自己这几年是在极度的思念中度过的，是在没有希望的等待中度过的。

下片回过头来集中描述他们之间最甜蜜的一次会遇。"那日绣帘相见处"，点明相会的时间与地点。"低眼佯行，笑整香云缕"，活画出女方的娇羞之态：低眉垂眼，假意要走开，却微笑着用手整理自己的鬓发。一个"佯"字，见出她的忸怩之态，一个"笑"字，传出钟情于他的心底秘密。"敛尽春山羞不语，人前深意难轻诉"，进一步写出女方的内心活动：敛起眉头不说话，不是对他无情，实在是出于害羞。一个姑娘家当然不好在人前轻率地倾吐自己的爱意，可愈是如此，愈见其纯真，愈是招人疼爱。全词就以此甜蜜的回忆的结束而结束，活泼而有分寸，细腻而有余味。

◎ **写作应用**

这首《蝶恋花》就是一首柔情似水的纯爱情词。它毫无掩饰地写出了一个男子的单相思，但在这个男子的回想中，却惟妙惟肖地写出了一个羞涩的妙龄女子。

苏轼的确是文章高手，写景、叙事、抒情、议论，样样都令人叹为观止。这首词在写作艺术上有两个显著的特点。一是顺叙、倒叙的交叉运用，使结构错落有致。上片先写爱情的"好梦惊回"，下片再写甜蜜的欢会，自然是倒叙。单就上片说，从初会写到破裂，再写到无穷尽的思念，自然又是顺叙。如此交叉安排，使其具有简单的情节，颇有些像现代的抒情性短篇小说的梗概，收到了曲折生情、摇曳生姿的艺术效果。二是运用了反衬手法，即以相见之欢反衬相离之苦。此词下片特意集中笔墨将勾魂摄魄的欢会详加描述，正是为了反衬男主人公失恋的痛苦。因为只有爱得如此之深，才能思得如此之切；只有享受过如此的欢愉，才能产生如此的痛苦，这比说任何伤心的话更令人伤心十分。

日常写作中，如何把人物写得传神是一个较难的问题，大致的叙述和勾勒还可以做到，但要像苏轼笔下这位男子回想中的这位女性，如此活灵活现，简直呼之欲出，就不太容易做到了。我们可以来看两个例子。

来自安徽的一位同学写自己的老师："我的启蒙老师是李老师，她教我们时很年轻，两条又粗又黑的辫子一直垂到胸前，女同学都羡慕她那两条大辫子。李老师很爱笑，笑起来，红红的面颊上就会出现两个深深的酒窝，露出一口雪白的牙齿，她那红红的脸蛋也就犹如一朵盛开的花。"

来自沈阳的一位同学也写自己的老师："……还没来得及仔细打量他，他就带着一丝凉凉的风，从我的视野边缘掠过了，像一只大鸟。这个人就是我的化学老师，他是个很特别的人。不是不庸俗的那种特别，而是纯粹的与众不同。他的脸上总是带着一种透明的浅浅的狡黠的笑，像个孩子。很多次，在化学课上，我抬起头来，就看见站在阳光中的他露出这样的笑。那一刻，他和阳光交融在一起，让我觉得他的一举一动都牵动着丝丝缕缕的阳光，翻起浅橙色的涟漪。他就像一只大鸟——那种离阳光最近的生命。"

两段对人物的描写，显然后者更清新传神一些。我们要力避一些已经被人用过太多的陈词滥调，用自己的眼睛、自己的心灵来写那些真正打动了自己的细节。

吞又吐，信还疑，上钩迟

——抓住细节，并把它写到位

◎ **出处**

宋·黄庭坚《诉衷情·一波才动万波随》

◎ **原文**

一波才动万波随，蓑笠一钩丝。金鳞正在深处，千尺也须垂。

吞又吐，信还疑，上钩迟。水寒江静，满目青山，载月明归。

◎ **注释**

诉衷情：词牌名，唐教坊曲。

蓑笠：指披蓑衣、戴斗笠的渔翁。

金鳞：指鳞光闪闪的鱼。

迟：慢。

◎ **译文**

江上万顷波涛一个接一个涌来，戴斗笠、披蓑衣的渔翁在江边垂钓。鱼儿正在水中深处，即使深藏千尺也要钓上来。

鱼儿吞下了鱼饵又吐了出来，将信将疑迟迟不肯上钩。渔翁归来的时候已是水寒江静，只见满目青山，明月当空。

◎ **赏析**

词的上片，"一波才动万波随，蓑笠一钩丝"，这是一幅寒江独钓图，碧波万顷，波光粼粼，有孤舟蓑笠翁，浮游其上，置身于天地之间，垂钓于重渊深处，钩入水动，波纹四起，环环相随。这样空灵洒脱的境界令人逸怀浩气。"金鳞"二句写垂钓之兴：鱼翔深底，沉沦不起，为取水下金鳞，渔翁不惜垂丝千尺。此时此刻，渔父专注一念，神智空明，似乎正感受到水下之鱼盘旋于钓钩左右的情态。

词的下片，"吞又吐，信还疑，上钩迟"，这一虚设之笔描绘了渔翁闭目凝神、心与鱼游的垂钓之乐，在这种快乐中，渔父举目江天山水，忽然得道忘鱼。最后三句渲染出一幅空灵澄澈的江渔归晚图："水寒江静，满目青山，载月明归。"透射出一种置身江天、脱落尘滓的逍遥追求，突出渔父在这样一种澄静澹远的境界里，任漂泊而不问其所至，也正是自张志和至黄庭坚所立志以求的最高境界。

◎ 写作应用

关于这首词，黄庭坚自己有一个说明："我在戎州登临胜景时，面对江山，总会想起金华道人渔父的风姿。有学生问：先生家风如何？那么，我就从金华道人的角度写一首词吧。"金华道人，即唐代词人张志和。

黄庭坚的这首词写钓鱼，有两层含义，内在的象征意义是讲参破世相，舍弃荣利的佛理，这一层我们不去管它，单就它对渔翁钓鱼的描写来学习借鉴。

这首词是一幅既形象又美妙的垂钓图，身披蓑笠的渔翁，垂钓时的静态，明月下归去的身影；水中鱼儿的"吞又吐，信还疑，上钩迟"，都刻画得那样栩栩如生。具体形象的刻画，也是写作的一个重要方面。来自山东的一位同学写一个外号叫"老抠"的农民："老抠从来不说话，黑红的脸上刻着深深的皱纹，头总是低着，一头乱糟糟的头发散发着一种异味，一个人独来独往。偶尔几个调皮的孩子从她身边走过，拍着手跳着脚叫她'老抠，老抠'，她也不发火，还是一个劲儿地走。每逢傍晚，人们经常会看见老抠望着即将倒塌的学校发愣。"这样的刻画，效果就很好。只有抓住了传神的细节，并且写到位了，才会给人以如在眼前的感觉。

别离滋味浓于酒，著人瘦

——代言体是一种不错的表达方式

◎ **出处**

宋·张耒《秋蕊香·帘幕疏疏风透》

◎ **原文**

帘幕疏疏风透，一线香飘金兽。朱阑倚遍黄昏后，廊上月华如昼。

别离滋味浓于酒，著人瘦。此情不及墙东柳，春色年年如旧。

◎ **注释**

秋蕊香：词牌名。

疏疏：稀疏。

金兽：兽形的香炉。

朱栏，红色栏杆。

月华：月光。

著人：使人。

◎ **译文**

户外的风吹进稀疏的帘幕，香炉里飘起一线香烟。黄昏后倚遍红色的栏杆，廊上的月光照耀着如同白天。

别离的滋味比酒还浓酽，令人瘦损病恹恹。此情比不上墙东的杨柳，春天的景色依旧如去年。

◎ **赏析**

这首词是词人离许州任时，为留恋官妓刘淑奴而作，全词抒写春闺相思之情。

上片写眼前景色，由室内写到帘外，是寓情于景。

"帘幕疏疏风透，一线香飘金兽"这两句通过对细风透进帘幕、香炉缕缕飘香的描绘，明写官妓刘淑奴闺房的幽雅静美，暗写前来幽会告别的环境气氛，隐含越是美好，越是值得留恋；越是幽静，越是格外凄清的弦外之音。

　　"朱栏倚遍黄昏后"二句，紧承首二句而来，由室内转而写室外，由黄昏写到深夜，勾勒出倚遍每一根栏杆、凝视着画廊上如昼月光的生动画面，传达出回忆往昔并肩倚栏、携手赏月，而今恋恋不舍、依依惜别的愁绪。原来她从寂寞空房的炉烟袅袅记起当时两情缠绵的往事，如今分离两地，叫人思量。所以，她不禁由室内走出帘外，在朱栏绕护的回廊上，一遍又一遍地倚栏望着，从白天盼到黄昏，从黄昏盼到皓月流辉的深夜。"月华如昼"，说明这是一个月白风清的良夜，往日相聚，两个人浓情蜜意，喁喁低语，何等欢爱；而今却天各一方，形单影只，欲语无人倾诉，教人深深惆怅。上片四句全部写景，而字里行间则洋溢着离愁别绪，因为往昔天天如此，而从今以后却不复再见了，对景伤情，万般无奈之意，尽在不言中了。这两句主要从时间上着笔，写离别之人从黄昏到深夜，倚遍栏杆，离愁无限，对月无绪的痛苦情态。

　　下片在上片写景的基础上，着重抒情，借外景反衬内心的苦闷，是以景衬情。

　　"别离滋味浓如酒，著人瘦。"这两句是全词的主调，这种"别离滋味"只有自己深深地感到，要说出来却又十分抽象。词人在这里用"浓于酒"一词来形容描写这种离愁别绪的浓烈程度，这就使抽象的情感物态化、具体、形象，它不仅将比酒更浓烈的离愁别恨极为生动形象地勾画出来，还将词人借酒浇愁的神态巧妙勾出，收到一箭双雕的艺术效果。正因为如此，"著人瘦"一句便水到渠成，落到了实处。这种离愁竟使人为之憔悴，其滋味便可想而知了。

　　"此情不及墙东柳，春色年年依旧"紧承前句而来，前两句写离愁滋味超过浓酒，进行正面对比；这两句写别情不及墙柳，则从反面衬托：柳叶只枯黄萎落于一时，春风一吹，柳色如故。言外之意，人一离别，各自天涯，是否能再续旧情，可就说不准了。这一反衬，由眼前的墙东柳触发而起，既信手拈来，又新奇贴切，极为深切地道出了内心深

从宋词中汲取写作智慧

处的惆怅之情和缠绵悱恻之意，使其成为全词的点睛之笔。

◎ 写作应用

张耒是"苏门四学士"之一，也多次被贬谪，不过他的作品展现的是婉约派的风格，这首写相思的词即其中的代表作。这首词写景纯用白描，毫不雕饰，清新流丽，而情寓其中；写情，直抒胸臆，决不做作，层层转跌，入木三分。

词是张耒所写，但看得出来，角度是女性对男子的思念，所以性别特点的突出，可以是我们从这首词中学习借鉴的一个方面。

文章的写作，或是男性，或是女性，一般都会自然地带出各自不同的性别特点，最容易看出来的是不同的口吻语气和不同的情感基调，然后会有不同的观察角度和关注重心，更深层的或许还有不同的感悟和理解。这一切都是很自然的。在宋词中，像张耒这样的代言体作品颇多，即男性作者有意从女性的角度来进行刻画和抒写。我们可以从中揣摩学习，尝试着换一种视角来观察生活、感悟生活。

问牧童、遥指孤村道："杏花深处，那里人家有。"
——抓住一两个传神细节加以点染刻画

◎ 出处

宋·宋祁《锦缠道·燕子呢喃》

◎ 原文

燕子呢喃，景色乍长春昼。睹园林、万花如绣。海棠经雨胭脂透。柳展宫眉，翠拂行人首。

向郊原踏青，恣歌携手。醉醺醺、尚寻芳酒。问牧童、遥指孤村道："杏花深处，那里人家有。"

◎ **注释**

锦缠道：词牌名，又名"锦缠头""锦缠绊"。

呢喃：形容小声说话，轻声细语。

宫眉：古代皇宫中妇女的画眉，这里指柳叶如眉。

翠：指柳叶之色。

踏青：即游春。

◎ **译文**

燕子呢喃，春光迷人，白昼忽然变长。看园林景色，繁花盛开如一片绚丽多彩的锦绣。海棠经过一番春雨，如胭脂一般红艳的花瓣被雨浸透。柳叶展开宫眉，翠叶拂弄行人的头。

到郊外去踏青，恣意歌唱牵手。我已经醉意醺醺，还想寻找美酒。问牧童，他指着远处的孤村说："杏花深处的人家有。"

◎ **赏析**

这首词叙写春日出游的所见、所闻与所感。上片着意描写春景。"燕子呢喃，春光迷人，景色乍长春昼"，点明时节是早春，时间是白昼。"睹园林"以下描写春色蓬勃的园林。"万花如绣"运用比喻总括春色，表现出大自然旺盛的生机。"海棠经雨胭脂透。柳展宫眉，翠拂行人首。"这是在总括之后具体描写海棠花及柳条。词人用拟人的手法，将海棠拟为胭脂、柳叶比作宫眉。"胭脂透"写出了经雨后海棠的鲜艳色泽，而一个"翠"字则将柳叶碧嫩的情态写了出来。红花碧柳，两相映衬，十分耀目，显现出一派生机盎然的春色。

下片着重抒发游兴。"向郊原踏青，恣歌携手"，说明踏青者并非一人，而是一群人手拉着手集体出游。这两句既点明了郊游之乐，又将载歌载舞的郊游场面描写得十分热闹。"醉醺醺、尚寻芳酒"，本就已经醉意醺醺了，可郊游之人还要寻醉，足见其不拘形迹、恣纵狂放的情态。"问牧童"三句，化用杜牧《清明》一诗中的"借问酒家何处有，牧童遥指杏花村"，将踏青的欢畅意绪推至最高点。

◎ **写作应用**

全词围绕着"春游"这个题目层层深入，写尽春色，写尽游人的雅兴。不论是写景还是抒情，都写得有声有色，情景交融，淋漓尽致。宋祁看来是对春天的杏花深感兴趣，除了《木兰花》中的"红杏枝头春意闹"，这首词中杏花又再次成为春天、生命和生活的象征。

作文中经常要写到人，说明文对这一点要求不高，记述文不必说了，即使是议论文，里面对人的简洁刻画和描写也是非常重要的，写得形象、生动、传神的话，常常可以使议论不显沉闷和枯燥，会使读者在理性的逻辑展开过程中眼睛一亮，开颜一笑。

宋祁的这首词本意和重点自然都不在于写一个乡间牧童，人物形象的塑造本来也不是词这种抒情文体的强项，但是如果词人能够抓住情境中所涉及的人物（无论这是词人自己还是外界的人）的一两个传神细节加以点染刻画，不必展开详尽描写，就可以给读者很鲜活的感觉，仿佛看到了这个人。

另外，这里面还有一个诀窍：动作感是非常重要的。最后三句活就活在"牧童遥指"的那个"指"上。"问牧童、遥指孤村道：'杏花深处，那里人家有。'"我们似乎看到这样一个场景：三几个踏青的城里人，问一个骑在牛背上的牧童，这小孩伸手一指：看见那边的杏花了吧？到那里去。没有这个"指"字，无论如何是不会有这个效果的。

小楼连苑横空，下窥绣毂雕鞍骤

——从男女的不同视角来写

◎ 出处

宋·秦观《水龙吟·小楼连苑横空》

◎ 原文

小楼连苑横空，下窥绣毂雕鞍骤。朱帘半卷，单衣初试，清明时候。破暖轻风，弄晴微雨，欲无还有。卖花声过尽，斜阳院落；红成阵，飞鸳甃。

玉佩丁东别后。怅佳期、参差难又。名缰利锁，天还知道，和天也瘦。花下重门，柳边深巷，不堪回首。念多情、但有当时皓月，向人依旧。

◎ 注释

绣毂雕鞍：华贵的马车，此指纵马奔驰的男子。

朱帘：红色帘子。

破暖轻风：春暖之中轻风微拂，又有点儿冷。

弄晴微雨：微雨时停时下，似在逗弄晴天。

红成阵：落花如同阵雨。

鸳甃：用对称的砖瓦砌成的井壁，此指井台。

丁东：象声词，形容玉石、金属等撞击的声音。

参差：长短、高低不齐的样子。

名缰利锁：比喻功名利禄对人的羁绊。

重门：一道道门户。

◎ 译文

小楼横空而起，俯视楼下华美的车马奔驰而过。半卷起红色帘子，刚换上单衣，已是清明时节了。一会儿微雨一会儿晴，刚转暖又吹来微微的凉风，气候变化不定。卖花声已经全过去了，夕阳西下，院内花落

从宋词中汲取写作智慧

如雨，飘飞在井台之处。

自从和她分别后（玉佩为玉雕的装饰品，挂在衣带上，丁东为玉佩互相碰撞时的声音），阻碍重重，再也不能相见，使人多么惆怅。我为名利而漂泊他方，老天如果知道我心中的思念之苦，也会为我而消瘦。想起鲜花掩映的重重院落中，柳边深巷中依依异别的情景，真使人不堪回首。如今只有当时那多情的明月，依旧照着分在两地的我和她。

◎ 赏析

上阕从那位女子看男子的离去写起：女子登上挨着园林横空而起的小楼，看见恋人身骑骏马奔驰而去。此二句按景缀情，景物描写中缀入女主人公的别情。"朱帘"三句，承首句"小楼"而言，谓此时楼上佳人正身穿春衣，卷起朱帘，出神地凝望着远去的情郎。"破暖"三句，表面上是写微雨欲无还有，似逗弄晴天，实际上则缀入女子的思想感情，说她也像当前的天气一样阴晴不定。以下四句便写这位女子一个人在楼上一直等到红日西斜的过程以及当时的情绪。轻风送来的卖花声清脆悦耳，充满着生活的气息，也容易引起人们对美好事物的追求。女子想去买上一枝插鬓边，可是纵有鲜花，谁适为容？因此她没有心思买花，只好让卖花声过去，直到它过尽。"过尽"二字用得极妙，从中可以想象得到女子谛听的神态、想买又不愿买的怅惜之情。更为巧妙的是，词人将声音的过去同时光的流逝结合在一起写，写出了女子绵绵不尽的感情。歇拍二句，则是以景结情。落红成阵，飞遍鸳甃，景象是美丽的，感情却是悲伤的。花辞故枝，象征着行人离去，也象征着红颜憔悴，最易使人伤怀。不言愁而愁自其中，因而蕴藉含蓄，带有悠悠不尽的情味。

下阕从男方着笔，写别后情怀。"玉佩丁东别后"，虽嵌入"东""玉"二字，然无人工痕迹，且比起首二句凝炼准确，读后颇有"环佩人归"之感。"怅佳期、参差难又"，是说再见不易。参差犹差池，即蹉跎、失误。刚刚言别，马上又担心重逢难再，可见人虽远去，而留恋之情犹萦回脑际。至"名缰利锁"三句，始点出不得不与情人分别的原因。为了功名富贵，不得不抛下情人，词人思想上是矛盾的、痛苦的，因此发出了感叹。"和天也瘦"句从李贺的《金铜仙人辞汉歌》中"天若有情天亦老"化来。明王世贞对此极为赞赏，因为它概括了人物的思想矛盾，突出了相思之苦。"花下"三句，照应首句，回忆别前欢聚之地。此时他虽策马远去，途中犹频频回首，瞻望女子所住的"花下重门，柳边深巷"。着以"不堪"二字，更加刻画出难耐的心情、难言的痛苦。煞尾三句，写对月怀人情景，颇有"见月而不见人之憾"。

◎ 写作应用

这是秦观一首很有名的词，是他赠给一位歌妓的，这位歌妓名叫东玉，所以词人还特意在下阕男子的思念中嵌入了她的名字。全词以景起，以景结，而其中一以贯之的则是词人执着的情愫。这首词虽然仍然离不开男女相恋相思的窠臼，但值得我们借鉴学习的是，词人特别注意从男女的不同视角来写，写出了各自的特点，这在我们的写作训练中也是一个重要的方面。

"'你为什么总跟着我？'"我有些生气，语气稍重了点儿。"因为……因为你像我姐姐。"她怯生生地说，声音很低，接着伤心地抽泣起来。"

"我禁不住跑过去，想给他帮忙，手刚一碰铁柜，就听到他大吼一声：'别动！'我的手马上缩了回来，呆呆地看着。……他走到我面前，冲我憨厚地笑了笑说：'小妹妹，别生气。刚才我来不及跟你说清楚。搬这么重的东西，是要掌握好平衡的。如果你一碰，我就失去了平衡，就要出事故。'"

以上两段描写分别出自福建的一位同学和北京的一位同学，可以看出，男女主人公的不同特点是写得很鲜明的。这当然也不算很困难，主要就是如何观察到位、描写自然。

柳外画楼独上，凭阑手捻花枝

——如何用感受来写实

◎ **出处**

宋·秦观《画堂春·落红铺径水平池》

◎ **原文**

落红铺径水平池，弄晴小雨霏霏。杏园憔悴杜鹃啼，无奈春归。

柳外画楼独上，凭阑手捻花枝。放花无语对斜晖，此恨谁知？

◎ **注释**

水平池：池塘水满，水面与塘边持平。

弄晴：展现晴天。

杏园：园林名，故址在今陕西西安大雁塔南。

手捻花枝：古人以为表示愁苦无聊之动作。

◎ **译文**

落花铺满了园中小径，春水溢满了池塘。细雨霏霏，时停时下，乍晴乍阴。杏园里春残花谢只有杜鹃鸟的声声哀啼，好像在无可奈何地慨叹春天已经归去了。

杨柳那边，她独自登上了画楼，手捻着花枝，倚靠在栏杆上。对着这引人愁思的暮春之景，她默默无语，扔掉了手中的花儿，抬头静静地凝望着斜阳，她这满心的对春光的一往情深，对美好年华的无限眷恋之情，又有谁能知晓呢？

◎ **赏析**

词的上阕写春归之景。从落红铺径、水满池塘、小雨霏霏，到杏园花残、杜鹃啼叫，写来句句景语、情语，婉约柔美。先写飘零凋落的花瓣已经铺满了园间小路，池水上涨已与塘边齐平，再写说晴不晴，说阴不阴，小雨似在逗弄晴天一样。观看杏园已失去了"红杏枝头春意闹"的动人景色。它像一位青春逝去的女子，容颜显得憔悴而没有光泽了。再听枝头的杜鹃传来声声"不如归去"，泣血啼唤，多么令人伤感。作者从所见所闻之春归的景物写起，不用重笔，写"落花"只是"铺径"，写"水"只是"平池"，写"小雨"只是"霏霏"，第三句写"杏园"虽用了"憔悴"二字，明写出春光之迟暮，然而"憔悴"中也仍然有着含敛的意致。片末，总括一句"无奈春归"，其无可奈何之情，已在上述描写中得到充分表现。但也只是一种"无奈"之情，而并没有断肠长恨的呼号，这样就显出一种纤柔婉丽之美。

词的下阕，侧重写人，以行为描写来传达孤寂、落寞的情怀。她独自一人登上冒出柳树枝头的画楼，斜倚栏杆，手捻花枝。紧接着又写下一句"放花无语对斜晖"，真是神来之笔。因为一般人写到对花爱赏多只不过是"看花""插花""折花""簪花"，都是把对花的爱赏之情变成了一种带有某种目的性的理性处理。而从"手捻花枝"，接以"放花无语"，又对"斜晖"，委婉含蓄，哀怨动人。

◎ 写作应用

这首词描写精美的春归之景，以惜春之怀，发幽婉深恨之情，令人思之不尽，可谓这首词的显著特点。作为一首伤春词，秦观这首小词上阕的写景和下阕的写人，都写得细致而又饱含情感。然而相比之下，下阕的写人更为动人，更是一幅活脱脱的图画，简直把那位静静地站着，怅望着，手中无心地捻弄着花朵，然后又默默抛向斜晖的女性写活了。

人物描写是作文中的重要内容，写老师，写同学，写父母，写周围人，写自己，写得老一套的居多，写得有新意、生动传神的较少，这里面涉及如何用感受来写实。

来自四川的一位高中的同学，写一位教过自己英语的宋老师，有两处写得很好：

"这几天的雨总是来得特别突然。突然而来的雨就让我突然想起了宋老师。一袭天蓝的衬衫，整整齐齐扣好的扣子，再配一条灰色西裤，永远是他不变的唯一。个子不高，在班里大部分同学视平线以下，留着和鲁迅

从宋词中汲取写作智慧

先生一样倔强的头发。一副会漫反射的眼镜，架在永远保持微笑的脸上。我和同学私下都称其'宋江'，这绰号可是他自己取的……"

"自习时，'宋江'找我谈心。'你是不是觉得自己很不错？'他笑着，不掺杂一丝虚假，'因为发表过文章所以自认为很了不起？''没，没有。'我不敢正视他的眼睛。'那就好。记住时时刻刻都不要骄傲……'阳光把'宋江'的轮廓涂抹得模糊不清，只能隐约辨出他的嘴角挂着笑容。晨曦轻轻罩在他身上，显得含蓄而庄严。刹那间，一种感动涌入我的胸膛……"抓住自己真正感受到的那些特征，而不是一般化地大家都那样写，这样的文章就会顽强地捕捉住读者和老师的注意力。

欲知日日倚栏愁，但问取，亭前柳

——以精练含蓄取胜，点到为止

◎ **出处**

宋·周邦彦《一落索·眉共春山争秀》

◎ **原文**

眉共春山争秀，可怜长皱。莫将清泪湿花枝，恐花也，如人瘦。

清润玉箫闲久，知音稀有。欲知日日倚栏愁，但问取，亭前柳。

◎ **注释**

共：介词，同、跟。

春山：春天里的山野。

可怜：可惜。

长皱：指经常愁眉不展。

湿：沾湿，打湿。

清润：形容她吹箫时乐声清亮幽润。

玉箫：玉制的箫，此处为箫的美称。

闲久：闲置已久，久未吹箫。

知音：喻知心人。

但：只。

取：助词，表动态。

亭：古代设于路旁供行人休息的亭舍。

◎ 译文

柳眉是那样的秀美，只有妩媚的春山能与之比美，可惜它却皱得紧紧的。别让泪水打湿了花枝，使花儿也像人一样消瘦。

因为知音难觅，她那清亮圆润的玉箫声已经很久听不到了。如果想知道她为什么每天倚着栏杆发愁，那就问一问长亭前的柳树吧！

◎ 赏析

这是一首写思妇闺情的小令。词的开始，首先刻画这位思妇的外貌。"眉共春山争秀，可怜长皱。"以这首词中用了"争秀"二字，是说女子的眉在有意和春山比秀，而比的结果是眉比春山更秀。如果不用"争"字，直接说，眉比青山更秀，就趣味索然了。"可怜长皱"，也超脱了纯客观描写而注入了词人的主观感情。对这位"深坐颦蛾眉"的美人寄予了深刻的同情。上句写女子的外貌，下句透过外貌去表现她内心的愁怨。写外貌也着墨不多，只写了她的秀眉，让读者从她的眉峰之秀去想象她的容貌之美。这个想象由下文的描写得到证实。"莫将清泪滴花枝，恐花也，如人瘦。"以花比喻女子的容貌。这位颦眉独坐的女子果然貌美如花。以花比喻女子的面容，本是沿用已久的陈旧的修辞手法，但美成用泪滴花枝，形容女子因伤心而流泪，似比单纯用"花容月貌"之类的陈旧词语要新些。在他的笔下，似乎那少妇娇嫩清瘦的脸上，即使是几滴清泪也禁受不住，担心会"滴破胭脂脸"，流露出词人的无限怜惜之心，不单纯是客观写照，还渗透了词人的主观情感，可谓推陈出新，翻出了新意，既像是词中少妇顾影自怜，内心独白，又像是词人对词中少妇的怜爱同情，体贴入微，笔意曲折顿挫，摇曳多姿，有很强的艺术感染力。

过片，"清润玉箫闲久，知音稀有。"用"玉箫闲久"从侧面烘托少妇情绪低落，满腹愁思。虽有玉箫，也无心吹奏，让它闲置已久。因为意中人不在，更吹与谁听呢？昭君出塞，尚可寄幽怨于琵琶，这位思妇连托音乐以寄相思的心情都没有了，进一步深化了"可怜"的程度。下文用"欲知""但问"巧设问答："你要知道她（我）为什么每天倚着栏杆发愁吗？你只要去问亭前的杨柳便可知了。"仍用上阕同样笔法，既像是闺中少女自我心曲的剖白，又像是词人对词中女主人公心情的深刻怜惜、关怀和理解。

最后轻轻点一笔，前面的青山长皱、泪滴花枝、花如人瘦、玉箫闲久，都得到解释，全篇关节脉络一气贯通了。

◎ **写作应用**

这是一首描写思妇闺怨的作品，词人对她进行了由外到内的描写刻画。面对春天的到来与归去而倍觉寂寞伤感的一位闺妇，词人既描写了她的外貌，又展示了她的心理。从写人的角度来看，做到了内外兼顾。但是，这内外两个方面都有一个共同的特点，就是以精练含蓄取胜，点到为止。之所以如此处理，一方面当然是由于词调体裁的限制，但更重要的则是词人对于自己要写的对象是这样熟悉，剥尽浮华，只取点睛之处。在作文中的人物描写上，如同景物描写一样，可以做加法，靠详尽的细腻刻画来取得一种雕刻和油画般的效果；也可以做减法，以传神生动的寥寥数笔达到一种中国画中写意画的效果，同样也会给读者以如在目前、身临其境之感。

来自福建的一位同学写红绿灯前的一位警察：

"'你，就是你，退回去，退到白线后头去。'那个身材魁梧的警察喝道。正得意扬扬骑着新车的我一愣，众目睽睽之下，只得将车退回到白线后头，这时红灯正亮着。'有什么了不起，嘿！臭美。'我暗自痛骂，'地老虎，哼，我不一定非要走你这条路！'我愤愤地骑上车，临走前当然不会忘记狠狠白他一眼。一拐弯儿，刚巧瞧见他从警察亭里拿出一个打气筒，递给一位老人。"

我们可以料到，文章后面必定是表明他误解了这位警察，但由于对警察的熟悉，非常简洁的一句语言描写，就活画了一位交警的形象。

齿软怕尝酸。可惜半残青紫，犹印小唇丹
—— 不写外貌，也能让人物形象鲜明

◎ **出处**

宋·周邦彦《诉衷情·出林杏子落金盘》

◎ **原文**

出林杏子落金盘。齿软怕尝酸。可惜半残青紫，犹印小唇丹。
南陌上，落花闲。雨斑斑。不言不语，一段伤春，都在眉间。

◎ **注释**

诉衷情：词牌名，又名"桃花水"等。

齿软：牙齿不坚固。

可惜：意谓应予爱惜的。

半残：指杏子被咬了一口。

青紫：颜色青紫而不太红。

唇丹：嘴唇上限量的丹砂红。

陌：泛指田间道路。

落花闲：花儿安静地飘落。闲，安静。

斑斑：颜色驳杂貌。这两句说落花如雨，纷纷飘坠在地。

伤春：因春天的景物而引起的伤感。

◎ **译文**

金盘中盛着刚刚摘下的青杏，少女只咬了一口便觉杏酸齿软，急忙

放下。青紫色的残杏上，留下了她一道小小的红唇印。

南边的田间小路上，落花点点，春雨斑斑，送走了春天。少女伤春每由怀春引起，面对花落春归，感岁月如流，年华逝水，满腹愁情全写在微蹙的眉间。

◎ 赏析

"红杏枝头春意闹"（宋祁《玉楼春》），可见杏子成熟，当在暮春时节了，新摘来的杏子放在金盘里，色泽鲜艳明丽，不用"置金盘"，而用"落金盘"，因"落"字有从摘下到放置过程的动态感，即摘下放入的意思，比"置"字生动得多。新出林的杏子特点是鲜脆，逗人喜爱。正如韦应物诗"试摘犹酸亦未黄"。少女怕酸，不敢再吃，只剩下大半个吃剩的杏子。青紫色的残杏上，留下少女一道小小的红唇痕迹，唇丹与青紫相间，在词人看来，简直是一种美的享受。而这位少女也必然因怕酸而攒眉蹙额，娇态可掬，更惹人怜爱了。所以，词人用了"可惜"二字，而不用"留得"二字。因为这不只是在写半枚残杏，而是透过残杏写少女。

下片先从少女眼里写周围环境，南陌上，满地落花狼藉，春雨斑斑，送走了春天。真是春雨无情，落花有恨。这三句似与上下文没有关系。但看最后三句之后，便可体会到这三句环境描写对少女的伤春情怀起了烘托作用。正是在这样一个落花春雨的撩乱氛围中，才使少女感到"落花风雨更伤春"（晏殊《浣溪沙》），而伤春心事"都在眉间"，也就是说因伤春而愁眉深锁。对于妙龄少女来说，伤春每由怀春引起。面对花落春归，感岁月如流，年华逝水，因而有了某种爱情意识的跃动，这是可以理解的。但这却是少女不可透露的内心世界的秘密，所以她只能不言不语，终日攒眉。

◎ 写作应用

这是一首写少女伤春的词。少女伤春，在周邦彦以前的诗人词人中有不少人写过，但跟尝果怕酸联系起来，却是罕见的。周邦彦这首词由少女尝果写到伤春，过渡自然，联系紧凑。

上片说的少女因尝杏怕酸而攒眉，这是生活中的偶然现象，少女因怀春伤春而攒眉，则是生活中的必然现象。这两种现象在词中来了个巧合，少女以尝杏怕酸而攒眉，巧妙地掩饰了她因怀春而攒眉，掩饰了她内心的秘密，可谓妙合无垠，这也正是词人构思细密、匠心独运之处。

写人物，我们永远在强调要传神生动，但如何才能做到？什么样的神态细节才算是传神？什么样的描写才会达到生动的效果？这没有什么一定之规，在本质上是一种个人的感觉——自己感受最深的、印象最清晰的，写出来往往就格外传神生动。这位少女咬一口青杏顿觉酸时的顽皮神态，伤春时不言不语蹙起的眉头，周邦彦印象最深的这样两个细节，写出来简直就活灵活现。有的时候，甚至用不着什么外貌描写，只要把我们对一个人的真切感受表达出来，也能表现出相当鲜明的人物形象。我们来看辽宁的一位同学对自己朋友的印象：

"李唐的朋友很多，其中也有一位他的知己，与我的性格不大相同。他把我比作一首非常激昂的摇滚歌曲，而将那位朋友比作一首十分伤感的流行歌曲，我不知道，他怎么会想出这种比喻，或许是他热衷于音乐的原因吧。李唐喜欢音乐，这是他最特别的一点，我很佩服他。可以这样说，音乐是他生命中的一部分。缺少了音乐，他的日子就如同秋风中干枯的落叶，毫无生气。他特别喜欢摇滚，喜欢黄家驹带给他的铿锵话语和生命动力……"这段文字中没有什么通常的外貌描写，但我们还是可以相当鲜明地感觉到一个富有个性、热爱音乐的快乐男生的形象。

缥缈危亭，笑谈独在千峰上
——剪影般的处理技巧

◎ **出处**

宋·叶梦得《点绛唇·绍兴乙卯登绝顶小亭》

◎ **原文**

缥缈危亭，笑谈独在千峰上。与谁同赏。万里横烟浪。

老去情怀，犹作天涯想。空惆怅，少年豪放。莫学衰翁样。

◎ **注释**

点绛唇：词牌名。

绝顶亭：在吴兴西北弁山峰顶。

缥缈：隐隐约约，亦因其高而之似可见似不可见，应题目中的"小亭"。

烟浪：烟云如浪，即云海。

天涯想：指恢复中原万里河山的梦想。

衰翁：衰老之人。

◎ **译文**

小亭在高耸入云的山峰，隐隐约约浮现着。在千峰上独自叙述胸意，看那万里云烟如浪花般滚来，我与谁共同欣赏呢？

人已经老了，但情怀仍在。虽然思虑着万里山河，但也只能无奈地惆怅。少年啊，要胸怀豪情万丈，莫要学我这衰老之人。

◎ **赏析**

起首一句径直点题。"缥缈"，隐隐约约，若有若无，形容亭在绝顶，既高且小，从远处遥望，若隐若现。这是紧扣题目中"绝顶小亭"来写的。第二句由亭而写到人，应题目的"登"字。由于小亭位于"绝顶"，故登亭之人有"千峰上"之感。独登小亭，无人共赏，只有万里横江而过的波浪，渺茫无边无际。

上片末两句倒装，一则说北方大片失地，山河破碎，不堪赏玩；二则说因主战派不断受到排挤和打击，已找不到一起去把失地收回，重建共赏的人。"万里"，喻其广远，指吴兴以北直至沦陷了的中原地区，此时宋室南渡已八个年头。"烟浪"形容烟云如浪，与"万里"相应。北望中原，烟雾迷茫，不知何日恢复。"赏"字不只为了协韵，还含有预想失土恢复后登临赏览的意思。"与谁同赏"，即没有谁与之同赏，回应"独"字。"独"而推及"同赏"，"同赏"又感叹"与谁"；含有欢快味的"赏"字与带有压抑感的"独"字连翩而来，表现了词人心中此时的复杂情绪。

过片两句"老去情怀，犹作天涯想"是说自己人虽老，情怀不变，还是以天下为己任，把国事放在心上，总在做着恢复中原那万里山河的计虑和打算，表现出"老骥伏枥，志在千里"的气概。这两句可联系词人身世来理解。"天涯想"，指有志恢复中原万里河山。年龄虽老，壮志未衰，"犹作"二字流露出"天涯想"的强烈感情。又想起此身闲居卞山，复出不知何日，独自登临送目，纵有豪情，也只能是"空惆怅"。"空惆怅"三个字收住了"天涯想"。一个"空"字把前面的一切想望都抹掉了，又回到了无可奈何、孤独寂寞的境界，不免要表现出某些颓丧的情绪。而胸中热情，又不甘心熄灭，便吩咐随侍的儿辈"少年豪放，莫学衰翁样"，说年轻人应该豪放一点儿，不要学习衰老之人的模样。是示人，也是律己。这里的"衰翁样"指的是"空惆怅"，借"少年豪放"回复到"天涯想"的豪情壮志上去。"少年豪放"一句与第二句的"笑谈"二字相呼应，针线绵密。

◎ **写作应用**

这是一首小令词，篇幅不长，可是翻波作浪，曲折回旋地抒写了词人十分矛盾复杂的心绪。对于这首词的解读有不同的理解，有人从前面的"笑谈"出发，认为词人写这首词时已经五十九岁，不会是一人登上绝顶，所以才有"笑谈"一词，因此最后"空惆帐，少年豪放，莫学衰翁样"，也就是老人对跟随自己登顶的儿辈们的勉励。这当然也讲得通，但似乎有点儿舍近求远了。词人自己讲这是乙卯年在绍兴登绝顶小亭而作，我们也不能认定六十岁老翁就不可能独自登临绝顶。更重要的是，诗词毕竟是诗词，是在借此抒发豪气，所以，"空惆怅，少年豪放，莫学衰翁样"，也可理解为词人对自己的一种自勉：不必惆怅，振作精神，心不能是衰翁模样。

对于我们写作而言，同叶梦得的那首《水调歌头》中以"挥手弦声响处，双雁落遥空"来刻画武士形象的手法一样。此词中开头的两句，"缥缈危亭，笑谈独在千峰上"，同样也栩栩如生地勾勒出了一位老当益壮、风流潇洒，居高临下、俯瞰茫茫大地的老人形象。

之所以能够达到这种效果，分析起来，最重要的原因就在于这两句做了一种仿佛剪影般的处理：高山小亭，亭中一人，亭外云海……极其简洁，然而又极能调动人们的想象力，让人头脑中仿佛随之出现了群山中最高的那座山峰，峰顶有座小亭子，亭子里站着一个人，眺望着亭外烟云起伏的苍茫大地。我们写作中在刻画人物形象时，可以借用这种剪影般的处理技巧。

和羞走，倚门回首，却把青梅嗅
——如何细腻刻画人物动作

◎ 出处

宋·李清照《点绛唇·蹴罢秋千》

◎ 原文

蹴罢秋千，起来慵整纤纤手。露浓花瘦，薄汗轻衣透。

见客入来，袜刬金钗溜。和羞走，倚门回首，却把青梅嗅。

◎ 注释

蹴：踩，踏。这里指荡（秋千）。

慵整：懒洋洋地收拾。

花瘦：形容花枝上的花瓣已经凋零。

袜刬：即刬袜。未穿鞋子，只穿着袜子行走。

金钗溜：快跑时首饰从头上掉下来。

◎ 译文

荡罢秋千起身，懒得揉搓细嫩的手。在她身旁，瘦瘦的花枝上挂着晶莹的露珠，她身上的涔涔香汗渗透着薄薄的罗衣。

突然进来一位客人，她慌得顾不上穿鞋，只穿着袜子抽身就走，连头上的金钗也滑落下来。她含羞跑开，倚靠门回头看，又闻了一阵青梅的花香。

◎ 赏析

上片写少女荡完秋千的精神状态。词人不写荡秋千时的欢乐，而是剪取了"蹴罢秋千"以后一刹那间的镜头。此刻全部动作虽已停止，但仍可以想象得出少女在荡秋千时的情景，罗衣轻扬，像燕子一样在空中飞来飞去，妙在静中见动。"起来慵整纤纤手"，"慵整"二字用得非常贴切，从秋千上下来后，两手有些麻，却又懒得稍微活动一下，写出了少女的娇憨。"纤纤手"形容双手的细嫩柔美，同时也点出人物的年纪和身份。"薄汗轻衣透"，她身穿"轻衣"，也就是罗裳初试，由于荡秋千时用力，出了一身薄汗，额上还渗有晶莹的汗珠，这份娇弱美丽的神态恰如在娇嫩柔弱的花枝上缀着一颗颗晶莹的露珠。"露浓花瘦"一语既表明时间是在春天的早晨，地点是在花园，也烘托了人物娇美的风貌。整个上片以静写动，以花喻人，生动形象地勾勒出一少女荡完秋千后的神态。

下片写少女乍见来客的情态。她荡完秋千，正累得不愿动弹，突然花园里闯进来一个陌生人。"见客入来"，她感到惊诧，来不及整理衣装，急忙回避。"袜划"，指来不及穿鞋子，仅仅穿着袜子走路。"金钗溜"，是说头发松散，金钗下滑坠地，写匆忙离开时的表情。词中虽未正面描写这位突然来到的客人是谁，但从少女的反应中可以印证，他定是一位翩翩美少年。"和羞走"三字，把她此时此刻的内心感情和外部动作做了精确的描绘。然而更妙的是"倚门回首，却把青梅嗅"二句，以极精湛的笔墨描绘了这位少女怕见又想见、想见又不敢见的微妙心理。最后她只好借"嗅青梅"这一细节掩饰一下自己，以便偷偷地看他几眼。下片以动作写心理，几个动作层次分明、曲折多变，把一个少女惊诧、惶恐、含羞、好奇以及爱恋的心理活动，栩栩如生地刻画出来。

◎ 写作应用

这首词为李清照早年作品，写的只是一位少女的两个日常生活镜头，但描绘得那样神情毕现、栩栩如生。全词风格明快，节奏轻松，只用四十一字，就刻画出一个天真纯洁、感情丰富却又矜持的少女形象，可谓妙笔生花。

事实上，把"和羞走，倚门回首，却把青梅嗅"这三句译成白话文，必然要损失原文所展示给我们的那种灵动微妙的少女神态。她含羞快走，到了门口却又停了下来，想看一看进来的这位客人，却又不好意思大胆直接地看，于是借着闻一闻枝头的青梅作为掩饰。我们可以想见，她嗅青梅时那偷偷的一瞥！

徐培均先生在对这首词进行赏析时，把它与唐代诗人韩偓《香奁集》中的"见客人来和笑走，手搓梅子映中门"进行了比较，认为虽然李清照的描写有本于此，但青出于蓝而胜于蓝。的确如此，而且从李清照的这种改写中，我们还可以得到作文中关于人物形象描写上的一些启示，其中很重要的一点就是如何细腻刻画人物动作的微妙之处。韩偓的那两句也算不错，但刻画得比较粗线条，所以给读者的感觉就不是那样活灵活现。李清照的改写，在对这种少女心理和情态极为熟悉的基础之上，细致入微地写出了三个连续的动作，这三个动作是那样契合一个少女此时此刻的心理，于是这个人物就活现在我们面前，简直可以冲着她微笑，和她打个招呼了！

更阑，折得梅花独自看
——不容忽视的细节描写

◎ **出处**

宋·潘牥《南乡子·题南剑州妓馆》

◎ **原文**

生怕倚阑干，阁下溪声阁外山。惟有旧时山共水，依然，暮雨朝云去不还。

应是蹑飞鸾，月下时时整佩环。月又渐低霜又下，更阑，折得梅花独自看。

◎ **注释**

南乡子：词牌名，又名"好离乡""蕉叶怨"。

南剑州：今福建南平。

阑干：栏杆。

山共水：指山和水。

暮雨朝云：代指男欢女爱。

蹑飞鸾：乘坐飞鸾。

整佩环：整理衣裳佩环。佩环，古代妇女的配饰。

更阑：夜已深，指天将亮之时。

◎ **译文**

我生怕独自凭倚栏杆，因为阁下是潺潺的溪水，阁外是碧绿的青山。唯有这旧日的山水面目依然，她却像暮雨朝云般一去而不再回还。

她应该化作仙女骑着飞鸾，在明月下时时整理衣衫佩环。露冷霜降，月儿渐渐低转，夜寂更阑，我折下一枝梅花，独自仔细欣赏观看。

◎ 赏析

这是一首怀人之作，篇幅短小却多有转折，哀感无限，韵味深远。

上阕写景抒怀，抒发了作者故地重游、人去楼空的感慨。"生怕倚阑干，阁下溪声阁外山"，写重到南剑妓馆寻访所恋的妓女，可惜她已经"去不还"了。词人心中自然十分沉重，所以他生怕独自倚栏。"生怕"二句写怕见旧时山水，道出词人摆不脱、撇不下的相思旧情，点明内心的矛盾。"阁下溪声阁外山"写昔日曾与伊人朝暮共赏的阁外山水，令人黯然伤神。"惟有旧时山共水，依然，暮雨朝云去不还。"楼下的溪流依然，楼外的青山依然，唯独不见了所爱的人，这山水再美，也失去了它们原有的光彩。留给词人的，只有睹物思人的缕缕情愁了。"旧时山共水"，照应前文的"溪声""山"。继而笔锋一转，"依然"二字一顿，恰如眼含热泪的悲怆的呜咽声。"暮雨朝云去不还"，再度强调物是人非，佳人难寻，胸中郁结难平，其感可想而知。

下阕是写词人因思念而产生的幻觉，表示怀念之深，流露出孤独之感。"应是蹑飞鸾，月下时时整佩环"，由现实进入虚幻，既然她已经不在人世，尚在人间的情侣唯愿她过得比生前更美好。词人因之想象她已经乘鸾凤飞升，她的美丽化成了永恒。"月下时时整佩环"，词人徘徊于阁台，久久不愿离去，似乎在等待着那环佩叮咚的声音传来，盼她来跟自己共叙离别之苦、思念之情。"月又"三句回至眼前，写词人独居空阁，一夜无眠。此处连用两个"又"字，写尽心中凄凉况味，道出了死别的无情现实。"月又渐低霜又下，更阑，折得梅花独自看。"他久久地回忆着女子的音容笑貌，乃至夜深仍不能成眠。他摘了一朵梅花把玩不已，在词人眼中，这朵梅花就是女子美丽的面庞，就是女子冰清玉洁的灵魂，欣赏着梅花，就如同与她重相聚首，是苦是甜，只有词人自己知道。"折得梅花独自看"这句可以说是点睛之笔，此处化用姜夔《疏影》词中王昭君精魂月夜归来化作梅花的意境，折一枝梅花并且把它当作是恋人的精魂，以便慰藉一下自己相思若渴的心。这里将词人痴情、痴恋与哀苦交织的悲怆以及凄艳的情怀展现得淋漓尽致。万千思绪，皆从这"独自看"三字中传出。

◎ 写作应用

这首词是重访旧地怀思之作，是为一个已经远离，寻访无着的歌伎所写，抒发了词人对歌伎的留恋与怅惘之情。这首词虽是为歌伎所写，却并没有丝毫轻薄亵渎之意，而是以委婉深切的情感，展现了词人的一片留恋之情。

潘牥此作有一个题目"题南剑州妓馆"，他在怀想一个人，一个当年曾与自己好过，现在却已死去的女性，这一点从词中很容易看出。正因为如今已是人逝屋空，人亡物在，所以他的怀想主要就是这位女子给自己留下的音容笑貌和美好感受了。

这首词的上阕并未直接写人，而是讲此时自己不敢也不愿再去倚栏眺望的心情，但却暗示出当年两个人一起亲密凭栏远眺的图景。下阕则是面对着一轮明月时的出神想象，幻化出女子变成了仙子，在仙境里，时而还整理一下佩环，佩环仿佛还在叮咚作响……一首小词，能够给读者这样丰富而又贴切的形象联想，写作功力之强是不言而喻了。思考一下，值得我们在写作中借鉴的，最重要的就是细节所起的作用。"阁下溪声阁外山""月下时时整佩环""折得梅花独自看"，这三个细节在暗示形象、刻画人物所起的作用是关键性的。没有这三个细节，整首词就会显得一般化，很难给读者留下这样真切传神的印象。

第五章

读宋词，学景物描写

孤村芳草远，斜日杏花飞

——以景寄情，情景交融

◎ **出处**

宋·寇准《江南春·波渺渺》

◎ **原文**

波渺渺，柳依依。孤村芳草远，斜日杏花飞。江南春尽离肠断，蘋满汀洲人未归。

◎ **注释**

江南春：词牌名。

蘋满汀洲：代指春末夏初的时令。蘋，一种水生植物，也叫四叶菜、田字草。汀州，水中的小块陆地。

◎ **译文**

烟波渺渺，垂柳依依。芳草萋萋蔓延至天际，远处斜横着几间茅屋，在夕阳余晖的映照中又飞舞着片片杏花。江南的春天已经过去，离人愁思萦绕；汀州长满了蘋花，心上人还未回来。

◎ **赏析**

起首四句勾勒出一幅江南暮春图景：一泓春水，烟波渺渺，岸边杨柳，柔条飘飘。那绵绵不尽的萋萋芳草蔓伸到遥远的天涯。夕阳映照下，孤零零的村落静寂无人，只见纷纷凋谢的杏花飘飞满地。这四句含有丰富的意蕴和情思。"波渺渺"，水悠悠，含有佳人望穿秋水的深情。"柳依依"，使人触目伤怀，想起当年长亭惜别之时。"孤村"句说明主人公心情之孤寂，"斜阳"句则包含"无可奈何花落去"的凄凉和感伤。

结拍两句直抒胸臆。前面词人花了很大力气，连续四句都是写景，实际上就是为了说出"江南春尽离肠断"这一层意思。因为有了前面写景的层层渲染铺垫，这句直抒胸臆之语，才显得情深意挚。接着又写

"蘋满汀洲人未归"，将女主人公的离愁抒写得淋漓尽致，使人感觉到她的青春年华正在孤寂落寞的漫长等待中流逝。

◎ 写作应用

寇准是北宋的名臣，但能干的政治家也有描绘美景、表达柔情的一面。这首词以清丽婉约、柔美多情的笔触，以景起，以情结，以景寄情，情景交融，抒写了女子怀人伤春的情愫。

这首词前面几句是在写景，写的其实是一片优美的江南暮春景色。田野里的村庄不是城市里成片相连的街区，本身是不可能一个挨着一个的。在人们视力所及范围内，只能看到一个村庄，这其实很正常，可以说倒是给一望无际的原野增添了生气。可是，在一位心里思念着、埋怨着，眼中望着，期待迟迟不归的心上人尽快归来的女子看来，这样一个横卧在远方的村庄，给人的感觉就显得形影孤单，倍添寂寞。与之相伴的树、草、花，在她的感觉中，也都渲染着触目皆是的伤感情怀。《诗经》中写过"昔我往矣，杨柳依依"的送别之柳，李后主的词中有"离恨恰如春草，更行更远还生"的蔓延芳草，而"无可奈何花落去"的暮春之花，被人作为悲伤、苦闷和惆怅的寄托之物来描绘吟唱，那就更多了。所有这一切，在这位女子因思念、怨艾和自悲而形成的幻觉中，都会显示出浓得化不开的春愁意味——"孤村芳草远，斜日杏花飞"。

"孤村芳草远，斜日杏花飞"，在写作的时候，这样的描写自然可以应用乃至于直接引用到自己的文章中。然而，不一定要学这位吟唱着春愁的北宋女子——这种情感恐怕过于古典，过于柔弱，以至于在今天的时代显得多少有点儿病态，我们倒是可以更为从容乐观地作一点儿翻案文章的。它可以作为自己春游时的一种观察角度和思路，更可以作为体味乡村生活、田野风光，体会那种从容不迫，某种有着既闲适又寂寥意味的心态依托。"孤村芳草远，斜日杏花飞"，多么静谧，多么悠闲而又美好的一幅景象呀！让我们在这片青草地上坐下来，好好休息一下吧！

有三秋桂子，十里荷花
——朴素简洁的白描手法

◎ **出处**

宋·柳永《望海潮·东南形胜》

◎ **原文**

东南形胜，三吴都会，钱塘自古繁华。烟柳画桥，风帘翠幕，参差十万人家。云树绕堤沙，怒涛卷霜雪，天堑无涯。市列珠玑，户盈罗绮，竞豪奢。

重湖叠巘清嘉。有三秋桂子，十里荷花。羌管弄晴，菱歌泛夜，嬉嬉钓叟莲娃。千骑拥高牙，乘醉听箫鼓，吟赏烟霞。异日图将好景，归去凤池夸。

◎ **注释**

望海潮：词牌名。

三吴：即吴兴、吴郡、会稽三部，此泛指今江苏南部和浙江部分地区。

钱塘：即今浙江杭州，古时候吴国的一个郡。

烟柳：雾气笼罩着的柳树。

画桥：装饰华美的桥。

风帘：挡风用的帘子。

翠幕：青绿色的帷幕。

参差：高低不齐貌。

云树：形容树木高耸入云。

珠玑：珠是珍珠，玑是一种不圆的珠子。这里泛指珍贵的商品。

叠巘：层层叠叠的山峦，此指西湖周围的山。巘，小山峰。

清嘉：清秀佳丽。

羌管：即羌笛，羌族之簧管乐器，这里泛指乐器。

弄：吹奏。

菱歌泛夜：采菱夜归的船上一片歌声。菱，菱角。泛，漂游。

高牙：高矗之牙旗，高官出行时的仪仗旗帜。牙旗，将军之旌，竿上以象牙饰之，故云牙旗。

图：描绘。

凤池：全称凤凰池，原指皇宫禁苑中的池沼，此处指朝廷。

◎ 译文

杭州地理位置重要，风景优美，是三吴的都会。这里自古以来就十分繁华。如烟的柳树，彩绘的桥梁，挡风的帘子，翠绿的帐幕，楼阁高高低低，大约有十万户人家。高耸入云的大树环绕着钱塘江沙堤，澎湃的潮水卷起霜雪一样白的浪花，宽广的江面一望无涯。市场上陈列着琳琅满目的珠玉珍宝，家家户户都存满了绫罗绸缎，争相比奢华。

里湖、外湖与重重叠叠的山岭非常清秀美丽。秋天桂花飘香，夏季十里荷花盛开。晴天欢快地吹奏羌笛，夜晚划船采菱唱歌，钓鱼的老翁、采莲的姑娘都喜笑颜开。千名骑兵簇拥着巡察归来的长官，在微醺中听着箫鼓管弦，吟诗作词，赞赏着美丽的水色山光。他日把这美好的景致描绘出来，回京升官时向朝中的人们夸耀。

◎ 赏析

此词一开头即以鸟瞰式镜头摄下杭州全貌，点出杭州位置的重要、历史的悠久，揭示出所咏主题。其中"形胜""繁华"四字为点睛之笔。自"烟柳"以下，便从各个方面描写杭州之形胜与繁华。"烟柳画桥"，写街巷河桥的美丽；"风帘翠幕"，写居民住宅的雅致。"参差十万人家"一句，转弱调为强音，表现出整个都市户口的繁庶。"参差"为大约之意。"云树"三句，由市内说到郊外，只见钱塘江堤上，行行树木，远远望去，郁郁苍苍，犹如云雾一般。一个"绕"字，写出长堤迤逦曲折的态势。"怒涛"二句，写钱塘江水的澎湃与浩荡。"天堑"，原意为天然的深沟，这里移来形容钱塘江。钱塘江八月观潮，历来被称为盛举，描写钱塘江潮是必不可少的一笔。"市列"三句，只抓住"珠玑"和"罗绮"两个细节，便把市场的繁荣、市民的殷富反映出来。"竞豪奢"三个字明写肆间商品琳琅满目，暗写商人比夸争耀，反映了杭州这个繁华都市穷奢极欲的一面。

下片重点描写西湖。西湖至宋初已十分秀丽。对于湖山之美，词人先用"清嘉"二字概括，接下去写山上的桂子、湖中的荷花。这两种花也是代表杭州的典型景物。词人以工整的一联，描写了不同季节的两种花。"三秋桂子，十里荷花"这两句确实写得高度凝炼，它把西湖乃至整个杭州最美的特征概括出来，具有撼动人心的艺术力量。"羌管弄晴，菱歌泛夜"这两句对仗也很工稳，情韵亦悠扬。"泛夜""弄晴"，互文见义，说明不论白天还是夜晚，湖面上都荡漾着优美的笛曲和采菱的歌声。着一"泛"字，表示那是湖中的船上，"嬉嬉钓叟莲娃"，是说吹羌笛的渔翁、唱菱歌的采莲姑娘都很快乐。"嬉嬉"二字则将他们的欢乐神态做了栩栩如生的描绘，生动地描绘了一幅国泰民安的游乐图卷。

接着词人写达官贵人到此游乐的场景。成群的马队簇拥着高高的牙旗，缓缓而来，声势煊赫。笔致洒落，音调雄浑，仿佛令人看到一位威武而又风流的地方长官，饮酒赏乐，畅游于山水之间。"异日图将好景，归去凤池夸"是这首词的结束语。"好景"二字，将如上所写和不及写的尽数包拢，意谓当这些达官贵人被召还之日，合将好景画成图本，献予朝廷，夸示于同僚，谓世间真存如此一人间仙境，以达官贵人的不思离去，烘托出西湖之美。

◎ **写作应用**

柳永的这首《望海潮》是一首名作，以全景式地描写杭州的繁华风貌而为人称道。词的上片写杭州，下片写西湖，以点带面，明暗交叉，铺叙晓畅，形容得体。其写景之壮伟、声调之激越，与东坡亦相去不远。特别是由数字组成的词组，如"三吴都会""十万人家""三秋桂子""十里荷花""千骑拥高牙"等词的运用，或为实写，或为虚指，均带有夸张的语气，有助于形成柳永式的豪放词风。

景物的描写在中国的古典诗词中是强项，而很多学生作文对于描写景物则往往显得笨拙，要不就是干瘪无味，要不就是过分堆砌，二者都缺乏真正的艺术魅力，并不能够引发阅读者的身临其境之感。这首词篇幅较长，辞藻华美的那些句子，读者的感受和印象倒并不是太深，而其中纯是白描、最为朴素的那两句"有三秋桂子，十里荷花"，却最为人们熟知和传诵。当然，放在柳永这整首词中，这两句更显得如同镶嵌于一幅美妙的画中；不过，即使是把它单独抽出来，也并不显得单调或单薄。罗大经《鹤林玉露》卷十三记载了一个流传颇广的传说："此词传播，金主亮闻歌。欣然有慕于'三秋桂子，十里荷花'，遂起投鞭渡江之志。"一般认为这个说法有点儿夸张，但久处西北荒漠之中的人，听到柳永这两句词时，眼前浮现出"三秋桂子，十里荷花"的美景，其吸引力也是可想而知的。作为一种景物描写，它开阔而又简洁，以两种最具特征的时令花卉，展现了西湖之美、杭州之美，乃至于整个江南的独特之美，它既是景物的鲜明凸现，同时又有着整体氛围的渲染烘托，这是值得我们写作时在描写景物上认真品悟的。

远村秋色如画，红树间疏黄
——抓住景物最典型的特征

◎ **出处**

宋·晏殊《诉衷情·芙蓉金菊斗馨香》

◎ **原文**

芙蓉金菊斗馨香，天气欲重阳。远村秋色如画，红树间疏黄。
流水淡，碧天长，路茫茫。凭高目断，鸿雁来时，无限思量。

◎ 注释

斗：比，争。

馨：散布得很远的香气。

天气：时令，时节。

红树：指秋天叶子变红的树，如枫树等。

间：夹杂。

流水淡：溪水清澈明净。

碧天：碧蓝的天空。

茫茫：广阔，深远。

目断：指望至视界所尽处，犹言凝神眺望。

思量：相思。

◎ 译文

在节气接近重阳的时侯，芙蓉和金菊争芳斗妍。远处的乡村，秋色如画中一般美丽，树林间从浓密的红叶中透出稀疏的黄色，真是鲜亮可爱。

秋水清浅，碧空万里，道路茫茫难有尽头。登高远望，看到鸿雁飞来，头脑中涌起无限的思念。

◎ 赏析

"芙蓉金菊斗馨香，天气近重阳"两句，选出木芙蓉、黄菊两种花依然盛开，能够在秋风中争香斗艳来表现"重阳"来临前的季节特征。接着"远村秋色如画，红树间疏黄"两句，从近景写到远景，从周围写到望中的乡村，从花写到树。秋景最美的，本来就是秋叶，这里拈出树上的红叶来写，充分显出时令特征。红树中间还带着一些"疏黄"之色，树叶之红是浓密的，而黄则是稀疏的，浓淡相间，色调更丰，画境更美。

下片"流水淡，碧天长，路茫茫"三句从陆上写到水上，从地面写到天上。着一"淡"字，写出中原地区秋雨少，秋水无波，清澈明净之景致；而天高气爽，万里无云，平原仰视，上天宽阔无际，于是又用一"长"字状天。这两个字看似平常，却很贴切。上面景语，用笔疏放，表现作者的心境是闲适的。至"路茫茫"三字，则带感慨情绪：前路茫茫，把握不住。接下去"凭高目断，鸿雁来时，无限思量"，写久久地登高遥望，看到鸿雁飞来，引起头脑中的无限思念。

◎ **写作应用**

这是一首关于秋日野游，遣兴自娱的令词。以写景为主，上片点明"天气欲重阳"，下片以"凭高目断"相照应，可知此词为重九登高所作。词中通过对节令、景物、环境的描写，烘托重阳佳节倍思亲的气氛，最后以"无限思量"点出主题。

在语言上，这首词在具备晏殊词温润端丽的特点以外，尤见秀洁清新，为全词高远淡雅、陶然旷达的意境提供了丰富的表现力。另外，词中注重色彩描写，其中"芙蓉金菊""秋色如画""红树间疏黄""淡水""碧天"，或明或暗写出景物的色调，描绘出一幅色彩斑斓的画卷，给人以美的享受。

作文中常常是要写到景物的，但景物通常是为情为理为人为事而存在，所以不能过于喧宾夺主，为写景而写景。晏殊在这首词中，写了两种花，树叶的两种颜色，流水、碧天、远路和飞雁，所有这些都是点到为止，并未铺排，但我们读起来却很有味道，感觉到了鲜明浓郁的秋日之美。

晏殊笔下的秋景是两幅，一幅是近景，一幅是远景。"芙蓉金菊斗馨香"，对于木芙蓉和黄菊这两种典型的秋天花卉的近景描写，晏殊没有做详尽的刻画，只是与时令气氛糅合在一起稍加渲染；然而，仅仅这样，是无法给读者留下深刻印象的。于是，词人以其深厚的艺术功力，在接下来的远景描绘上抓住了最具秋天特征的东西：远处的乡村秋色如画，在一片红叶之树中间夹杂着几处黄色。秋天的流水是清澈的，天是透明的，通向远方的那条路消失在天边；登楼远望，几只鸿雁飞来，从而引发人的无限怀想。

自然景物可以像晏殊这样来点染，而其他的生活场景，如家庭、课堂、街市等等，事实上也可以采用"远村秋色如画，红树间疏黄"这种处理手法。抓住其最典型的特征，可以起到以一当十的作用。

隔岸两三家，出墙红杏花
——不落俗套才能耐人寻味

◎ **出处**

宋·魏夫人《菩萨蛮·溪山掩映斜阳里》

◎ **原文**

溪山掩映斜阳里，楼台影动鸳鸯起。隔岸两三家，出墙红杏花。

绿杨堤下路，早晚溪边去。三见柳绵飞，离人犹未归。

◎ **注释**

菩萨蛮：词牌名，原唐教坊曲名，又名"子夜歌"等。

楼台影动：表明溪水在微风的吹拂下荡起绿波，而楼台的影子也如同晃动一般。

鸳鸯：一种情鸟，雌雄相依，形影不离，如同良侣。

柳绵：成熟了的柳叶种子，因其上有白色茸毛、随风飘舞如棉似絮而得名，又叫柳絮。在古代，水边杨柳往往是送别的场所。

离人：离别的人；离开家园、亲人的人。

◎ **译文**

溪水和山峰都笼罩在夕阳余晖之中。在微风的吹拂下，溪水荡起层层绿波，倒映在水中的楼台也仿佛在晃动，惊起了水面上的鸳鸯。溪水的两岸，只住着两三户人家，一枝娇艳的杏花从院墙上探出头来。

在杨柳掩映的溪边小路上，有人天天在那里徘徊观望。年年看柳絮飘飞，至今已经看了三次，离人为什么还不还乡？

◎ **赏析**

首句"溪山掩映斜阳里"写斜阳映照下的溪山，侧重点为"溪"字。次句"楼台影动鸳鸯起"，补足上文，进一步写溪中景色。夕阳斜照之下，溪中不仅有青山的倒影，有楼台的倒影，还有对对鸳鸯在溪中嬉水。上句专写静景，下句则动中有静。"楼台影动"，表明溪水在微风吹拂之下，荡起层层绿波，楼台的影子也仿佛晃动一般。再添上"鸳鸯起"一笔，整个画面就充满了盎然生趣。

三、四两句写两岸景色，这条溪水的两岸，只住着两三户人家，人烟并不稠密，环境自然是幽静的。至此，上面所说的楼台原是这几户临水人家的住宅，全词意脉连贯，针线绵密。这句为实写，下一句便是虚写，如此虚实相生。深院高墙，关不住满园春色，一枝红杏带着娇艳的姿态，硬是从高高的围墙上探出头来。此句的妙处于一个"出"字，词以"出"字形容红杏花，写出了春天的勃勃生机，意味隽永。

词的下片，转入抒情，但仍未脱"溪"字。溪水旁边，有一道长堤，堤上长着一行杨柳，暮春时节，嫩绿的柳丝笼罩着长堤，轻拂着溪水，而魏夫人作为临水人家的妇女，是经常从这里走过的。

结尾二句说明她在溪边已徜徉了三年，年年都见柳絮纷飞。从柳絮纷飞想到当年折柳赠别，这是很自然的。"三见柳绵飞"是实语，而着一"犹"字，便化实为虚了，这样，哀怨之情、离别之恨，便隐然流于言外。

全词所写之景紧紧围绕溪水，勾勒出一派溪山园景，清新自然。对行人的思恋，耐人寻味又不落俗套，显出鲜明的个性。

◎ **写作应用**

魏夫人是北宋丞相曾布的妻子，朱熹曾把她与李清照并提，后人说她的作品有"超迈"之处，虽然比不上李清照，但也自有其才力。

这首词写景以抒情，情因景生，描绘了思妇盼望远行丈夫归来的情思。全词紧紧围绕一个"溪"字构图设色，表情达意，写得清新自然，不落俗套，饶有情韵，耐人寻味。

一首传统的怀人寄远之作，在魏夫人笔下却被写得这般自然清新、爽朗明快，压根没有这类题材常见的那种惆怅哀婉、一唱三叹的柔弱之气。之所以能够做到这一点，很重要的一个原因，就是魏夫人所采摘的意象都是一些质朴健康、明朗欢快的生活画面和场景，"隔岸两三家，出墙红杏花"就最为典型。在这种整体氛围中，在别的作品里可能会成为伤心意象的斜阳、鸳鸯、柳绵、离人等等，也都变得不再那么令人惆怅了。

怎样展现出生活的勃勃生机，这是中学生作文常常要切实去做的。湖北一位高三同学的作文，写一个状况特殊的不幸孩子的故事，结尾这样写道："夕阳西下，漫山遍野的菊花和满天的晚霞交相辉映，一片金黄，美丽至极！多么幸福啊！生活在阳光中的野菊花！"作家王蒙认为文章中的人物命运有不合逻辑之处，但这个结尾写得好，好就好在它展示了生活中的灿烂生机。

日高人渴慢思茶。敲门试问野人家
——鲜明地写出地域特征和季节特点

◎ **出处**

宋·苏轼《浣溪沙·簌簌衣巾落枣花》

◎ **原文**

簌簌衣巾落枣花，村南村北响缫车。牛衣古柳卖黄瓜。

酒困路长惟欲睡，日高人渴漫思茶。敲门试问野人家。

◎ **注释**

簌簌：纷纷下落的样子，一作"蔌蔌"，音义皆同。

缲车：纺车。缲，一作"缫"，把蚕茧浸在热水里，抽出蚕丝。

牛衣：蓑衣之类。这里泛指用粗麻织成的衣服。

漫思茶：想随便去哪里找点儿茶喝。漫，随意，一作"谩"。

◎ 译文

枣花纷纷飘落在行人的衣襟上，村南村北的家家户户响起车缲丝的声音。古老的柳树底下有一个穿粗布衣的农民在叫卖黄瓜。

路途遥远，酒意上心头，昏昏然只想小憩一番，艳阳高照，无奈口渴难忍，想随便去哪里找点儿水喝。于是敲开一家村民的屋门讨茶解渴。

◎ 赏析

"簌簌衣巾落枣花"，按照文意本来应该是"枣花簌簌落衣巾"。古人写诗词，常常根据格律和修辞的需要，把句子成分的次序加以调动，这里就是如此。古代服装，男人往往戴头巾。枣树在初夏开出黄绿色的小花。词人不是从旁边看到落枣花，而是行经枣树下，或是伫立枣树下，这样枣花才能落到衣巾上。接下去，"村南村北响缲车"，村子里从南头到北头缲丝的声音响成一片，原来蚕农们正在紧张地劳动。这里，有枣花散落，有缲车歌唱，在路边古老的柳树下还有一个身披牛衣的农民在卖黄瓜。上片三句，每一句都写出了景色的一个方面。这一次苏轼偶然来到农村，很敏感地抓住了这些特点，特别是抓住了枣花、缲丝、黄瓜这些富有时令特色的事物，把它们勾画出来。简单几笔，就点染出一幅初夏时节农村的风俗画。

这首词，不仅写景，还记了事。在下片，就转入了写词人自己的活动。这时他已是"酒困路长惟欲睡"，这句词写出他旅途的困倦。"日高人渴漫思茶"，在初夏的太阳下赶路，感到燥热、口渴，不由得想喝杯茶润喉解渴，于是他"敲门试问野人家"。苏轼当时是一州的行政长官，笔下称当地农民为"野人家"，正出于他当官的口气。但是"试问"两个字表明他并没有什么官气。他没有命令随从差役去索要，而是自己亲自去敲一家老百姓的门，客气地同人家商量：老乡，能不能给一点儿茶解解渴呀？

就这样，词人用简单几句，既画出了一幅很有生活气息的农村画图，又记下了一段向老乡敲门讨茶的经历，这是他平常深居官衙中接触不到的，因而感到新鲜有趣。这首词似乎是随手写来，实际上文字生动传神，使一首记闻式的小词获得了艺术的生命。

◎ **写作应用**

这首词是苏轼在徐州（在今江苏省）做官的时候写的。按照当时的迷信风俗，一个关心农事的地方官，天大旱，要向"龙王爷"求雨；下了雨，又要向"龙王爷"谢雨，这首词就是苏轼有一次途经农村去谢雨时记下的见闻之一。

这首词写出了一派真切的田园景色和农家生活，而且具有那样鲜明的初夏时节的特征。全词有景有人，有形有声有色，乡土气息浓郁。日高、路长、酒困、人渴，字面上表现旅途的劳累，但传达出的仍是欢畅喜悦之情，体现了主人公县令体恤民情的精神风貌。这首词既画出了初夏乡间生活的逼真画面，又记下了词人路途的经历和感受。

真正出色地描写景色和生活场面，是应该如此鲜明地写出地域特征和季节特点的。来自沈阳的一位同学写了一篇《忆幼年中秋》的作文，里面有这样的描写：

"中秋已是九月间，白天虽还带着一丝夏末的余热，晚上却清凉极了。几十颗淡淡的秋星刚升起，却又被一层淡淡的云掩住了。圆润光洁的月亮像一轮玉盘一般，嵌在深蓝色的天幕中，晚风轻拂，仿佛熟睡人的呼吸一般轻柔。……起初，大人们坐在桌边一边浅斟热茶，缓解着一天的疲劳，一边低声谈叙着，不时发出一阵愉快的笑声。孩子们聚在一起窃窃私语，不时跑到圆桌边讨一块月饼或一个橘子。夜渐深，人们也渐渐活跃起来。有的人唱起歌，引得大家一阵阵地欢笑。录音机被拿出来，大人们随着乐曲跳起了舞，小孩子们点起手指粗细的小蜡烛，举着跑来跑去，高声叫嚷着。……"

在这几段描写中，也许最一般化的是前面对月色的描写，这也难怪，写月色要出新实在太困难了；写到大人们的喝茶交谈、小孩们窃窃私语时，有较鲜明的场面感；而写到夜深时反而气氛活跃起来时，就更有中秋时令特征和城市生活的特点了，整个场景都活了起来。

水边灯火渐人行，天外一钩残月带三星
——景物描写，不在话多

◎ **出处**

宋·秦观《南歌子·玉漏迢迢尽》

◎ **原文**

玉漏迢迢尽，银潢淡淡横。梦回宿酒未全醒，已被邻鸡催起怕天明。臂上妆犹在，襟间泪尚盈。水边灯火渐人行，天外一钩残月带三星。

◎ **注释**

玉漏：即报更滴漏之声。

银潢：银河。

梦回：梦醒。

宿酒：隔夜之酒。

妆：指梳妆所施脂粉。

三星：参星。

◎ **译文**

漏壶中的水渐渐滴尽了，星空变得黯然，银河淡淡地横在天上。我从梦中醒来，可因昨夜醉酒，现在尚未完全清醒。邻家公鸡的报晓声阵阵传入耳中，仿佛在催促我们起床，可我们两情相悦，万般不舍，是那样害怕天亮。

从宋词中汲取写作智慧

我迷惑这一切是真实的还是在梦中，可看看我的臂上，赫然留着她的胭脂和香粉的痕迹，余香袅袅；我的襟袖上尚有几点她滴落的泪痕，才知道这不是虚幻。从窗户望出去，远处的水边有几点灯火闪烁，接着又隐约听到有行人在走动；西边的天际，一钩残月和几颗寥落的晨星在相依相伴，闪着淡淡的光辉。

◎ 赏析

这是一首写情人晨起离别时的词作。词以夜色深沉开头，绘凄清之景，寓悲伤别情。"迢迢"本指渺远，这里用来形容玉漏，意指夜已很深，时间已久，初看时仿佛是觉得时间太慢，以致有迢递之感，实际上是指二人彻夜未眠，疲困极于夜色将尽之时，仿佛时间凝固，所以有漫长之感，对伤别之人而言，相聚一刻，即为良宵，断不至有嫌时间过慢之事。"尽"字紧承"迢迢"之下，见其于夜尽将别之际的失望与痛苦。"银潢"一句，银河横斜，乃天色欲晓时景，以漠远空旷之景，见孤寂无绪之情。这两句写景，实寓深致情怀，虽含而不露，但伤别之意，已在其中，为全词定下了一个感情基调。

三、四句，由室外而室内，由景而人。夜色渐尽，天空渐明，"梦回"二字，并非指沉沉睡梦而言，而是指伤情过度，神志未清，如梦似幻的感觉。这并非欣赏者的妄自猜度，"宿酒未全醒"是对这种状态的很好说明。黎明时分，犹自宿酒未全醒，可见昨夜饮酒过甚。为何如此，虽不言自明：离情别绪，自昨夜即已萦心绕怀，只能借酒浇愁，使自己处于麻木之中。"已被"句，写不得不起来别离。人虽有情，邻鸡无意，黎明时分的啼鸣，催促着起身出发。虽身被鸡鸣之声催起，却仍然流连不舍，犹豫徘徊，不忍遽然别去。借邻鸡无情，衬己之情深。"怕天明"三字缀于"催起"之后，将词情翻进一层，状别离之际难舍难分之貌。情真意切，十分感人。

过片二句，转换角度，写女子于临别之时情不能已，泪水盈盈。别情依依，男子尚能借酒浇愁，沉醉忘忧，对于一多情女子而言，其情可怜，更无法排遣。沉沉夜色虽然掩去了她的清泪，但天亮后那留在男子臂上襟间的盈盈泪珠、点点粉痕，却是她深情无限的见证。这两句写女子深情，不从正面描述，而借缠绵悱恻之后的妆痕泪点做侧面渲染，紧扣离人来写，既再现了女子的情深，又借此衬出离人的意重，表情婉曲，言简意丰。

最后二句，写别去后的失意伤怀。天未大亮，已然临别，水边灯火的意象，以一点光亮置于漫漫夜色之中，更见黑暗的巨大无边，在如此凄清的环境之中，别离所爱所恋而踏上无尽征途，其茫然若失的离愁别绪，可想而知。"渐人行"，即渐渐有了行人的意思。结尾一句，乃夜色将褪尽之时天空中之景，一钩残月，周围映带二三残星，这是一幅精致的画面，本为残月，更兼天色渐明，显然月亮已经失去了光辉，而二三晓空中的残星，更是忽明忽暗，在有无之间，虽然意象明晰，但所造成的气氛却极为清冷，有凄切之感，正是行人别离之时的心理写照。

◎ 写作应用

景物描写，不在话多，而在于抓住特征、渲染气氛，给读者一种仿佛身临其境般的感觉。"水边灯火渐人行，天外一钩残月带三星"，秦观的这两句就达到了这样的效果。我们再来看看来自山东的一位同学写的《校园的早晨》：

"这是一个初夏的黎明，夜幕还未拉开，草儿甜甜地睡着，鸟儿还未从梦中醒来。像被孙悟空投下了无数瞌睡虫，一切都静极了。月亮落下西山，星星从天幕上隐去，整个校园弥漫在晨雾中，像神话里天宫缥缈的云。假如你这时在远处眺望那一排排教室，就会新奇地看到一条乳白色的雾带绕在教室腰间，下边微微地显出墙壁的轮廓，屋顶好像飘浮在云雾间。我想这情景，大概像站在蓬莱阁上看到海市一样奇妙无比。校园中的几棵老梧桐树，好像几位老寿星，凝望着那东方将要升起的旭日。夜幕渐渐拉开，白茫茫的晨雾在减退，在流动。这时，在晨雾中出现了隐隐约约的人影，一个、两个……成群结队，伴着欢快的笑声，走进了校园……"

应该说，这一段对校园晨景的描写也很不错，拂晓的静谧、月亮和晨星、晨雾和晨雾中逐渐出现的隐隐约约的人影和人声，这几处清晨的事物，只要真切地写出来，就可以给人以身临其境的感觉。美中的不足的是，这位同学可能是为了进一步突出效果，使用了一些比喻，如孙悟空的瞌睡虫、神话里天空缥缈的云和蓬莱阁上的海市，这些似乎反而冲淡了表达效果。

小园几许，收尽春光

——留下空白，引人联想

◎ **出处**

宋·秦观《行香子·树绕村庄》

◎ **原文**

树绕村庄，水满陂塘。倚东风、豪兴徜徉。小园几许，收尽春光。有桃花红，李花白，菜花黄。

远远围墙，隐隐茅堂。飏青旗、流水桥旁。偶然乘兴，步过东冈。正莺儿啼，燕儿舞，蝶儿忙。

◎ **注释**

陂塘：池塘。

徜徉：安闲自在地来回走动。

飏：飞扬，飘扬。

青旗：青色的酒幌子。

乘兴：趁着一时高兴。

绿树绕着村庄，春水溢满池塘。我沐浴着东风，带着豪兴信步而行。小园很小，却收尽春光。桃花正红，李花雪白，菜花金黄。

远远一带围墙，隐约有几间茅草屋。青色的酒旗在风中飞扬，小桥矗立在溪水旁。偶然乘着游兴，走过东面的山冈。莺儿鸣啼，燕儿飞舞，蝶儿匆忙，一派大好春光。

◎ 赏析

上片先从整个村庄起笔，一笔勾勒其轮廓，平凡而优美。"绕"字与"满"字显见春意之浓，是春到农村的标志景象，也为下面抒写烂漫春光做了铺垫。"倚东风"二句承上而来，"东风"言明时令，"豪兴"点名心情，"徜徉"则写其怡然自得的神态，也表现了词人对农村景色的喜爱。"小园"五句，集中笔墨特写春之一隅，色彩鲜明，暗含香气，绚烂多彩而又充满生机，达到了以点带面的艺术效果。

下片"远远围墙"四句，词人的视野由近放远。围墙、茅堂、青旗、流水、小桥，动静相生，风光如画，而又富含诗蕴，引人遐想。"偶然乘兴，步过东冈"，照应上文的"豪兴徜徉"，进一步写其怡然自得的情状。"正莺儿啼"三句，仍是特写春之一隅，地点却已经转到田野之中。与上片对应部分描写静静绽放的开花植物不同，这里集中笔力写的是动感极强、极为活跃的虫鸟等动物；"啼""舞""忙"三字概括准确，写春的生命活力，更加淋漓尽致。比起小园来，是别一种春光。

◎ 写作应用

这首词描绘春天的田园风光，写景抒情朴质自然，语言生动清新。全词写景状物，围绕词人游春足迹这个线索次第展开，不慌不忙而意趣自出。结构方面，上节片完全对称，组成两幅相对独立的活动图画，相互辉映而又和谐统一。词人运用通俗、生动、朴素、清新的语言写景状物，使朴质自然的村野春光随词人轻松的脚步得到展现。全词下笔轻灵，意兴盎然，洋溢着一种由衷的快意和舒畅。

这首词不仅仅是对春天的景物描写，更重要的是，在这种景物描写中，渲染出了生活的欢快气氛以及踏春人那种怡然自得的心态，这是很值得我们在作文中化用的。

我们先来看来自上海的一位同学写的《校园春景》："金黄的阳光透过那碧绿碧绿的梧桐树叶射下来，暖暖地洒在每一个花坛里。瞧，树儿！那些曾是我们挖坑、浇水种植的树儿长得多高。一簇簇一丛丛，吐着嫩绿嫩绿的叶，你扶着我，我拉着你，连成一片，笼盖了这个花园，使之成为一片绿海，绿得那么清新，绿得那么醉人。呵，冬青！冬青又长高了一大截，像一个个卫士，挺直了腰杆，绕着扁圆的花坛站成了圈儿。圈儿里，月季花露出粉红的面颊；蝴蝶花轻轻地拍着五彩的'翅膀'；一串红夹着鹅黄的蕊儿缀在丛绿之间；美丽的黄金条在春风中飘荡、飞舞，散发出一阵阵淡淡的清香；紫藤开出无数朵玲珑的小花，乍一看，似无数颗小星儿冲我眨眼含笑……"显然，这位同学写得也相当不错，给人以春意盎然之感，但似乎还是节制不够，只觉得春天感染自己的东西太多，每一种花卉、每一处细节都流露着鲜明的春天之美，于是就一一写来，反而显得有点儿全面铺开，朦朦胧胧，效果并不是那么鲜明真切了。

我们再来看秦观是如何写这篇游春的文章的：绿树环绕着村庄，清水涨满了村边的池塘，迎着春日的暖暖东风，随着游兴任意徜徉。一座小小的园子，收入了如此多的春光，有桃花嫣红，李花雪白，菜花金黄。远处有一片围墙，墙内隐约有一座茅堂，小桥流水旁，有小酒馆的青旗在风中飞扬。乘着游兴，信步走过东冈，看到的又是一派莺儿啼、燕儿舞、蝶儿忙的春光。

"小园几许，收尽春光。"这篇古人写春游的文章，写得如此春风扑面，春意醉人，提示着我们景物描写的一个诀窍：抓住特征，写出氛围，留下空白，引人联想。

第五章 读宋词，学景物描写

151

当年不肯嫁春风，无端却被秋风误

——借物言情，抒发文外之意

◎ **出处**

宋·贺铸《踏莎行·杨柳回塘》

◎ **原文**

杨柳回塘，鸳鸯别浦。绿萍涨断莲舟路。断无蜂蝶慕幽香，红衣脱尽芳心苦。

返照迎潮，行云带雨。依依似与骚人语。当年不肯嫁春风，无端却被秋风误。

◎ **注释**

踏莎行：词牌名。

回塘：环曲的水塘。

别浦：江河的支流入水口。

返照：夕阳的回光。

潮：指晚潮。

行云：流动的云。

依依：形容荷花随风摇摆的样子。

骚人：诗人。

◎ **译文**

杨柳围绕着曲折的池塘，一对鸳鸯在江河的进水口处嬉戏。又厚又密的浮萍，挡住了采莲的姑娘。没有蜜蜂和蝴蝶，来倾慕幽幽的芳香，荷花只能渐渐地凋敝，结一颗芳心苦涩。

夕阳的回光照着晚潮，涌进荷塘，流动的云层夹着雨点，无情地打在荷花上。随风摇曳的荷花，像是向诗人诉说衷肠：当年不肯在春天开放，如今只能无端地在秋风中受尽凄凉。

◎ 赏析

　　此词起两句写荷花所在之地。荷花在回塘、别浦，就暗示了她处于不容易被人发现，因而也不容易为人爱慕的环境之中。"杨柳""鸳鸯"用来陪衬荷花。杨柳在岸上，荷花在水中，一绿一红，着色鲜艳。鸳鸯是水中飞禽，荷花是水中植物，本来常在一处，一向被合用来做装饰图案，或绘入图画。用鸳鸯来陪衬荷花之美丽，非常自然。

　　第三句由荷花的美丽转写她不幸的命运。古代诗人常以花开当折，比喻女子年长当嫁，男子学成当仕。而荷花长在水中，一般都由女子乘坐莲舟前往采摘，但若是水中浮萍太密，莲舟的行驶就困难了。这当然只是一种设想。以荷花之不见采由于莲舟之不来，莲舟之不来由于绿萍之断路，来比喻自己之不见用由于被人汲引之难，被人汲引之难由于仕途之有碍，托喻非常委婉。

　　第四句，荷花既生长于回塘、别浦，莲舟又被绿萍遮断，不能前来采摘，那么能飞的蜂与蝶该是可以来的吧。然而不幸的是，这些蜂和蝶又不知幽香之可爱慕，断然不来。这是以荷花的幽香比自己的品德，以蜂蝶之断然不来比在上位者对自己的全不欣赏。莲舟不来，蜂蝶不慕，则美而且香的荷花，终于只有自开自落而已。"红衣脱尽"，是指花瓣飘零；"芳心苦"，是指莲心有苦味。在荷花方面说，是设想其盛时虚过，旋即凋败；从自己方面说，则是虽然有德有才，却不为人知重，以致志不得行，才不得展，终于只有老死牖下而已，都是使人感到非常痛苦的。将花比人，处处双关，而毫无牵强之迹。

　　过片推开一层，于情中布景。"返照"二句，所写仍是回塘、别浦之景色。落日的余晖返照在荡漾的水波之上，迎接着由浦口流入的潮水；天空的流云，则带着一阵或几点微雨，洒向荷塘。这两句不仅本身写得生动，还暗示了荷花在回塘、别浦之间自开自落，为时已久，屡经朝暮，饱历阴晴，而始终无人知道，无人采摘，用以比喻自己也遭遇过多少世事沧桑、人情冷暖。这样写景，就同时写出了人物的思想感情乃至性格。

"依依"一句，用一"似"字，显得虚而又活，幻而又真。从这以后，香草、美女、贤士就成为三位一体了。在这首词中，词人以荷花（香草）自比，非常明显，而结尾两句，又因以"嫁"作比，涉及女性，就将这三者连串了起来。

"当年"两句，以文言，是想象中荷花对词人所倾吐的言语；以意言，则是词人的"夫子自道"。行文至此，花即人，人即花，合而为一了。"当年不肯嫁春风"，一看即知，而荷花之开本不在春天，是在夏季，所以也很确切。春天本是百花齐放、万紫千红的时候，词人既以花之开于春季，比作嫁给春风，则指出荷花之"不肯嫁春风"，就含有她具有一种不愿意和其他花争妍取怜那样一种高洁的、孤芳自赏的性格的意思在内。这是写荷花的身份，同时也就是在写词人自己的身份。但是，当年不嫁，虽然是由于自己不肯，而红衣尽脱，芳心独苦，岂不是反而没由来地被秋风耽误了吗？这就又反映了词人由于自己性格与社会风习的矛盾冲突，以致始终仕路崎岖，沉沦下僚。

◎ **写作应用**

这首词全篇咏写荷花，借物言情，暗中以荷花自况。诗人咏物，很少止于描写物态，多半有所寄托。因为在生活中，有许多事物可以类比，情感可以相通，人们可以利用联想，由此及彼，抒发文外之意。所以，从《诗经》《楚辞》以来，就有比兴的表现方式，词也不例外。

贺铸是极有才华的文学家，他这首咏叹荷花的《踏莎行》还寄寓着自身的深层感慨，这些都不是能够简单模仿的。不过，在景物描写方面，这首词还是能够给我们很好的启发的。来自天津的一位同学写了一篇《我爱荷花》的作文："每当我去公园游玩，总要去池子边观赏那洁白的荷花。荷花，它出污泥而不染，总是保持着自己高洁的本色。荷花仰着洁白的笑脸。身上披着几片墨绿的荷叶衣衫，多美的荷花。它散发出淡淡的清香，挺着碧绿如玉的茎干，像一位亭亭玉立的少女在眺望远方。荷花的花瓣呈瓜子形，洁白似玉，花里托出一个倒过来像个小窝头一样的绿色莲蓬。莲蓬向上的一面有许多小孔，里面睡着荷花的种子。远远看去，荷花的花瓣组成了一个精巧的玉色摇篮，莲蓬像一个婴儿躺在里面。一阵微风吹过，荷花左右摇摆，就像慈爱的母亲在摇晃摇篮，哄自己的孩子快快入睡。"显然，这段描写中的文字和比喻都较为单调，重复的地方较多。之所以如此，一个重要的原因就在于作者观察角度以及叙述口吻都不够多样化。

闲院宇，小帘帏。晚初归
——景物描写需要提炼和条理

◎ **出处**

宋·仲殊《诉衷情·宝月山作》

◎ **原文**

清波门外拥轻衣，杨花相送飞。西湖又还春晚，水树乱莺啼。

闲院宇，小帘帏。晚初归。钟声已过，篆香才点，月到门时。

◎ **注释**

诉衷情：唐教坊曲名。

宝月山：在杭州城外，与清波门相近。

清波门：在杭州西南，靠近西湖，为游赏佳处。

拥轻衣：指穿着薄薄的春装。

杨花：即柳絮。

帘帏：即帘帐。

钟声：撞钟击鼓，为佛门早晚必行的功课。

篆香：状似篆文字形的盘香。

◎ 译文

清波门外和风吹拂，掀动着人们的衣带，杨花纷飞殷勤相送。又到了西湖暮春傍晚，水边花树上群莺乱啼。

寺院清幽，帘帐低垂，刚乘着夜色把家回。钟声已经响过，篆香刚刚点起，月光正照在院门前。

◎ 赏析

上片首句"清波门外拥轻衣"，写词人受风的衣裾，蓬松松地拥簇着自己往前走，衣服也像减去了许多分量似的。一个"拥"字下得极工巧，与"轻衣"的搭配又极熨帖。一种清风动袂、衣带飘然的风致，就这样被活灵活现地描绘出来了。写罢湖上的和风，接着写柳絮。古代杨柳飞絮是暮春的使者，随风飘荡的杨花陪伴着自己走上寺门的归路。"相送飞"三字将一种殷勤护持的情意传达出来了。"西湖"句由景物描写折到时令，笔意一转，带出下文。"水树乱莺啼"五字重涂浓沫，俨然一幅江南春色图画。由此可以想见，一个缁衣白足的诗僧，徜徉于湖边山脚的花径上，周围是缤纷的花雨，耳边是纷乱的莺声，组成一幅惬意的游春图景。词的上片，词人将春色之丽写得荡人心魂，美不胜收。

换头一起三句，点出寺宇阒寂、僧寮清幽的场景，而用一"归"字与前片关合，以实现这一场景的转换。曰"闲"，曰"小"，曰"初"，皆涉笔轻灵，雅称其题，仿佛把人带进一个红尘不到的世界。

结拍三句，进一步烘托寺中的环境，补足前意。词人抓住这钟声、篆香和月色这三个有时间特征的景物来加以刻画，结语悠然，有竟体空灵之妙。撞钟击鼓，为佛门旦暮必行的功课。仲殊即景写来，亦实亦虚，尤有远韵。接着又拈出"篆香才点"与之作偶，更觉笔有余妍。用"篆"字形容回旋上升的烟缕，真是工致入微。以晚钟之远韵匹篆香之烟痕，是声与色、大与小之对比，又都取景眼前，真如天设地造一般。"月到门时"，本是归时实景，用钟声、篆香之后，便觉充满禅机，妙不可言。

从宋词中汲取写作智慧

仲殊有两首《诉衷情》，写的是不同的景色，在写作技巧上都很有特点。这一首是写杭州宝月山和宝月寺的。电影镜头般的场面刻画，是这首词非常突出的一个写作特点，词人既随意又精心地选择了一些最体现春日杭州意味的场面。

上片几个镜头内在相连，构成了一幅流动的画面：清波门外的游人，春风簇拥着春衣，显得那样飘然轻快，四周有飞舞的杨花相送；西湖又到了暮春时节，湖边花树中，群莺啼成一团。

下片则是几个典型的镜头切换：闲寂的院宇，小小的帘帏，苍茫的暮色，悠扬的晚钟声尚在空中回荡，刚刚点燃的一盘篆香青烟袅袅，月光照在门前地上。词人就好像一位高明的摄影师，扛着他的摄影机，拍下了这样六幅意味深长的画面。

景物描写对于学生来说不算太困难，但有时由于感官印象过于丰富，看到了什么，感受到了什么都想写出来，结果就容易显得重叠混乱，反而达不到好的效果。这时需要的就是提炼和条理。上海的一位同学的《鼓浪屿漫步》，这样来描写这座小岛："一踏上鼓浪屿，给我的第一个感觉就是清新、馥郁。全岛被湛蓝的海水所环绕，空气异常新鲜、透彻，海风猎猎，不时飘来奇异的花香。街道负势竞上，曲曲盘旋，由细沙石铺就，很清洁。特别是全岛无一辆自行车、汽车，更无喇叭的喧嚣。街巷里的人流，熙熙攘攘，络绎不绝。许多住房掩映于密林浓荫之中，参差于山腰峰巅之上，十分别致、宁静。全岛郁郁葱葱，花木飘香，恰似一个盛大的海上花园。"可以想见，这位同学第一次见到这座小岛，一定是充满了新鲜感和好奇心，感受到了浪漫与美好，这个时候反而会觉得印象过于丰富，无从说起。但他就处理得较好，抓住一些东西，也放弃一些东西，给读者以清晰但并不单调的鲜活印象。

浓霭迷岸草。蛙声闹，骤雨鸣池沼

——抓住季节特征是十分必要的

◎ **出处**

宋·周邦彦《隔浦莲近拍·中山县圃姑射亭避暑作》

◎ **原文**

新篁摇动翠葆，曲径通深窈。夏果收新脆，金丸落，惊飞鸟。浓霭迷岸草。蛙声闹，骤雨鸣池沼。

水亭小。浮萍破处，帘花檐影颠倒。纶巾羽扇，困卧北窗清晓。屏里吴山梦自到。惊觉，依然身在江表。

◎ **注释**

新篁：新竹。

翠葆：原指饰有翠鸟羽毛的车盖，这里比喻竹子的枝叶。

金丸：原指金弹子。

浓霭：浓厚的雾气。

沼：小水池，圆者为池，曲者为沼。

纶巾：亦称"诸葛巾"，是一种以丝巾带做成的头巾。

江表：古人通常把长江以南称为江表，这里指江宁（今南京）、溧水一带。

◎ **译文**

新竹摇动着它的枝叶，弯弯曲曲的小路通往园林的深幽处。去收取果香四溢的新鲜脆嫩的果实了，金黄色的果实下落，惊起飞鸟。浓厚的雾气中岸边的青草迷蒙，只能听到蛙声的喧闹，夏季的骤雨落在池塘中，激起阵阵鸣响。

水亭很小，浮萍破损的地方，门前帘花，屋檐檐影颠倒了过来。他（周邦彦）也和古代许多士大夫文人一样，在仕途不得意时，总是想归故乡。他因屏上所画吴山而联想到故乡山水，不觉在"困卧"中梦游故乡。只有在梦游中才"梦里不知身是客"。可以获得梦幻中的暂时慰藉。但梦是虚幻的，一觉醒来，依然要面对令人厌倦的现实。

◎ 赏析

上片通过由远及近，由边缘渐至中心的方式描摹盛夏景色，勾勒出中山县圃姑射亭的环境。

词人采用绿色作为主要的基调，然后在用暖色加以点缀，使用视觉和听觉，大大增强了对景色的主题感受。"新篁摇动翠葆，曲径通深窈。"碧色的竹叶和幽径蜿蜒的小径，给人清爽舒适的感觉。夏日微风吹来，新篁摇曳，翠盖亦随之晃动，顿觉一阵凉意。词人善于观察，此处选择了一些最能反映夏季生活特点的典型景物，如新篁只有夏季才有，秋冬的竹子不能叫新篁。

"夏果收新脆，金丸落，惊飞鸟。"夏季果实丰收，"新脆"二字最富妙用，一个"脆"字，概括了对丰硕果实的赞叹，好像尝到了新鲜脆嫩的果实，似觉果香四溢，齿颊留香。"金丸落，惊飞鸟"，"金丸"比喻夏果。"浓翠迷岸草。"接着，词人把目光转移到池塘。词人运用色彩美唤起读者的审美情趣。夏季草木繁茂，江南大地成了绿色的海洋，眼前夏景，色彩斑斓，更富于迷人的魅力，令人神往。"蛙声闹，骤雨鸣池沼。"郁郁葱葱的岸草，喧闹的蛙声，这些夏日里才有的典型事物被集中在一起来表现田园的生活，别有一番情趣。用"浓翠"形容岸草，比直接写青草更具美感。"迷"字涂上了词人的主观感情色彩，赋予青草以迷人的吸引力。尤其是对池蛙以及骤雨前那种湿润的、带着泥土芳香的气味的生动描绘，如见其景，如闻其声。词人通过绘画布局手法，使盛夏景色的安排各得其所，形成了一个完整的美的境界。

下片由写景到抒情。"水亭小。"从对周围环境描写缩小到词人的具体住处———一座小小的临水亭院，为本篇的主景。

"浮萍破处，帘花檐影颠倒。"周邦彦用"帘花"加上"檐影"是化用前人诗句描写他所居亭院的幽美、闲静。与前文所写环境之幽美互相组合，协调一致，更增进了环境的整体美。

"纶巾羽扇，困卧北窗清晓。"由周围环境写到住所，由住所写到住所中的主人。从远到近，由大到小，范围逐步收缩，最后集中到人，足见其层次结构之严谨。"困卧"二字正与"水亭小"相呼应，表明他此时虽在避暑，但心情并不愉快。"屏里吴山梦自到。惊觉，依然身在江表。"词人从"卧"字起笔，因屏上所画吴山而联想到故乡山水，不觉在"困卧"中梦游故乡。直到写到梦醒后，"依然身在江表"。一笔刹住不再往下说，他那失望、惆怅的心情，可想而知了。

◎ 写作应用

词人说这首词是自己在一座乡村小亭里避暑时所作，通过描写园圃中优美的夏景来寄寓思乡之情，写景极为细腻生动，抒情自然而深挚，章法也很绝妙。词中对夏日乡间景色的描绘，可以作为我们作文学习的借鉴。

景物描写的季节特征无疑也是十分重要的。每个季节都有自己最突出、最醒目的东西，构成了这个季节不同于其他季节的特征。来自山东的一位同学写《济南的夏天》：

"暑假里的一天，天气热得厉害。太阳毒辣辣地烘烤着大地，一整天也没有一丝风，护城河旁的柳树垂头丧气，没有一点儿生气。知了拼命地叫着'热……热……'地面上连只蚂蚁也难寻——它们也受不了这热魔的肆虐。

就这样煎熬了一天，到了傍晚，还是这么热。

突然，柳条稍微动了一下。谢天谢地，终于起风了。一会儿工夫，风大起来了，吹得尘土和纸屑乱飞。我高兴地跑出去，享受这珍贵的凉风。看天上，好像是天公不小心打翻了墨水瓶，浓浓的乌云迅疾地盖住了半边天。风一阵紧似一阵，可是那整整一天积攒下来的热浪却还难以驱尽。

'啪嗒'，一个凉凉的东西打在我身上。雨！而且是大的雨，刚开始下，雨点就有硬币那么大！雨点不断地往我头上落……"

季节的特征，不仅仅在于自然外观，同时也在于这个季节中人的心理感受。好的景物描写，会将两个方面协调自然地一并写出。这位同学的这段描写，事实上是融合了这两个方面，所以给人以极为形象传神的感觉。

千里水天一色，看孤鸿明灭
——用眼睛和感受去写景

◎ **出处**

宋·朱敦儒《好事近·摇首出红尘》

◎ **原文**

摇首出红尘，醒醉更无时节。活计绿蓑青笠，惯披霜冲雪。

晚来风定钓丝闲，上下是新月。千里水天一色，看孤鸿明灭。

◎ **注释**

蓑：衣服。

笠：帽子。

◎ **译文**

摇摇头，走出了尘世，愿醒和愿醉无人拘束。身着蓑衣头戴斗笠，以钓鱼为生，也习惯了披霜冲雪。

到了晚上，江面风平浪静，钓丝垂稳不动，头顶一轮新月，倒映在清澈的水中。千里的水天混合成了一种颜色，有一只鸿雁在飞翔，月光映着它舞动的翅膀，时明时灭。

◎ **赏析**

朱敦儒曾作渔父词六首，这首是其中之一。这首词的开头"摇首出

161

红尘，醒醉更无时节"，写出词人自由自在、无拘无束、潇洒疏放的襟怀。"活计绿蓑青笠，惯披霜冲雪"两句，勾勒出一位渔父的形象。这里的渔父形象，实际就是词人晚年的写照。他长期住在嘉禾，过着远离俗世的生活，所谓"醒醉无时""披霜冲雪"，都是指安闲自得，自由自在。

下片写的晚景更是迷人。请看，夜晚来临，一轮新月升起在天空，月光洒满大地，水天一色，万籁俱寂，只有孤鸿的身影时隐时现。在这样一幅山水画中，一位渔夫，也就是词人自己，在静静地垂钓……

◎ 写作应用

朱敦儒于高宗绍兴十九年离开朝廷后，长期寓居浙江嘉禾。陆游曾说，自己和朋友们一起去找他玩，听到湖中烟波里有笛声传来，过一会儿，小舟载着朱敦儒来了，大家一起到他家里。他在室内放置着琴、筑等各种乐器，房檐上站立着他们从未见过的珍禽，悬挂着的篮子里盛着各种果品，主人把它取下来招待客人。这真是一种世外桃源般的生活。我们可以换一个角度，就把它作为一幅渔翁的肖像描写来阅读借鉴。

我们都很熟悉唐代诗人张志和的《渔父》，写的是"青箬笠，绿蓑衣，斜风细雨不须归"，还有柳宗元的《江雪》，写的是"孤舟蓑笠翁，独钓寒江雪"，而朱敦儒笔下的这幅渔翁夜钓图，也同样有着意味深长的人生内涵，同样有着出神入化的视觉效果。日常作文中写景很难写好，主要原因要不就是过分修饰堆砌，要不就是单调平乏，没有多少感人的生动之处。如何才能描绘出有灵气、有情调、有韵致的景物和景色来，办法很多，而多多阅读这样的词作，感同身受，努力培养自己对事物的感受，是一条行之有效且效率较高的途径。

从宋词中汲取写作智慧

茅檐低小，溪上青青草
——在真实和真切上下功夫

◎ **出处**

宋·辛弃疾《清平乐·村居》

◎ **原文**

茅檐低小，溪上青青草。醉里吴音相媚好，白发谁家翁媪？

大儿锄豆溪东，中儿正织鸡笼。最喜小儿亡赖，溪头卧剥莲蓬。

◎ **注释**

清平乐：词牌名。

茅檐：茅屋的屋檐。

吴音：吴地的方言。

翁媪：老翁、老妇。

锄豆：锄掉豆田里的草。

织：编织，指编织鸡笼。

亡赖：这里指小孩顽皮、淘气。亡，通"无"。

卧：趴。

◎ **译文**

草屋的茅檐又低又小，溪边长满了碧绿的小草。含有醉意的吴地方言，听起来温柔又美好，那满头白发的老人是谁家的呀？

大儿子在溪东边的豆田锄草，二儿子正忙于编织鸡笼。最令人喜爱的是顽皮的小儿子，他正横卧在溪头草丛，剥着刚摘下的莲蓬。

◎ **赏析**

上片第一、二两句是词人望中所见，镜头稍远。写南宋当时农村生活条件并不很好，如果不走到这低小的茅檐下，是看不到这户人家的活动，也听不到人们讲话的声音的。第二句点明茅屋距小溪不远，而溪上草已返青，说明春到农村，生机无限，又是农忙季节了。词人略含醉意，迤逦行来，及至走近村舍茅檐，却听到一阵用吴音对话的声音，使自己感到亲切悦耳（即所谓"相媚好"），这才发现这一家的年轻人都已下田劳动，只有一对老夫妇留在家里，娓娓地叙家常。所以用了一个反问句："这是谁家的老人呢？"然后转入对这一家中的孩子们的描绘。这样讲，主客观层次较为分明，比把"醉"的主语指"翁媪"更合情理。

下片写大儿锄豆，中儿编织鸡笼，都是写非正式劳动成员在做一些副业性质的劳动。这说明农村中绝大多数人并非坐以待食、不劳而获的闲人，即使是未成丁的孩子也要干点儿力所能及的活，则成年人的辛苦勤奋可想而知。"卧"字确实使用最妙，它把小儿躺在溪边剥莲蓬吃得天真、活泼、顽皮的劲儿和盘托出，跃然纸上，从而使人物形象鲜明，意境耐人寻味。表现出只有老人和尚无劳动能力的年龄最小的孩子，才能悠然自得其乐。词人用侧笔反衬手法，描写农村生活中一个恬静闲适的侧面，给读者留下了大幅度的想象补充余地。

◎ **写作应用**

这是一首描写乡村生活的名作，是一幅洋溢着农村生活气息的风俗画和风景画。词人通过对农村景象的描绘，反映出自己的主观感受，并非只在纯客观地对景物进行素描。

这首词是从农村的一个非劳动环境中看到一些非劳动成员的生活剪影，反映出春日农村有生机、有情趣的一面。

文章中的景物描写，总是会涉及自然界中的种种形象、色彩和活动，这也正是景物描写的价值所在，也是它吸引我们的地方。然而，有些同学在写作文时，却有一种潜意识中的追求，总感觉越是把自然界中的这些形象、色彩和活动写得热烈，写得夸张，就可能会更加活灵活现，效果就可能越好。其实，这是一种误解。任何事物都有一个度，正所谓"过犹不及"，过分的修饰、过分的渲染，就好比画画时的颜色或油彩涂抹得过多，不但不会让画面上的形象栩栩如生，反而连清晰都做不到，留下来的只会是一片模模糊糊的粗糙轮廓而已。

　　辛弃疾的这首词给我们以很好的启示，它只是平实地捕捉和勾勒出自己所看到的农家生活的几个场面，如"茅檐、青草、吴音、白发翁媪"以及几个儿子在干什么这样一些特征，并无多少渲染，结果倒是描绘出了一幅随和安宁、情趣盎然的乡村生活画面，我们仿佛可以走到里面去。所以，景物描写不要在辞藻的堆砌上下功夫，要在真实和真切上下功夫，要的是以一当十，恰到好处。

第六章

读宋词，学抒情技巧

酒入愁肠，化作相思泪

——情景相融，回味无穷

◎ **出处**

宋·范仲淹《苏幕遮·怀旧》

◎ **原文**

碧云天，黄叶地。秋色连波，波上寒烟翠。山映斜阳天接水，芳草无情，更在斜阳外。

黯乡魂，追旅思。夜夜除非，好梦留人睡。明月楼高休独倚。酒入愁肠，化作相思泪。

◎ **注释**

苏幕遮：原唐教坊曲名，来自西域，后用作词牌名。

秋色连波：秋色仿佛与波涛连在一起。

黯：黯然失色，形容心情忧郁。

乡魂：即思乡的情思。

追：追随，这里有缠住不放的意思。

旅思：旅居在外的愁思。

思：心绪，情怀。

◎ **译文**

碧云飘悠的蓝天，黄叶纷飞的大地。秋天的景色映进江上的碧波，水波上笼罩着寒烟一片苍翠。远山沐浴着夕阳，天空连接着江水。岸边的芳草似是无情，又在西斜的太阳之外。

默默思念故乡黯然神伤，缠人的羁旅愁思难以排遣。除非夜夜都做好梦才能得到片刻安慰。当明月照射高楼时不要独自依倚，端起酒来洗涤愁肠，可是都会化作相思的眼泪。

◎ **赏析**

"碧云天，黄叶地"二句，一高一低，一俯一仰，展现了天际地极的苍莽秋景。

"秋色连波"二句，落笔于高天厚地之间的浓郁的秋色和绵绵秋波：秋色与秋波相连于天边，而依偎着秋波的则是空翠而略带寒意的秋烟。这里，碧云、黄叶、绿波、翠烟，构成一幅色彩斑斓的画面。

"山映斜阳"句复将青山摄入画面，并使天、地、山、水融为一体，交相辉映。同时，"斜阳"又点出所状者乃是薄暮时分的秋景。"芳草无情"二句，由眼中实景转为意中虚景，而离情别绪则隐寓其中。埋怨"芳草"无情，正见出词人多情、重情。

下片"黯乡魂"二句，径直托出词人心头萦绕不去、纠缠不已的怀乡之情和羁旅之思。"夜夜除非"二句是说只有在美好梦境中才能暂时忘却乡愁。"除非"说明舍此别无可能。但天涯孤旅，"好梦"难得，乡愁也就暂时无计可消了。"明月楼高"句顺承上文：夜间为乡愁所扰而好梦难成，便想登楼远眺，以遣愁怀；但明月圆圆，反使他倍感孤独与怅惘，于是发出"休独倚"之叹。歇拍二句，写词人试图借饮酒来消释胸中块垒，但这一遣愁的努力也归于失败："酒入愁肠，化作相思泪。"

◎ 写作应用

范仲淹是我们熟知的北宋名臣，一篇《岳阳楼记》成为千古绝唱，"先天下之忧而忧，后天下之乐而乐"成为一切有良知、有责任感的中国人的良心誓言和自我警策。但人的情感世界是多方面的，也是流动变化的。所以，我们这位令人肃然起敬的政治家，也有这样一首《苏幕遮》。全词抒写乡思旅愁，低回婉转，而又不失沉雄清刚之气，是真情流露之作。

借酒浇愁，是古代中国读书人的一种排遣方式，不过，正如大诗人李白所言，"抽刀断水水更流，举杯浇愁愁更愁"，微醺或酩酊大醉的酒精麻痹，从根本上其实是不能解决问题的，反而只会更增加、更刺激人们各种各样的愁。然而，这样的试图忘却和麻痹以及由此而唤醒乃至于膨胀、扩大了的愁思，又会成为我们感情生活和华章写作的要素与动力。从这个角度出发，我们的写作是很可以借用此意此句的。

比如，有文章写道，教育家于右任先生晚年在台湾时思乡心切，常常梦见故乡。有生之年，他终未能回到大陆家乡一看，去世之前留下遗嘱，让人把自己葬在高山，葬在海边，这样在九泉之下，也能够看到故乡。"酒入愁肠，化作相思泪"，晚年岁月，临终之前，这种最终化作了思乡之泪的酒，他大概喝了不少吧？

多情自古伤离别。更那堪、冷落清秋节
——用主观情绪来点化笔下的物态景象

◎ **出处**

宋·柳永《雨霖铃·寒蝉凄切》

◎ **原文**

寒蝉凄切。对长亭晚，骤雨初歇。都门帐饮无绪，留恋处、兰舟催发。执手相看泪眼，竟无语凝噎。念去去、千里烟波，暮霭沉沉楚天阔。

多情自古伤离别。更那堪、冷落清秋节。今宵酒醒何处，杨柳岸、晓风残月。此去经年，应是良辰、好景虚设。便纵有、千种风情，更与何人说。

◎ **注释**

凄切：凄凉急促。

骤雨：急猛的阵雨。

都门：国都之门。这里代指北宋的首都汴京（今河南开封）。

帐饮：在郊外设帐饯行。

无绪：没有情绪。

兰舟：古代传说鲁班曾刻木兰树为舟（南朝梁任昉《述异记》）。这里用作对船的美称。

凝噎：喉咙哽塞，欲语不出的样子。

去去：重复"去"字，表示行程遥远。

经年：年复一年。

纵：即使。

风情：风采、情怀。亦指男女相爱之情，深情蜜意。

◎ 译文

秋后的蝉叫得是那样的凄凉而急促，面对着长亭，正是傍晚时分，一阵急雨刚停住。在京都城外设帐饯别，却没有畅饮的心绪，正在依依不舍的时候，船上的人已催着出发。握着手互相瞧着，满眼泪花，千言万语都噎在喉咙间说不出话来。这一程又一程，千里迢迢，一片烟波，那夜雾沉沉的楚地天空竟是一望无边。

自古以来多情的人最伤心的是离别，更何况又逢这萧瑟冷落的秋季，这离愁哪能经受得了！谁知我今夜酒醒时身在何处？怕是只有杨柳岸边，面对凄冷的晨风和黎明的残月了。这一去长年相别，相爱的人不在一起，我料想即使遇到好天气、好风景，对我也如同虚设。即使有满腹的柔情蜜意，又能向谁去倾吐呢？

◎ 赏析

全词由别时眼前景入题。起三句，点明了时地景物，以暮色苍苍、蝉声凄切来烘托分别的凄然心境。"都门"以下五句，既写出了饯别欲饮无绪的心态，又形象生动地刻画出执手相看无语的临别情事，语简情深，极其感人。"念去去"二句，以"念"字领起，设想别后所经过的千里烟波、遥远路程，令人感到离情的无限愁苦。

下片重笔宕开，概括离情的伤悲。"多情"句，写冷落凄凉的深秋，又不同于寻常，将悲伤推进一层。"今宵"二句，设想别后的境地，是在残月高挂、晓风吹拂的杨柳岸，勾勒出一幅清幽凄冷的自然风景画。末以痴情语挽结，情人不在，良辰美景、无限风情统归枉然，情意何等执着。整首词情景兼融，结构如行云流水般舒卷自如，时间的层次和感情的层次交叠着循序渐进，一步步将读者带入词人感情世界的深处。

◎ 写作应用

这首词是柳永的代表作。本篇为词人离开汴京南下时与恋人惜别之作。词中以种种凄凉、冷落的秋天景象衬托和渲染离情别绪，活画出一幅秋景别离图。词人仕途失意，不得不离开京都远行，不得不与心爱的人分手，这双重的痛苦交织在一起，使他感到格外难受，他真实地描述了临别时的情景。

正如清代王国维在《人间词话》中曾经分析过的那样："昔人论诗词，有景语、情语之别。不知一切景语，皆情语也。"王国维的高明之处，就在于他洞察到人们眼中所看到的景物，从某种意义上说，其实都已经染上了观看者自己的某种主观情绪、主观色彩，它们已经不再是自然客观的存在了，已经变成了一种"有我"之物、"为我"之物。如果说，在一般的日常生活中，我们看到红日高照或者蒙蒙细雨，它们被我们的主观情绪所点化，其痕迹尚不那样明显的话；那么，在文学创作中，自己用斟酌选择乃至于精心体察后的语言文字，来描述自己所看到的景物时，这种"一切景语皆情语"就体现得非常鲜明了。

"多情自古伤离别，更那堪，冷落清秋节"，在词人的笔下，秋日黄昏，骤雨初停，树上的蝉鸣一声接一声地传来，自己与恋人泪眼相看手相执，而小船已经催着要走了，这怎不令人肝肠寸断？眼前的真实景象已经染上如此悲切的主观色彩，但词人仍嫌不够，自己内心的情感仍没有充分展现出来，于是再进一步设想此后自己所会看到的一切：今晚船上酒醒之处，当是两岸寂寞的杨柳，映衬着下半夜的一轮残月和天快亮时的冷冷清风吧？再也不会有什么良辰美景让人高兴的了，即使它们有万种风情，我又对谁述说去呢？

有些人在写作时，一是不太懂得要用自己的主观情绪来点化笔下的物态景象，二是即使懂得或者是已经在这样做时，往往也是真挚程度不够，结果要不就是浓度不够，感染力不强，要不就是过分涂抹，给人以矫揉造作的感觉，同样也没有感染力。

柳永的这首词，作为一首情浓景真、感人至深的作品，其关键正是作文者情感真挚程度所起的作用。

衣带渐宽终不悔，为伊消得人憔悴
——"曲径通幽"的表现方式

◎ **出处**

宋·柳永《蝶恋花·伫倚危楼风细细》

◎ **原文**

伫倚危楼风细细。望极春愁，黯黯生天际。草色烟光残照里，无言谁会凭阑意。

拟把疏狂图一醉。对酒当歌，强乐还无味。衣带渐宽终不悔，为伊消得人憔悴。

◎ **注释**

伫：久立。

望极：极目远望。

黯黯：心情沮丧忧愁。

生天际：从遥远无边的天际升起。

烟光：飘忽缭绕的云霭雾气。

会：理解。

拟把：打算。

疏狂：豪放而不受拘束。

强乐：勉强欢笑。

衣带渐宽：指人逐渐消瘦。

消得：值得。

◎ 译文

我倚靠在高楼的栏杆上，细细春风迎面吹来。极目远望，不尽的愁思，黯黯然弥漫天际。夕阳斜照，草色蒙蒙，谁能理解我默默凭倚栏杆的心意？

本想尽情放纵喝个一醉方休。当在歌声中举起酒杯时，才感到勉强求乐反而毫无兴味。我日渐消瘦也不觉得懊悔，为了你我情愿一身憔悴。

◎ 赏析

上片首先说登楼引起了"春愁"："伫倚危楼风细细。"全词只此一句叙事，便把主人公的外形像一幅剪纸那样突现出来了。"风细细"，带写一笔景物，为这幅剪影添加了一点儿背景，使画面立刻活跃起来。

"望极春愁，黯黯生天际"，极目天涯，一种黯然魂销的"春愁"油然而生。"春愁"又点明了时令。对这"愁"的具体内容，词人只说"生天际"，可见是天际的什么景物触动了他的愁怀。从下一句"草色烟光"来看，是春草。芳草萋萋，刈尽还生，很容易使人联想到愁恨的连绵无尽。柳永借用春草，表示自己已经倦游思归，也表示自己怀念亲爱的人。至于那天际的春草，所牵动的词人的"春愁"究竟是哪一种，词人却到此为止，不再多说。

"草色烟光残照里，无言谁会凭阑意"，写主人公的孤单凄凉之感。前一句用景物描写点明时间，可以知道，他久久地站立楼上眺望，时已黄昏还不忍离去。"草色烟光"写春天景色极为生动逼真。春草，铺地如茵，登高下望，夕阳的余晖下，闪烁着一层迷蒙的如烟似雾的光色。一种极为凄美的景色，再加上"残照"二字，便又多了一层感伤的色彩，为下一句抒情定下基调。"无言谁会凭阑意"，因为没有人理解他登高远望的心情，所以他默默无言。有"春愁"又无可诉说，这虽然不是"春愁"本身的内容，却加重了"春愁"的愁苦滋味。词人并没有说出他的"春愁"是什么，却又掉转笔墨，埋怨起别人不理解他的心情来了。词人在这里闪烁其词，让读者捉摸不定。

下片词人把笔宕开，写他如何苦中求乐。"愁"，自然是痛苦的，那还是把它忘却，自寻开心吧。"拟把疏狂图一醉"写他的打算。他已经深深体会到了"春愁"的深沉，单靠自身的力量是难以排遣的，所以他要借酒浇愁。词人说得很清楚，目的是"图一醉"。为了追求这"一醉"，他"疏狂"，不拘形迹，只要醉了就行。不仅要痛饮，还要"对酒当歌"，借放声高歌来抒发他的愁怀。但结果却是"强乐还无味"，他并没有抑制住"春愁"。故作欢乐而"无味"，更说明"春愁"的缠绵执着。

至此，词人才透露这种"春愁"是一种坚贞不渝的感情。他的满怀愁绪之所以挥之不去，正是因为他不仅不想摆脱这"春愁"的纠缠，甚至心甘情愿为"春愁"所折磨，即使渐渐形容憔悴、瘦骨伶仃，也决不后悔。"为伊消得人憔悴"才一语破的：词人的所谓"春愁"，不外是"相思"二字（其中伊指深爱的女子，也指自己的人生理想）。

这首词紧扣"春愁"，即"相思"，却又迟迟不肯说破，只是从字里行间向读者透露出一些信息，眼看要写到了，却又煞住，调转笔墨，如此影影绰绰，扑朔迷离，千回百折，直到最后一句才真相大白。在词的最后两句相思感情达到高潮的时候，戛然而止，激情回荡，具有很强的感染力。

◎ 写作应用

自从王国维在《人间词话》中将"衣带渐宽终不悔，为伊消得人憔悴"这两句词，比拟为人生学问的三种境界之一后，柳永这首词也就因人们讲到这两句的出处时，屡屡被人们提及。

这是一首怀人之作。词人把漂泊异乡的落魄感受，同怀念意中人的缠绵情思结合在一起写，采用"曲径通幽"的表现方式，抒情写景，感情真挚。

从整首词来看，最后这两句原本刻画的是一位用情专一的至诚男子，这从古代称女性第三人称的"伊"字可以看出。这位男子在一个春日的黄昏登楼远眺，当然是要排遣自己心中的愁思了，但是能够看到的只是远方一片暗淡苍茫的夕阳光景。那么，把胸中的百无聊赖和愁闷寂寞付之一醉又如何呢？然而，这样的酒喝起来毕竟还是没有滋味的。最后，算得上是一种自勉和自我安慰吧：为了你，虽然我日渐瘦弱憔悴，但决不后悔。

"衣带渐宽终不悔，为伊消得人憔悴。"它客观上揭示的是人对某个对象、某种事物发自内心的热爱，一种锲而不舍的精神与献身态度。必须承认，热爱和献身这类的内心揭示，其实并不罕见，然而柳永的这两句词，它由真挚的爱情和远隔关山的苦恋而自然导出。所以，作为一种自我勉励和内心安慰，它就不是以人们通常较为熟悉、较为习惯的那类英雄气概、阳刚之气和豪言壮语说出来，而是以一种细腻、委婉、从容、寓刚于柔的心态和语调出之。这样，在情感上就有了更大的烘托性和感染力。

日常写作中，无论是立意还是文章中的议论，常常都会涉及人对客观事物的态度问题。涉及自己对某个对象的爱憎好恶，我们可以进行大江东去般的滔滔议论，也可以像王国维这般引用柳永词一样，变换一种角度，调整一下心态，更生活化地、发自内心地从容道来。

而今渐行渐远，渐觉虽悔难追

——用直言的方式来抒情

◎ **出处**

宋·柳永《驻马听·凤枕鸾帷》

◎ **原文**

凤枕鸾帷。二三载，如鱼似水相知。良天好景，深怜多爱，无非尽意依随。奈何伊。恣性灵、忒煞些儿。无事孜煎，万回千度，怎忍分离。

而今渐行渐远，渐觉虽悔难追。漫寄消寄息，终久奚为。也拟重论缱绻，争奈翻覆思维。纵再会，只恐恩情，难似当时。

◎ **注释**

驻马听：词牌名，柳永自制曲。

凤枕：绣着凤凰的枕头。

鸾帷：绣着鸾凤的帷帐。

无非：无一不是。

依随：顺从，听从。

恣：放纵。

性灵：性情。

忒煞：太甚。

孜煎：愁苦，忧烦。

千度：千回，千遍。极言次数多。

漫：徒然。

奚为：何为，没有办法。

争奈：怎奈。

◎ **译文**

凤枕鸾帷的甜蜜夫妻生活，历经两三年，相亲相爱如鱼得水般和谐。良辰美景，给她深厚的情爱，尽她所有的心愿，无不依随她。奈何她放纵性情太甚了点儿。每当闲着无事之时便烦闷愁苦，将往事万回千度反复思考，怎么也不忍心分离。

而今越来越和她远离了，渐渐感觉到，虽然很后悔与她分离，却已很难挽回。徒然这样寄来书信，纵然长久不懈又有什么意义？也曾打算再续前缘，但是没办法，经反复思考，纵然和她再相会，只恐怕她对我的爱情，难以如当初那么完美了。

◎ 赏析

整首词采用线性的结构，按照情节的顺序从头写起，层次清晰。上片纯属忆旧，"凤枕鸾帷"三句是写词人沉溺于往日甜蜜爱情生活的回忆里。这段幸福的生活虽只有"二三载"，在整个人生旅程中是短暂的，却因两心相照，"如鱼似水"般和谐而令人难忘。"良天好景"三句承上而来，写出了词人为留住这份恋情而小心尽意的情态，一"良"一"好"，写出了相聚时光的美好；一"深"一"多"，写出了自己对妻子的爱恋情深。"奈何伊"三句转而写女子的性情和骄纵，这又是紧承上一层意思而来，正因为词人的"尽意依随"，才使得妻子放纵恣肆，撒娇任性，有时简直无法忍受。接下来，"无事孜煎"三句，重笔渲染相恋双方时时因琐事而生纠葛，但终因情意绵绵不忍分离。"怎忍"二字写出了词人依依不舍的情态，"分离"二字又为下片写离别后的相思之情做铺垫。这一串直言不讳的回忆，平中见奇，层次井然，章法分合有序，给人以摇曳生姿的美感。

词的下片转而伤今。"而今渐行渐远"二句，紧承上片而意脉不断，一个"而今"便将全词由忆旧转为伤今。"远"字加大了空间与情感的距离，三个"渐"字，以细腻的笔触极为准确地表现了词人渐行渐远，愈加难以抑制对所爱的相思之情，"虽悔难追"则写出了懊悔分别而又已然分别的矛盾和无奈。这两句虽只有十二字，却交代了词人此刻的处境、心情，含蕴深厚。根据这种情形，即使寄去消息，终究也是白费。分别的双方固然可以飞雁传书，但接下来词人却否定了这种做法，"漫寄消寄息，终久奚为"，分别用了"漫""奚为"等词，委婉地道出了唯有相聚方能解相思之苦。"消息"二字分用，是一种修辞方法。"也拟重论缱绻"承接上句，直写自己有意和妻子复合，已不再似前句那般委婉。"争奈翻覆思维"写词人反复思考，"争奈"表转折，"翻覆思维"为下文做铺垫，说明词人接下来的话并不是随口一说，而是经过深思熟虑的。"纵再会，只恐恩情，难似当时"，这几句丧气话，表面看来有点儿煞风景，但实际是一个久经忧患者对人情世故的清醒认识，是情感和哲理的巧妙结合。

◎ **写作应用**

柳永不仅善于细腻摹写男女之间的甜蜜恋情，也善于刻画基于这种情感之上的纠葛和波折。这首《驻马听》是柳永词中专写男女别离相思的一篇，写的是一位女子对因吵闹而离去的恋人的回忆、留恋和矛盾心理。

这首词通篇既不写景，也不叙事，完全摆脱了即景传情和因物兴感的俗套，采用直言的方式来抒情。全词写得直率明快、真情洋溢、深挚感人。作文中的抒情是一个难点，通病是无情可抒或者是不知道如何来抒发。无真情实感可抒且不说，即使真的心中有所感动，要将它恰到好处地抒发出来，常常也觉得难以下笔。在这首词中，抒情的委婉是突出的特点。"而今渐行渐远，渐觉虽悔难追"，三个"渐"字，把一位贤惠温柔、善解人意却也有着理智思考的女性心理活动，传神而又简洁地烘托出来。不仅仅是爱情，对于那些发生过的刻骨铭心的事情，那些曾经深深触动过自己的事情，人们总是有着这样一种恋恋不舍而又不得不舍，不得不舍却又实在难舍的复杂之情。

此情深处，红笺为无色

——以心灵的真诚袒露而取胜

◎ **出处**

宋·晏几道《思远人·红叶黄花秋意晚》

◎ **原文**

红叶黄花秋意晚，千里念行客。飞云过尽，归鸿无信，何处寄书得。

泪弹不尽临窗滴。就砚旋研墨。渐写到别来，此情深处，红笺为无色。

◎ **注释**

思远人：词牌名，晏几道创调。词中有"千思念行客"句，取其意为调名，选自《小山词》。

红叶：枫叶。

黄花：菊花。

千里念行客：思念千里之外的行客。

就砚旋研墨：眼泪滴到砚中，就用它来研墨。

别来：别后。

红笺：女子写情书的信纸，是红色的。

◎ **译文**

枫叶转红，黄菊开遍，又是晚秋时节，我不禁想念起千里之外的游子来了。天边的云彩不断向远处飘去，归来的大雁也没有捎来他的消息，不知道游子的去处，能往何处寄书呢？

我越失望越思念，伤心得临窗挥泪，泪流不止，滴到砚台上，就用它研墨写信吧。点点滴滴，一直写到离别后，情到深处，泪水更是一发而不可收，滴到信笺上，竟然把红笺的颜色给染褪了。

◎ **赏析**

起首两句，写女主人公因悲秋而怀远，既点明时令、环境，又点染烘托主题。一"晚"字，暗示别离之久，"千里"，点明相隔之远。

两句交代了时间和空间，给下文留了铺展的余地。"飞云过尽，归鸿无信"两句是客；"何处寄书得"一句是主。鸿雁随着天际的浮云，自北向南飞去。闺中人遥望渺渺长空，盼望归鸿带来游子的音信。"过尽"，已极写其失望之意了，由于"无信"，便不知游子而今所在，自己纵欲寄书也无从寄予。

过片词意陡转：弹洒不尽的那两行珠泪，还当窗滴下来，并滴进了砚台中，就用它来研磨香墨。下片出人意表，另开思路。正因无处寄书，更增悲感而弹泪，泪弹不尽，而临窗滴下，有砚承泪，遂以研墨作书。故而虽为转折，却也顺理成章了。明知书不得寄，仍是要写，一片痴情，用意尤其深厚。"渐写到别来，此情深处，红笺为无色。"收语写闺人此时作书，纯是自我遣怀，她把自己全部的内心本质力量投入其中，感情也升华到物我两忘的境界。

◎ **写作应用**

恰如词牌，这首词写的也就是"思远人"。下片比上片好，好就好在它从上片的模式化意象和思路中跳出，而且是依照其思路合乎逻辑地跳出：虽然无处可寄相思，但相思之泪仍要滴入砚中，研墨作书；更奇的是，当信渐渐地写到别后之情时，情深之处，连红笺都褪去了颜色。

用夸张的手法表情达意，写出感情发展的历程，是这首词艺术上的突出特点。真挚的感情，并不能保证写出一篇好文章，感动时的大哭或大笑，感情无疑是最真挚的了，但仅仅将其记录下来，很难成为一篇好文章。所以，在真情实感的基础上，如何来表达其实是很关键的。可以如晏几道这首词这样，因真挚而巧妙，因巧妙而更显真挚；也可以是心灵的一种袒露剖析。

雾失楼台，月迷津渡，桃源望断无寻处

——景物描写的"有我之境"

◎ **出处**

宋·秦观《踏莎行·郴州旅舍》

◎ **原文**

雾失楼台，月迷津渡，桃源望断无寻处。可堪孤馆闭春寒，杜鹃声里斜阳暮。

驿寄梅花，鱼传尺素，砌成此恨无重数。郴江幸自绕郴山，为谁流下潇湘去。

◎ **注释**

踏莎行：词牌名。

郴州：今属湖南。

雾失楼台：暮霭沉沉，楼台消失在浓雾中。

月迷津渡：月色朦胧，渡口迷失不见。

可堪：怎堪，受不住。

砌：堆积。

无重数：数不尽。

幸自：本自，本来是。

为谁：为什么。

◎ **译文**

烟雾迷蒙，楼台依稀难辨，月色朦胧，渡口也隐匿不见。望尽天涯，理想中的世外桃源，无处觅寻。春寒料峭，怎能忍受得了独居在孤寂的客馆？夕阳西下，杜鹃声声哀鸣！

远方友人的音信，寄来了温暖的关心和嘱咐，却平添了我深深的别恨离愁。郴江啊，你就绕着你的郴山流走，为什么偏偏要流向潇湘去呢？

◎ 赏析

　　上片写谪居中寂寞凄冷的环境。开头三句，缘情写景，劈面推开一幅凄楚迷茫、黯然销魂的画面：漫天迷雾隐去了楼台，月色朦胧中，渡口显得迷茫难辨。"雾失楼台，月迷津渡。"互文见义，不仅对句工整，也不只是状写景物，而是情景交融的佳句。"失""迷"二字，既准确地勾勒出月下雾中楼台、津渡的模糊，又恰切地写出了词人无限凄迷的意绪。"雾失""月迷"，皆为下句"望断"出力。"桃源望断无寻处"，词人站在旅舍观望应该已经很久了，他目寻当年陶渊明笔下的那处世外桃源。词人由此生联想，即"望断"，亦为枉然。着一"断"字，让人体味出词人久伫苦寻幻想境界的怅惘目光及其失望痛苦的心情。"桃源"是陶渊明心目中的避乱胜地，也是词人心中的理想乐土，千古关情，异代同心。而"雾""月"则是不可克服的现实阻碍，它们以其本身的虚无缥缈呈现出其不可言喻的象征意义。而"楼台""津渡"在中国文人的心目中，同样被赋予了文化精神上的蕴意，它们是精神空间的向上与超越的拓展。词人多么希望借此寻出一条通向"桃源"的秘道！然而他只有失望。一"失"一"迷"，现实回报他的是这片雾笼烟锁的景象。"适彼乐土"之不能，旨在引出现实之不堪。于是放纵的目光开始内收，逗出"可堪孤馆闭春寒，杜鹃声里斜阳暮"。桃源无觅，又谪居远离家乡的郴州这个湘南小城的客舍里，本就容易滋生思乡之情，更何况不是宦游他乡，而是天涯沦落啊。这两句正是意在渲染这处贬所的凄清冷漠。春寒料峭时节，独处客馆，念往事烟霭纷纷，瞻前景不寒而栗。一个"闭"字，锁住了料峭春寒中的馆门，也锁住了那颗欲求拓展的心灵。更有杜鹃声声，催人"不如归去"，勾起旅人愁思；斜阳沉沉，正坠西土，怎能不触动一腔身世凄凉之感？词人连用"孤馆""春寒""杜鹃""斜阳"等景物于一境，即把自己的心情融入景物，创造"有我之境"。又以"可堪"二字领起一种强烈的凄冷气氛，好像他整个的身心都被吞噬在这片充斥天宇的惨淡愁云之中。前人多病其"斜阳"后再着一"暮"字，以为重累。其实不然，这三字表明着时间的推移，为"望断"作注。夕阳偏西，是日斜之时，慢慢沉落，始开暮色。"暮"，为日沉之时，这时间顺序，蕴含着词人因孤寂而担心夜晚来临更添寂寞难耐的心情。这是处境顺利、生活充实的人所未曾体验到的愁人心绪。因此，"斜阳暮"三字，正大大加重了感情色彩。

下片由叙实开始，写远方友人殷勤致意、安慰。寄梅传素，远方的亲友送来安慰的信息，按理应该欣喜为是，但身为贬谪之词人，北归无望，却"别是一般滋味在心头"，每一封裹寄着亲友慰安的书信，触动的总是词人那根敏感的心弦，奏响的是对往昔生活的追忆和痛省今时困苦处境的一曲曲凄伤哀婉的歌。每一封信来，词人就历经一次这个心灵挣扎的历程，添其此恨绵绵。故于第三句急转，"砌成此恨无重数。"一切安慰均无济于事。离恨犹如"恨"墙高砌，使人不胜负担。一个"砌"字，将那无形的伤感形象化，好像还可以重重累积，终如砖石垒墙般筑起一道高无重数、沉重坚实的"恨"墙。恨谁？恨什么？身处逆境的词人没有明说。在词史上，作为婉约派代表词人，秦观正是以这堵心中的"恨"墙表明他对现实的抗争。他何尝不欲将心中的悲愤一吐为快？但他忧谗畏讥，不能说透。于是化实为虚，作宕开之笔，借眼前山水痴痴一问："郴江幸自绕郴山，为谁流下潇湘去？"无理有情，无理而妙。词人在幻想、希望与失望、展望的感情挣扎中，面对眼前无言而各得其所的山水，也许悄然地获得了一种人生感悟：生活本身充满了各种解释，有不同的发展趋势，生活并不是从一开始便固定了的故事，就像这绕着郴山的郴江，它自己也是不由自己地向北奔流向潇湘而去。生活的洪流，依着惯性，滚滚向前，总是把人带到深不可测的远方，它还将把自己带到什么样苦涩、荒凉的远方啊！

◎ **写作应用**

秦观在北宋新旧党争的政治旋涡中被一贬再贬，最后被贬到当时被视为是穷山恶水的湖南郴州，这首词就是他来到郴州后不久所作，淋漓尽致地抒发了自己内心的感受。

景与情的水乳交融是这首千古名作的显著特色，用王国维评论的话来说，就是秦观写出了一种"有我之境"。郴州的早春景色，被词人渲染得这般凄清迷茫，寒意逼人，词人作为一个失意之人的凄清悲凉和痛苦怨恨也随之溢出，感人肺腑。

从创作心理学的角度来说，所有好的景物描写，本质上都是一种"有我之境"，王国维先生所说的"无我之境"，其实只是"我"隐起来罢了。"有我之境"，就是"我"对景色的品味、品悟，在景色中发现与自己心灵之弦响起了共鸣的东西。甘肃的一位同学写了一篇《游哈纳斯湖散记》，里面的描写，就是这种心灵感应的产物："……郁郁葱葱的松林中央，嵌着一汪幽静异常的湖，湖水纯净而碧绿。山形、树貌、云影都倒映其中，清晰无比。当太阳隐入云层时，湖面立即腾起一团薄薄的轻柔水雾，笼住湖水，那朦胧的意境给人一种深沉恬静的感觉。当太阳钻出云层，水雾便悄悄散去，湖面即刻明亮起来，将日光折射成一种迷人的七彩光环，浮在水面上飘忽不定。这时的湖，就像一颗光彩照人的珍珠，神光离合，异彩纷呈。"

欲遽就床眠，解带翻成结
——真切到位的心理描写

◎ 出处

宋·贺铸《愁风月》

◎ 原文

风清月正圆，信是佳时节。不会长年来，处处愁风月。

心将熏麝焦，吟伴寒虫切。欲遽就床眠，解带翻成结。

熏麝：熏炉中的香料。

寒虫：蟋蟀。

遽：速。

◎ 译文

正是风清月圆的好天良夜。因与思念的人长年隔绝，每逢见到清风明月就产生了忧愁。

点起香，对香吟诗，用来排除心中的愁情，但心反而与香一样焦，吟声与虫鸣一样凄凉。于是就上床睡觉，或许可以与愁苦告别，不料衣带又解不开，越急着想解开，越是解不开，反而打成了一个死结。

◎ 赏析

上片起首两句是说风清月圆，正是良辰美景，令人赏心悦目。接下去两句却意绪陡转："不会长年来，处处愁风月。"风月好不好，其实不在于风月，而在于人的心情。心情不好，风月将处处衔愁。上片，词人曲笔回旋，入木三分地刻画了一个怀人女子那缠绵的、难以排遣的痛苦。

过片紧扣一个"愁"字。"心将"二句是说，自己的心和熏炉中的香料一样燃焦了；自己低低的吟咏跟蟋蟀的鸣叫一般凄楚。这两句中，"焦""切"二字下得准确、形象、老到，使得人与熏麝、人与寒虫融为一体，人内心的焦灼不安和凄苦难耐也借这二字传达出来了。

"欲遽就床眠，解带翻成结。"以动作结情，构思巧妙新颖。想念意中人而不得见，内心焦灼不安，于是想到还是上床睡觉吧，指望以此抛开痛苦烦恼。可是这也不行，想解带脱衣，反而结成了死结。生活中一个普普通通的动作，在此却显示了巨大的艺术魅力，它活脱脱写出一个烦恼人的烦恼心态。"解带翻成结"一句，语浅情深，实乃神来之笔！

◎ **写作应用**

有人说，中国古代抒情诗词中很少有主词，这首也是如此。读者只有根据抒情主人公的口吻、语气、举动及她身边的器物等等来推断性别、身份，这首词抒情主人公似应是一位怀人的女子。

这首小词刻画了一个人的愁闷和烦躁，但采取的手法不是直接倾诉，也不是宋词常见的那种借景抒情的咏叹，而是在愁闷和烦躁的心态之中，一个人看到什么，干点儿什么，都受到了这种情绪的强烈影响。这种心理描写的真切到位，是它的显著特点。

心理活动的性质和内容，可以是多种多样的。对于心理状态的描写，也可以采用多种多样的方法和角度，可以是贺铸这首词所采用的浓重的"以我观物"，一切都染带上"我"的主观色彩的处理，也可以是另外一种相反的处理。

"站在十几岁的尾巴上，我没有感慨。我把自己的事写在作文里，交上去。老师说：'你的小说写得非常好。可是，这样的故事尽可以更煽情一点儿，你为什么没有？'我笑笑，站在十几岁的尾巴上说自己的事，怎么会一点儿感觉也没有？像在说别人一样。我不是自卑，而是不耐烦把我的事告诉别人……"

这是一篇题为《站在十几岁的尾巴上》的文章，作者描写一些对于自己来说是刻骨铭心的事情，这些事情在她的内心深处掀起了巨大的情感波涛，但写作的口吻和角度都显得十分冷静，真的仿佛是在讲别人的事情。然而，同样也让读者感受到了强烈的心理冲击。

一个幽禽缘底事，苦来醉耳边啼

——巧思妙句，托物言情

◎ **出处**

宋·晁补之《临江仙·信州作》

◎ **原文**

谪宦江城无屋买，残僧野寺相依。松间药白竹间衣。水穷行到处，云起坐看时。

一个幽禽缘底事，苦来醉耳边啼？月斜西院愈声悲。青山无限好，犹道不如归。

◎ **注释**

信州：今江西上饶。

江城：即信州，因处江边，故称。

残僧：老僧。

幽禽：指杜鹃。

缘底事：为什么。

◎ **译文**

被贬来到江城买不起房屋，只能与仅存的几个和尚在野外的寺庙里相依。在松林中捣药，在竹林中挂放长衣。来到水源穷尽处，坐而远眺白云涌起时。

一只幽栖的鸟儿，为什么在我这醉汉耳边苦苦悲啼？月向院西斜移而鸟鸣之声更加悲切。青山虽然无限好，但杜鹃鸟还是说"不如归去"。

◎ **赏析**

"谪宦江城无屋买，残僧野寺相依。"这二句无一字虚下，先交代了全词的政治背景，并为全词定下基调。"江城"点明信州，"无屋买"是夸大之词，表明信州的偏僻荒凉，这样便自然地引出"残僧野寺"一句。这里"残僧"画出了僧人的年迈衰老，"野寺"画出了寺庙的荒僻陋小。如此残破不堪而词人还得与之相依为命，足见其命运、境遇的凄惨。

"松间药臼竹间衣"三句紧承"残僧野寺"一句而来，写其行迹。词人并没有因与残僧野寺相依而感到凄惨悲伤。相反，在松荫竹翳的掩映下，一声药臼响，一角衣衫影，就能给心头增加无限的欢愉。这里"一臼""一衣"，由于意象的典型性，具有以一当十的艺术效果。"行到水穷处"是顺写，象征意义不大明显，而"水穷行到处"强调了"水穷"，就突出了山穷水尽的意象，使人联想到词人在宦海中的山穷水尽。同样，"云起坐看时"较之"坐看云起时"也突出了"云起"的意象，使人联想到词人此刻是在冷眼旁观政治上的翻云覆雨。

下片仍然描写"野寺"中的所见所闻，但心绪的苍凉、悲苦却借景物的描写较为明显地流露出来。"一个幽禽缘底事，苦来醉耳边啼"这两句词巧妙地抓住一个"幽禽"悲啼的意象来抒写自己的心曲：词人曾试图遁入醉乡以遣岁月，但不知为什么事，一个幽禽（杜鹃）又在醉酒之时来到耳边苦苦啼叫。"苦来醉耳边啼"应作"醉来耳边苦啼"。

"月斜西院愈声悲"一句紧承"苦来醉耳边啼"而来，写词人对于"幽禽"啼声的感觉。这"幽禽"的啼叫已不仅是"苦啼"，而且愈啼愈悲。时间既晚，则啼叫之久可知。"愈声悲"以见鸟之情切，实是借鸟的悲啼来显示自己的悲苦心境。

"青山无限好，犹道不如归"这两句托出全词的主旨：这儿的青山尽管无限美好，但杜鹃仍啼道："不如归去！"词人在这里实际是借鸟的啼声，表达自己"他乡虽好，不如归去"的心声。尽管这儿的山水很美，有松林竹林可供盘桓，有水有云可供观赏，但毕竟身在官场如鸟在笼中，终不如退守田园那么自由自在。

◎ 写作应用

这是词人被贬赣东山区时所作，艰难的处境和痛苦的心绪，使得他

190

把自己周围的环境都染上了浓重的主观色彩。此时，杜甫、王维、范仲淹等人一些描写荒野景色的诗句和不如归隐的感慨，就仿佛神使鬼差一般，涌现在词人的脑中，借古人酒杯，浇自己心中的气愤和愁闷吧！

这首词表现出一种谪居异乡的苦闷和厌弃官场而向往故里的情感。以鸟能人言、人鸟共鸣的巧思妙句，外化了词人自身微妙复杂的隐秘心态，可谓深得托物言情之真味。

在日常写作中，引用名人名句是常有的事，但效果相差很大。有些显得恰到好处，锦上添花，大大增加了文章的感染力和说服力；有些则显得生硬勉强累赘，就如一位西方古典美学家所嘲笑的，是"打大红补丁"，不是增强了而是破坏了、切碎了一篇文章原本可能还有的某种质朴之美。之所以会有这样的不同，就看你是不是能够像晁补之这样，在丰富积累的基础之上，触景生情，因情引发，使那些印在自己脑海中的名言佳句，仿佛变成了自己的东西，自动地跳了出来。

万里东风，国破山河落照红

——尽量挖掘人性深层的情感

◎ 出处

宋·朱敦儒《减字木兰花·刘郎已老》

◎ 原文

刘郎已老，不管桃花依旧笑。要听琵琶，重院莺啼觅谢家。

曲终人醉，多似浔阳江上泪。万里东风，国破山河落照红。

◎ 注释

减字木兰花：词牌名，又名"玉楼春"等。

刘郎：指唐代诗人刘禹锡。

重院：深院。

谢家：指歌伎居处。

落照：落日。

◎ 译文

"桃花"没有变，依旧开得灿烂；而"我"的心境却变了，变老了。在这种凄苦潦倒心绪支配下，百无聊赖，我也想听听琵琶。但我不像宋代的某些高官那样，家蓄歌儿舞女，我只好到歌伎深院里去听了。

一曲终了，我的情绪沉醉曲中久久不能自拔，让我理解了白居易当年浔阳江上那份自伤沦落，却逢知己的激动心情。眼前东风万里，依然如故，唯有中原沦陷，山河破碎，半壁山河笼罩在一片落日余晖中，尽管还有一线淡淡的红色，但毕竟已是日薄西山，黄昏将近了。

◎ 赏析

这首词是南渡以后的作品，作于朱敦儒四十六岁以后，故起笔便自叹"刘郎已老，不管桃花依旧笑"。刘禹锡两度被贬，仕途坎坷，再游玄都观时，已五十六岁，进入老境。朱敦儒可能感到自己与刘禹锡有某些相似点，且又已入老境，故以"刘郎"自拟。"桃花"用在此处，一方面与"刘郎"有关，另一方面也含有某种象征意义。国亡家破，南逃以后的朱敦儒一下子觉得自己变得衰老了。尽管南宋统治者还在"西湖歌舞几时休"，而朱敦儒却对过去"佳人挽袖"，醉写新词的生活已经没有那种闲情逸兴了，所以他"不管桃花依旧笑"。桃李春风、儿女情长都已与己无干，表达的是"人老万事休"的沧桑之感。

过片，紧承上片听琵琶而来。"曲终人醉"的曲，指琵琶曲。词人听完"谢家"的琵琶曲后，产生了怎样的效果，有怎样的感受，是乐还是愁，这是下片词意发展的关键处。在这关键处，词人笔锋决定性地一转："多似浔阳江上泪"，这一转，决定词意向愁的方面发展。白居易在浔阳江听到琵琶女弹琵琶，自伤沦落，心情激动："座中泣下谁最多，江州司马青衫湿。"朱敦儒为什么"多似浔阳江上泪"？下文提出了明确的答案："万里东风，国破山河落照红。"词人把破碎的山河置于暗淡的夕照中，用光和色来象征、暗示南宋政权已近夕照黄昏，中原失地，恢复无望。这对于身遭国难，远离故土，流落南方的词人来说，怎能不痛心？怎能不"多似浔阳江上泪"呢？！

◎ **写作应用**

朱敦儒的这首词的特点，除了我们可以辨认出来的化用典故，更重要的是似乎有一种冲突矛盾的情感在词中激荡着。

"刘郎已老，不管桃花依旧笑。"这一句化用的是唐代诗人刘禹锡《重游玄都观》中的名句"前度刘郎今又来"中的"刘郎"，二是化用了崔护《题都城南庄》中的名句"桃花依旧笑东风"，这两句合在一起，似乎是人老而看透世事，不管发生了什么都无所谓了；于是，"要听琵琶，重院莺啼觅谢家"，寻找欢乐，到院落深深、柳映莺啼的歌妓家去吧。

上片给我们这样一种看破红尘，及时行乐之感。然而，读下来我们就发现，这其实是词人的反语和过渡。他真正的心情是在后面。"曲终人醉，多似浔阳江上泪"，这又是一个典故——白居易在浔阳江头听琵琶后的悲哀和伤感："万里东风，国破山河落照红。"春风浩荡，满天晚霞，应该是一幅美不胜收的景色，然而词人看到的却是国运衰败、山河破碎、残阳如血的惨烈氛围！至此，"浔阳江上泪""山河落照红"，就完全改变了前面的"刘郎已老""谢家琵琶"的颓唐外表，显现出了这位痛苦而又无望、悲哀仍在呼号的爱国老人的形象！

人的情感其实常常正是这样的。哀其不幸，怒其不争，热爱某种东西，心痛某种东西，但看到它像扶不起来的阿斗一样无可救药，有时会有止不住的"由它去吧"的痛恨；然而，一旦真正看到这东西的逝去，又会发自内心地伤心悲痛。父母对不争气的孩子的情感，老师对不争气的学生的情感，都可以从朱敦儒的这种表达中折射出来。我们写作有时也会写到这种人性深层的冲突矛盾的情感，这时，或许就会想起朱敦儒的这首《减字木兰花》了。

旧时天气旧时衣，只有情怀不似、旧家时

——寻找自己的角度，写出自己的感受

◎ **出处**

宋·李清照《南歌子·天上星河转》

◎ **原文**

天上星河转，人间帘幕垂。凉生枕簟泪痕滋。起解罗衣聊问、夜何其。

翠贴莲蓬小，金销藕叶稀。旧时天气旧时衣，只有情怀不似、旧家时。

◎ **注释**

星河：银河，到秋天转向东南。

枕簟：枕头和竹席。

滋：增益，加多。

翠贴、金销：即贴翠、销金，均为服饰工艺。

情怀：心情。

旧家：从前，宋元时口语。

◎ **译文**

天空中银河不断转动、星移斗转，人世间的帘幕却一动不动地低低下垂。枕席变凉，泪水更多地流淌下来，一片湿滋滋。和衣而睡，醒来脱去绸缎外衣，随即问道："夜已到何时？"

这件穿了多年的罗衣，用青绿色的丝线绣成的莲蓬已经变小，用金线绣制的荷叶颜色减退，变得单薄而稀疏。每逢秋凉，还总是穿上这件罗衣，唯独人的心情不像从前那样舒畅适时。

◎ **赏析**

上片着重写环境。"天上星河转，人间帘幕垂"，是说夜深。一"转"字说明时间流动，而且是颇长的一个跨度；人能关心至此，则其中夜无眠可知。"帘幕垂"言闺房中密帘遮护。帘幕"垂"而已，此中人情事如何，尚未可知。"星河转"而冠以"天上"，是寻常言语，

"帘幕垂"表说是"人间"的，却显不同寻常。"天上、人间"对举，就有"人天远隔"的含义，分量顿时沉重起来，似乎其中有沉哀欲诉，词一起笔就先声夺人。此词直述夫妻死别之悲怆，字面上虽似平静无波，内中则暗流汹涌。

枕簟生凉，不单是说秋夜天气，而是将孤寂凄苦之情移于物象。"泪痕滋"，所谓"悲从中来，不可断绝"，至此不得不悲哀暂歇，人亦劳瘁。"起解罗衣聊问夜何其"，原本是和衣而卧，到此解衣欲睡。但要睡的时间已经是很晚了，开首的"星河转"已有暗示，这里"聊问夜何其"更明言之。此句状写词人情态，情状已出，心事亦露，词转入下片。

下片直接抒情。"翠贴莲蓬小，金销藕叶稀"为过片，接应上片结句"罗衣"，描绘衣上的花绣。因解衣欲睡，看到衣上花绣，又生出一番思绪来，"翠贴""金销"皆倒装，是服饰的两种工艺，即以翠羽贴成莲蓬样，以金线嵌绣莲叶纹。这是贵妇人的衣裳，词人一直带着、穿着。而今重见，在夜深寂寞之际，不由得想起悠悠往事。"旧时天气旧时衣"，这是一句极寻常的口语，唯有身历沧桑之变者才能领会其中所包含的许多内容、许多感情。秋凉天气如旧，金翠罗衣如旧，穿这罗衣的人也是由从前生活过来的旧人，只有人的"情怀"不似旧时了！

◎ **写作应用**

"旧时天气旧时衣，只有情怀不似旧家时。"李清照自丈夫病故，为避金兵之难，流落江南后，这类情感的词作就成为她创作的基调，写"蹴罢秋千，起来慵整纤纤手。……和羞走，倚门回首，却把青梅嗅"的兴致，已经难得再回来了。

这首词写的是秋天，词人所看到的自然物象依旧熟悉，然而这种熟悉只会更加引发词人的惆怅心绪。

情感是天下一切真正文章的动力和构成要素，但如何表现情感，却是有多种方式的。宋词在这一方面，似乎特别有办法，大致相同的情感，或是乡愁，或是思妇，或是闺怨，或是友情，或是李清照这样的怀念，不同的词人，结合自己的所见所闻，所感所思，总能在众多的同类题材中，写出几许新鲜感和独到之处来。女词人从天气和自身的衣裳起笔，通过女性那种细腻的感觉和笔触，写出了女性特有的那种如水般的哀愁。在写作中，这种寻找自己的角度，写出自己的感受，用自己的笔触来传达，是值得我们从根本上去理解和把握的，一切技巧手法都只能在这个基础之上来化用。

但愿人长久，千里共婵娟
——形象描绘，增强感染力

◎ **出处**

宋·苏轼《水调歌头·明月几时有》

◎ **原文**

丙辰中秋，欢饮达旦，大醉。作此篇，兼怀子由。

明月几时有，把酒问青天。不知天上宫阙，今夕是何年。我欲乘风归去，惟恐琼楼玉宇，高处不胜寒。起舞弄清影，何似在人间。

转朱阁，低绮户，照无眠。不应有恨，何事长向别时圆。人有悲欢离合，月有阴晴圆缺，此事古难全。但愿人长久，千里共婵娟。

◎ **注释**

丙辰：指公元1076年（宋神宗熙宁九年）。

达旦：到天亮。

子由：苏轼的弟弟苏辙，字子由。

把酒：端起酒杯。

天上宫阙：指月中宫殿。阙，古代城墙后的石台。

归去：回去，这里指回到月宫里去。

琼楼玉宇：晶莹瑰丽的楼台殿阁，指想象中的仙宫。

不胜：经受不住。

弄清影：月光下的身影也跟着做出各种舞姿。

何似：何如，哪里比得上。

朱阁：朱红的华丽楼阁。

绮户：雕饰华丽的门窗。

何事：为什么。

但：只。

婵娟：指代明月。

◎ 译文

明月从什么时候才开始出现的？我端起酒杯遥问苍天。不知道天上的宫殿里现在是何年何月。我想要乘御清风回到天上，又恐怕在美玉砌成的楼宇，经受不住那高耸九天的寒意。翩翩起舞玩赏着月下清影，哪像是在人间。

月儿转过朱红色的楼阁，低低地挂在雕花的窗户上，照着没有睡意的人们。明月不该对人们有什么怨恨吧，为什么偏在人们离别时才圆呢？人有悲欢离合的变迁，月有阴晴圆缺的转换，这种事自古以来难以周全。只希望这世上所有人的亲人能平安健康，即便相隔千里，也能共享这美好的月光。

◎ 赏析

上片望月，一开始就提出一个问题：明月是从什么时候开始有的——"明月几时有，把酒问青天。"苏轼把青天当作自己的朋友，把酒相问，显示了他豪放的性格和不凡的气魄。"明月几时有？"这个问题问得很有意思，好像是在追溯明月的起源、宇宙的起源，又好像是在惊叹造化的巧妙。读者从中可以感到词人对明月的赞美与向往。

接下来的两句："不知天上宫阙，今夕是何年。"把对于明月的赞美与向往之情更推进了一层。从明月诞生的时候起到现在已经过去许多年了，不知道在月宫里今晚是一个什么日子。词人想象那一定是一个好日子，所以月儿才这样圆、这样亮。他很想去看一看，所以接着说："我欲乘风归去，又恐琼楼玉宇，高处不胜寒。"这几句明写月宫的高寒，暗示月光的皎洁，把那种既向往天上又留恋人间的矛盾心理十分含蓄地写了出来。这里还有两个字值得注意，就是"我欲乘风归去"的"归去"。飞天入月，为什么说是归去呢？也许是因为苏轼对明月十分向往，早已把那里当成自己的归宿了。从苏轼的思想看来，他受道家的影响较深，抱着超然物外的生活态度，又喜欢道教的养生之术，所以常有出世登仙的想法。

但苏轼毕竟更热爱人间的生活："起舞弄清影，何似在人间。"与其飞往高寒的月宫，还不如留在人间趁着月光起舞呢！"高处不胜寒"并非词人不愿归去的根本原因，"起舞弄清影，何似在人间"才是根本之所在。与其飞往高寒的月宫，还不如留在人间，在月光下起舞，最起码还可以与自己的清影为伴。这首词从幻想上天写起，写到这里又回到热爱人间的感情上来。从"我欲"到"又恐"至"何似"的心理转折开阖中，展示了苏轼情感的波澜起伏。他终于从幻觉回到现实，在出世与入世的矛盾纠葛中，入世思想最终占了上风。"何似在人间"是毫无疑问的肯定，雄健的笔力显示了情感的强烈。

下片怀人，即兼怀子由，由中秋的圆月联想到人间的离别，同时感念人生的离合无常。月光转过朱红的楼阁，低低地穿过雕花的门窗，照到了房中迟迟未能入睡之人。这里既指自己怀念弟弟的深情，又可以泛指那些中秋佳节因不能与亲人团圆以致难以入眠的一切离人。月圆而人不能圆，这是多么遗憾的事啊！于是词人便无理地埋怨明月说："不应有恨，何事长向别时圆。"明月您总不该有什么怨恨吧，为什么老是在人们离别的时候才圆呢？相形之下，更加重了离人的愁苦。这是埋怨明月故意与人为难，给人增添忧愁，无理的语气进一步衬托出词人思念胞弟的手足深情，却又含蓄地表达了对于不幸的离人们的同情。

接着，词人把笔锋一转，说出了一番宽慰的话来为明月开脱："人有悲欢离合，月有阴晴圆缺，此事古难全。"人固然有悲欢离合，月也有阴晴圆缺。月儿有被乌云遮住的时候，有亏损残缺的时候，它也有它的遗憾，自古以来世上就难有十全十美的事。既然如此，又何必为暂时的离别而感到忧伤呢？词人毕竟是旷达的，他随即想到月亮也是无辜的。这三句从人到月、从古到今做了高度的概括。从语气上，好像是代明月回答前面的提问；从结构上，又是推开一层，从人、月对立过渡到人、月融合。为月亮开脱，实质上还是为了强调对人事的达观，同时寄托对未来的希望。因为，月有圆时，人也有相聚之时，很有哲理意味。

词的最后说："但愿人长久，千里共婵娟。"既然人间的离别是难免的，那么只要亲人长久健在，即使远隔千里也还可以通过普照世界的明月把两地联系起来，把彼此的心沟通在一起。"但愿人长久"，是要突破时间的局限；"千里共婵娟"，是要打通空间的阻隔，让对于明月的共同的爱把彼此分离的人结合在一起。这两句并非一般的自慰和共勉，而是表现了词人处理时间、空间以及人生这样一些重大问题所持的态度，充分显示出其精神境界的丰富博大。

◎ **写作应用**

这首词是中秋望月怀人之作，表达了对胞弟苏辙的无限怀念。词人运用形象描绘手法，勾勒出一种皓月当空、亲人千里、孤高旷远的境界氛围，将自己遗世独立的意绪和往昔的神话传说融合一处，在月的阴晴圆缺当中，渗进浓厚的哲学意味。这首词的深沉处、高远处、美妙处、感人处甚多，众多的鉴赏文章早已说尽说透，我们不必饶舌。单就写作的技巧而言，至少有这样一些地方值得我们借鉴。

"明月几时有，把酒问青天。"起始的设问，既是饮酒时情感的自然表现，又为文章思路的展开和整篇氛围的奠定打下了基础。

"转朱阁，低绮户，照无眠"，明月之下，人难入睡，彻夜无眠，"转""低""照"三个动词，构成了月光流泻、室内一地白霜、床上之人辗转反侧的形象画面，这是动词写实产生的效果。

"人有悲欢离合，月有阴晴圆缺，此事古难全"，说服自己，说服读者，用大自然的天理来作比，最显豁达，最有信服力。

"但愿人长久，千里共婵娟"，设置一个普天下之人共有的背景，以表达自己的美好祝愿，最具有感染力，最易为普天下的人所共鸣。

欲说还休，却道天凉好个秋

——情到浓时反转淡的处理手法

◎ **出处**

宋·辛弃疾《丑奴儿·书博山道中壁》

◎ **原文**

少年不识愁滋味，爱上层楼。爱上层楼，为赋新词强说愁。

而今识尽愁滋味，欲说还休。欲说还休，却道天凉好个秋。

◎ **注释**

丑奴儿：词牌名，又名"采桑子"。

少年：指年轻的时候。

不识：不懂，不知道什么是。

强：勉强地，硬要。

识尽：尝够，深深懂得。

休：停止。

◎ **译文**

人在年少时不知道忧愁的滋味，闲来时喜欢登高远望。喜欢登高远望，为写一首新词无愁也要勉强说愁。

现在尝尽了忧愁的滋味，想说愁却又不说愁。唉，不说也罢，天气凉爽下来了，好一个秋天啊！

◎ 赏析

　　词的上片，词人着重回忆少年时代自己不知愁苦，所以喜欢登上高楼，凭栏远眺。少年时代，风华正茂，涉世不深，乐观自信，对于人们常说的"愁"还缺乏真切的体验。首句"少年不识愁滋味"，乃是上片的核心。辛弃疾生长在中原沦陷区。青少年时代的他亲历了人民的苦难，同时也深受北方人民英勇抗金斗争精神的鼓舞。他不仅自己有抗金复土的胆识和才略，而且认为中原是可以收复的。因此，他不知何为"愁"，为了效仿前代作家，抒发一点儿所谓"愁情"，他是"爱上层楼"，无愁找愁。词人连用两个"爱上层楼"，这一叠句的运用，避开了一般的泛泛描述，有力地带起了下文。前一个"爱上层楼"，同首句构成因果复句，意谓年轻时根本不懂什么是忧愁，所以喜欢登楼赏玩。后一个"爱上层楼"，又同下面"为赋新词强说愁"结成因果关系，即因为爱上高楼而触发诗兴，在当时"不识愁滋味"的情况下，也要勉强说些"愁闷"之类的话。这一叠句的运用，把两个不同的层次联系起来，上片"不知愁"这一思想表达得十分完整。

　　词的下片，着重写自己现在知愁。词人处处注意同上片进行对比，表现自己随着年岁的增长，处世阅历渐深，对于这个"愁"字有了真切的体验。词人怀着捐躯报国的志愿投奔南宋，本想与南宋政权同心协力，共建恢复大业。谁知，南宋政权对他招之即来，挥之即去，他不仅报国无门，还落得被削职闲居的境地，"一腔忠愤，无处发泄"，其心中的愁闷痛楚可以想见。"而今识尽愁滋味"，这里的"尽"字，是极有概括力的，它包含着作者许多复杂的感受，从而完成了整篇词作在思想感情上的一大转折。接着，词人又连用两句"欲说还休"，仍然采用叠句形式，在结构用法上也与上片互为呼应。这两句"欲说还休"包含有两层不同的意思。前句紧承上句的"尽"字而来，人们在实际生活中，喜怒哀乐等各种情感往往相反相成，极度的高兴转而潜生悲凉，深沉的忧愁翻作自我调侃。词人过去无愁而硬要说愁，如今愁到极点却无话可说。后一个"欲说还休"则是紧连下文，因为，词人胸中的忧愁不是个人的离愁别绪，而是忧国伤时之愁。而在当时投降派把持朝政的情况下，抒发这种忧愁是犯大忌的，因此，作者在此不便直说，只得转而言天气："天凉好个秋。"这句结尾表面形似轻脱，实则十分含蓄，充分表达了词人之"愁"的深沉博大。

◎ **写作应用**

这是辛弃疾被弹劾去职、闲居带湖时所作的一首名作，词较短，所以里面的句子差不多都成了名句，为人们所耳熟能诵。在这首词中，词人运用对比手法，突出地渲染了一个"愁"字，以此作为贯串全篇的线索，感情真率而又委婉，言浅意深，令人玩味无穷。

就词人本身的经历而言，他是有着一生力主抗战却终被投降派所排挤的人生感叹的；然而这首词中所写，却又更是每一个饱经人世沧桑者必然会有的体会。

有感而发，是一个人说话作文的动机；情感的真挚，是说出来的话、作出来的文是否会感人的关键；然而情感的真挚，体现在语言文字的使用上，却是有多种情况的。有的时候，强烈的情感可以导致滔滔不绝，如泉水涌出，如大江东去般的语言；有的时候，强烈深挚的情感，却又可能导致千言万语，不知从何说起，于是欲说还休，不说也罢。辛弃疾的这首词，从本质上讲，正是如此。事实上，这种情况在生活中很多。在好朋友遇到困难时，我们全心全意帮助却不需要任何报答，此时会说一句："什么也甭说了！"一对恋人要分别了，那么多想说的话，临走时，却不知说些什么，于是只有一个深情的微笑、一阵长久的注视……语言文字并不是万能的，人的情感，很多时候远远地大于、丰富于、微妙于任何语言文字，到了这个时候，无声作有声，以不言言之，形成一种感染和暗示，效果可能更好。所以，我们在写作中，无论是描写文中人物的抒情，还是表达自己的感情，都不妨恰当地

从宋词中汲取写作智慧

运用这种情到浓时反转淡的处理手法，以"欲说还休，却道天凉好个秋"出之。鲁迅的名作《为了忘却的记念》，结尾时就是这样，我们可以认真体会一下。

第七章

读宋词，学议论方法

忍把浮名，换了浅斟低唱

——巧妙的"精神胜利法"

第七章 读宋词，学议论方法

◎ **出处**

宋·柳永《鹤冲天·黄金榜上》

◎ **原文**

黄金榜上，偶失龙头望。明代暂遗贤，如何向。未遂风云便，争不恣狂荡。何须论得丧？才子词人，自是白衣卿相。

烟花巷陌，依约丹青屏障。幸有意中人，堪寻访。且恁偎红倚翠，风流事，平生畅。青春都一饷。忍把浮名，换了浅斟低唱！

◎ **注释**

鹤冲天：词牌名。

黄金榜：指录取进士的金字题名榜。

龙头：旧时称状元为龙头。

明代：圣明的时代。一作"千古"。

如何向：向何处。

风云：际会风云，指得到好的遭遇。

争不：怎不。

恣：放纵，随心所欲。

得丧：得失。

堪：能，可以。

饷：片刻，极言青年时期的短暂。

忍：忍心，狠心。

◎ **译文**

在金字题名的榜上，我只不过是偶然失去取得状元的机会。即使在政治清明的时代，君王也会一时错失贤能之才，我今后该怎么办呢？既然没有得到好的机遇，为什么不随心所欲地游乐呢！何必为功

207

名患得患失？做一个风流才子为歌姬谱写词章，即使身着白衣，也不亚于公卿将相。

在歌姬居住的街巷里，有摆放着丹青画屏的绣房。幸运的是那里住着我的意中人，值得我细细地追求寻访。与她们依偎，享受这风流的生活，才是我平生最大的欢乐。青春不过是片刻时间，我宁愿把功名，换成手中浅浅的一杯酒和耳畔低回婉转的歌唱。

◎ 赏析

"黄金榜上，偶失龙头望"，考科举求功名，开口辄言"龙头"，词人并不满足于登进士第，而是把夺取殿试头名状元作为目标。落榜只认作"偶然"，"遗贤"只说是"暂"，由此可见柳永狂傲自负的性格。词人自称"明代遗贤"是讽刺宋仁宗朝号称清明盛世，却不能做到"野无遗贤"。但既然已落第，下一步该怎么办呢？"风云际会"，施展抱负是封建时代士子的奋斗目标，既然"未遂风云便"，理想落空了，于是词人就转向了另一个极端，"争不恣狂荡"，表示要无拘无束地过那种为一般封建士人所不齿的流连坊曲的狂放生活。"偎红倚翠""浅斟低唱"是对"狂荡"的具体说明。柳永这样写，是恃才负气的表现，也是表示抗争的一种方式。科举落第，使他产生了一种逆反心理，只有以极端对极端才能求得平衡。所以，他故意要造成惊世骇俗的效果以保持自己心理上的优势。柳永的"狂荡"之中仍然有着严肃的一面，狂荡以傲世，严肃以自律，这才是"才子词人""白衣卿相"的真面目。柳永把自己内心深处的矛盾想法抒写出来，说明落第这件事情给他带来了多么深重的苦恼和多么烦杂的困扰，也说明他为了摆脱这种苦恼和困扰曾经进行了多么痛苦的挣扎。写到最后，柳永得出结论："青春都一饷。忍把浮名，换了浅斟低唱！"谓青春短暂，怎忍虚掷，为"浮名"而牺牲赏心乐事。所以，只要快乐就行，"浮名"算不了什么。

◎ **写作应用**

　　这首词是柳永进士科考落第之后的一纸"牢骚言"，劝说自己不必在乎"浮名"。牢骚发得好，词也就流传开来，但词成了名作，却又给词人带来了新的厄运和烦恼：柳永又一次应试，本来已中，但到临发榜时，已经知道了他这首《鹤冲天》的宋仁宗，故意将他黜落，还奚落他说："就去'浅斟低唱'好了，何必要什么浮名呢？"再度失望的柳永闻知后，干脆一不做二不休，自称"奉旨填词柳三变"。

　　人很难脱离自己的环境，很难脱离这个环境所公认的思想观念和价值标准，所以，无论是对范仲淹来说，还是对柳永来说，所谓"浮名"其实还是萦怀于心的。柳永大约也真的留恋那种"偎红倚翠，浅斟低唱"的生活，但能够得到进士及第的"浮名"，却也是他心向往之的，要不他为什么一而再地去考呢？所以，才子词人，并不是真正的卿相。"白衣卿相"云云，不过是自我解嘲、自我宽慰，是一种"精神胜利法"罢了。柳永后来改了名字再去应试，终于中了进士。

　　"忍把浮名，换了浅斟低唱"，尽管这是柳永不得已的一种"精神胜利法"，但也完全可以用到我们的写作上来。比如，面对两种东西，这两种东西在一般的社会评价中分量不同，而一个人，或者是我们自己，这二者都想要，但却只能得到其中之一，这时，"忍把……换了……"这种思路、这种手法，乃至于这种句式，就可以委婉地表达自己既心中矛盾同时也极力说服自己的心态。而且，"忍把浮名，换了浅斟低唱"，或处理为反问的问号，或处理为毅然决然的叹号，还可以表达自己不同的态度，会产生不同的效果。

烽火连空明灭，往事忆孙刘

——以充沛的感情克服议论的乏味

◎ **出处**

宋·陆游《水调歌头·多景楼》

◎ **原文**

江左占形胜，最数古徐州。连山如画，佳处缥缈著危楼。鼓角临风悲壮，烽火连空明灭，往事忆孙刘。千里曜戈甲，万灶宿貔貅。

露沾草，风落木，岁方秋。使君宏放，谈笑洗尽古今愁。不见襄阳登览，磨灭游人无数，遗恨黯难收。叔子独千载，名与汉江流。

◎ **注释**

多景楼：在镇江北固山上甘露寺内。

江左：长江最下游的地方，即今江苏省等地。

徐州：指镇江。

缥缈：似有若无。

危楼：高楼。

鼓角：战鼓号角。

烽火：边防报警的烟火。

明灭：忽明忽暗。

曜：照耀。

戈甲：兵器和盔甲。

灶：军中炊灶，指代营垒。

貔貅：猛兽，喻指勇猛的战士。

宏放：通达豪放。

黯：昏黑。

汉江：汉水，流经襄阳。

　　江东一带据有险要形势的地方，第一要数像屏障般雄伟的镇江。这里山连山，就像图画般莽莽苍苍，云渺渺，水隐隐，景色美处耸立着高高的楼房。战事又起，战鼓号角声面对着风显得格外悲壮；烽火连天，明明灭灭，隔江相望，如烟往事，遥想起孙权、刘备在此地共商破曹大事。当年孙刘联军的军容啊，银戈金甲千里都闪着光芒；军士野宿，万灶烟腾，正如同今日宋军一样。

　　露珠结在草上，风吹黄叶飘荡，正当金秋时节。方滋啊，你的气魄真是宏大豪放。感今愁，怀古忧，全在你谈笑间一扫而光。君不见羊祜曾登临岘山，观赏襄阳？那无数登山贤士早涅末无能。他们的遗恨难收，空令人黯然神伤。独有羊祜千年传扬，他的英名如同浩浩汉江水千古流长。

◎ 赏析

　　这首词从多景楼的形势写起。自"江左"而"古徐州"，再"连山"，再"危楼"，镜头由大到小，由远到近，由鸟瞰到局部，最后大特写点题。这本来是描写景物常见的手法，陆游写来却更加具有特色。他选择滚滚长江、莽莽群山入画，衬出烟云缥缈、似有若无之中矗立着的一座高楼，摄山川之魄，为斯楼之骨，就使这"危楼"有了气象，有了精神。他勾勒眼前江山，意在引出历史上的风流人物，故起则昂扬，承则慷慨，带起"鼓角"一层五句，追忆三国时代孙、刘合兵共破强曹的往事。烽火明灭，戈甲耀眼，军幕星罗，骤视之如在耳目之前，画面雄浑辽阔。加上鼓角随风，悲凉肃杀，更为这辽阔画面配音刷色，与上一层的滚滚长江、莽莽群山互相呼应衬托，江山人物，相得益彰。这样，给人的感受就绝不是低回于历史的风雨中，而是激起图强自振的勇气、黄戈跃马的豪情。上片情景浑然一体，过拍处更是一派豪壮。

　　然而，孙刘已杳，天地悠悠，登台浩歌，难免怆然泣下，故换头处以九字为三顿，节奏峻急，露草风枝，绘出秋容惨淡，情绪稍转低沉。接下去"使君"两句又重新振起，展开当前俊彦登楼、宾主谈笑的场面，色调再变明丽。"古今愁"启下结上。"古愁"启"襄阳登览"下意，"今愁"慨言当前。当前可愁之事实在是太多了。前一年张浚北伐，兵溃符离，宋廷从此不敢言兵，是事之可愁者一。孝宗侈谈恢复，实则输币乞和，觍颜事金。"日者虽尝诏以缟素出师，而玉帛之使未尝不蹑其后"，是事之可愁者二。眼下自己又被逐出临安，到镇江去做通判，去君愈远，一片谋国这忠，永无以自达于庙堂之上，是事之可愁者三。君国身世之愁，纷至沓来，故重言之曰"古今愁"。但志士的心，并没有因此而灰心。事实上，山东、淮北来归者道路相望，金兵犯淮。淮之民渡江归宋若有数十万，可见民心是可以挽回的国事，也是可以解决的。因此，虽烽烟未息，知府方滋就携群僚登楼谈笑风生。他的这种乐观情绪，洗尽了词人心中的万千忧愁。这一层包含的感情非常复杂，色彩声情，错综而富有层次，于苍凉中见明快，在飞扬外寄深沉。最后一层，用西晋大将羊祜（字叔子）镇守襄阳，登临兴悲的故事，以古况今，前三句抒发自己壮志难酬、抑压不平的心情。所云"襄阳遗恨"即指羊祜志在灭吴而在生时未能亲手克敌完成此大业的遗恨词。意在这里略作一顿，然后以高唱转入歇拍，借羊祜劝勉方滋，希望他能像羊祜那样，为渡江北伐做好部署，建万世之奇勋，垂令名于千载，寄予一片希望。羊祜是晋代人，与"古徐州"之为晋代地望回环相接，收足全篇。

◎ 写作应用

镇江北固山甘露寺是一处名胜，而寺中的多景楼又曾引发多少诗人感兴，陆游的这首词，是在一年的秋天，与镇江知府一道登楼而作。词的上片追忆历史人物，下片写今日登临所怀，全词发出了对古今的感慨之情，表现了词人强烈的爱国热情。

陆游的这首词并不算典型的以文为词，其中的景物描写和氛围渲染都很精彩出色。然而，对于此时此刻站在多景楼上眺望江山无限的陆

从宋词中汲取写作智慧

游来说，最想表达出来的还是自己的一番对历史、人生和时局的感慨了。所以，充满深沉情感的议论，就成为这首词的中心磁场，把词中的写景、抒情和整体气氛凝聚到了一起。日常写作的议论，不外乎两种情况：一是议论文体，一是其他文体中的议论成分。这两种情况，我们都可以从陆游的这首词中学到一些借鉴，得到一些启示，其中最值得我们体会的，就议论文体而言，是如何以充沛的感情来克服议论的干巴乏味。就其他文体而言，则是精彩议论所起到的画龙点睛、浓缩升华的巨大作用。

蜗角虚名，蝇头微利，算来著甚干忙

——曲折有致是好文章的标志之一

◎ **出处**

宋·苏轼《满庭芳·蜗角虚名》

◎ **原文**

蜗角虚名，蝇头微利，算来著甚干忙。事皆前定，谁弱又谁强。且趁闲身未老，尽放我、些子疏狂。百年里，浑教是醉，三万六千场。

思量。能几许？忧愁风雨，一半相妨，又何须，抵死说短论长。幸对清风皓月，苔茵展、云幕高张。江南好，千钟美酒，一曲满庭芳。

◎ **注释**

满庭芳：词牌名，又名"锁阳台"，《清真集》入"中吕调"。

蜗角：蜗牛角，比喻极其微小。

蝇头：本指小字，此取微小之义。

著甚干忙：白忙什么。

些子：一点儿。

抵死：拼命。

苔茵：如褥的草地。

钟：即"盅"，酒器。

◎ **译文**

微小的虚名薄利，有什么值得为之忙碌不停呢？名利得失之事自有因缘，得者未必强，失者未必弱。赶紧趁着闲散之身未老之时，抛开束缚，放纵自我，逍遥自在。即使只有一百年的时光，我也愿大醉它三万六千场。

沉思算来，一生中要有一半日子被忧愁风雨干扰。又有什么必要一天到晚拼命地说长说短呢？不如面对这清风皓月，以苍苔为褥席，把高云为当帐幕高张，宁静地生活。江南的生活多美好，一千钟美酒，一曲优雅的《满庭芳》。

◎ **赏析**

词人以议论发端，用形象的艺术概括对世俗热衷的名利做了无情的嘲讽。功名利禄曾占据过多少世人的心灵，主宰了多少世人喜怒哀乐的情感世界，它构成了世俗观念的核心。而经历了人世浮沉的苏轼却以蔑视的眼光，称之为"蜗角虚名、蝇头微利"，进而以"算来著甚干忙"揭示了追名逐利的虚幻。这不仅是对世俗观念的奚落，也是对蝇营狗苟尘俗人生的否定。词人由世俗对名利的追求，联想到党争中由此而带来的倾轧以及被伤害后的自身处境，叹道："事皆前定，谁弱又谁强。"谓此事自有因缘，不可与争，但得者岂必强，而失者岂必弱，因此也无须过分介意。这是他这个时期自处的信条。所以，"且趁闲身未老，尽放我、些子疏狂。百年里，浑教是醉，三万六千场。"意图在醉中不问世事，以全身远祸。一"浑"字抒发了以沉醉替换痛苦的悲愤，一个愤世嫉俗而以无言抗争的词人形象呼之欲出。

下片于自叙中夹以议论。"思量。能几许？"承上"百年里"说来，谓人生能几；而"忧愁风雨，一半相妨"，即李白"为欢几何"之意。苏轼一踏上仕途便卷入朝廷政治斗争的旋涡，此后命途多难，先被排挤出朝，继又陷身大狱，幸免一死，带罪贬逐，昔时朋友相聚，文酒之欢，此时则唯有"清诗独吟还自和，白酒已尽谁能借。不辞青春忽忽过，但恐欢意年年谢"（《定惠院寓居月夜偶出》）。当此时，词人几乎万念皆灰。"又何须抵死，说短论长"，是因"忧愁风雨"而彻悟之语。下面笔锋一转，以"幸"字领起，以解脱的心情即景抒怀。造物者无尽的清风皓月、无际的苍茵、高张的云幕，这个浩大无穷的现象世界使词人的心量变得无限之大。那令人鄙夷的"蜗角虚名、蝇头微利"的狭小世界在眼前消失了，词人忘怀了世俗的一切烦恼，再也无意向外驰求满足，而愿与造化同乐，最后在"江南好，千钟美酒，一曲满庭芳"的高唱中，情绪变得豁达开朗，超脱功利世界的闲静之情终于成为其人生的至乐之情，在新的精神平衡中洋溢着超乎俗世的圣洁理想，词人那飘逸旷达的风采跃然纸上。

◎ 写作应用

这是苏轼在政治生涯中遭受重大挫折后的心情吐露，是典型的以议论为词，其中既有愤世嫉俗，又有旷达超脱，是一首耐人咀嚼、独具艺术魅力的名作。上片由讽世到愤世，下片从自叹到自适，真实地展现了一个失败者复杂的内心世界，也生动地刻画了词人愤世嫉俗和飘逸旷达的两个性格层次，在封建社会中很有典型意义。

这首《满庭芳》以议论为主，夹以抒情。抒发心境，议论人生，要写到苏东坡这般从容老到是不容易的，这需要人生的磨砺和个人的领悟，需要主客观多方面合力的化合作用。但我们不妨把这首词当作一篇上好的议论文来学习借鉴。

议论文的曲折有致是文章质量高的标志之一。很多问题，必须从多个角度、多个层面来进行思考，有的时候还必须做到颠倒过来的换位思考。如果能够自觉地养成这样一种思考习惯，写出来的文章就会具有好的议论文必然会有的说服力。"……又到了今天，过去没路的地方有了路，羊肠道成了高速路，立交桥有了，条条大路通达北京，只唯独有人的'心路'窄了，憋得慌。……太多的盘算反成了缚己的绳索。其实无论从自然法则，还是社会法则来说，人本该就是'短视'的……"来自重庆的一位高三的同学在一篇题为《走路》的作文中，这样来展开关于"路"的思考，整篇文章就体现了一种思想的深度和辩证态度，而且还有作者浓郁的感情作为内在的推动力。

多少六朝兴废事，尽入渔樵闲话
——用朴实的语言抒发议论

◎ **出处**

宋·张昇《离亭燕·一带江山如画》

◎ **原文**

一带江山如画，风物向秋潇洒。水浸碧天何处断？霁色冷光相射。蓼屿荻花洲，掩映竹篱茅舍。

云际客帆高挂，烟外酒旗低亚。多少六朝兴废事，尽入渔樵闲话。怅望倚层楼，寒日无言西下。

◎ **注释**

离亭燕：词牌名。

一带：指金陵（今南京）一带地区。

风物：风光景物。

潇洒：神情举止自然大方，此处是拟人化用法。

浸：液体渗入。此处指水天融为一体。

断：接合部。

霁色：雨后初晴的景色。

冷光：秋水反射出的波光。

相射：互相辉映。

蓼屿：指长满蓼花的高地。

荻花洲：长满荻草的水中沙地。

竹篱茅舍：用竹子做成的篱笆，用茅草搭盖的小房子。

客帆：即客船。

低亚：低垂。

怅望：怀着怅惘的心情远望。

◎ 译文

金陵风光美丽如画，秋色明净清爽。碧天与秋水一色，何处是尽头呢？雨后晴朗的天色与秋水闪烁的冷光相辉映。蓼草荻花丛生的小岛上，隐约可见几间被竹篱环绕的草舍。

江水尽头客船上的帆仿佛高挂在云端，烟雾笼罩的岸边，有低垂的酒旗。那些六朝兴盛和衰亡的往事，如今已成为渔民、樵夫闲谈的话题。在高楼上独自遥望，倍感苍凉，凄冷的太阳默默地向西落下。

◎ 赏析

开头一句"一带江山如画"，先对金陵一带的全景做一番鸟瞰，概括地写出了这里的山水之美。秋天，草木摇落，景色萧索，但这里词人却说"风物向秋潇洒"，一切景物显得萧疏明丽而有脱尘绝俗的风致，这就突出了金陵一带秋日风光的特色。接着"水浸碧天何处断"具体地描绘了这种特色。这个"水"字承首句的"江"而来，词人的视线随着浩瀚的长江向远处看去，天幕低垂，水势浮空，天水相连，浑然一色，看不到尽头。将如此宏阔的景致，词人用一个"浸"字形象而准确地描绘出来。近处则是"霁色冷光相射"，"霁色"紧承上句"碧天"而来，"冷光"承"水"字而来，万里晴空所展现的澄澈之色，江波澂滟所闪现的凄冷的光，霁色静止，冷光翻动，动景与静景互相映照，构成一幅绮丽的画面。一个"射"字点化了这一画面。接着词人又把视线从江水里移到了江洲上，却只见"蓼屿荻花洲，掩映竹篱茅舍"。洲、屿是蓼荻滋生之地，秋天是它发花的季节，密集的蓼荻丛中，隐约地现出了竹篱茅舍。这样，从自然界写到了人家，暗暗为下片的抒发感慨做了铺垫。

下片先荡开两笔，写词人，再抬头向远处望去，"云际客帆高挂，烟外酒旗低亚"，极目处，客船的帆高挂着，烟外酒家的旗子低垂着，标志着人的思想活动，于是情从景生，金陵的陈迹涌上心头："多少六朝兴废事"这里在历史上短短的三百多年里经历了六个朝代的兴盛和衰亡，它们是怎样兴盛起来的，又是怎样的衰亡的，这许许多多的往事，却是"尽入渔樵闲话"。"渔樵"承上片"竹篱茅舍"而来，到这里猛然一收，透露出词人心里的隐忧。这种隐忧在歇拍两句里，又做了进一步的抒写："怅望倚层楼。""怅望"表明了词人瞭望景色时的心情，倚高楼的栏杆上，怀着怅惘的心情，看到眼前景物，想着历史上的往事。最后一句"寒日无言西下"之"寒"字承上片"冷"字而来，凄冷的太阳默默地向西沉下，苍茫的夜幕即将降临，更增加了他的孤寂之感。歇拍的调子是低沉的，他的隐忧没有说明白，只从低沉的调子里现出点端倪，耐人寻味。

◎ **写作应用**

这是一首写景兼怀古的词，在宋怀古词中是创作时期较早的一首。词的上片描绘金陵一带的山水，在雨过天晴的秋色里显得分外明净而爽朗；下片通过怀古，寄托了词人对六朝兴亡盛衰的感慨。这首词语朴而情厚，有别于婉约派词的深沉感慨。全词层层抒写，勾勒甚密，写出了一种苍凉萧远之感。

"多少六朝兴废事，尽入渔樵闲话"，张昇是北宋的大臣，任职时经历了真宗、仁宗两代，退居江南时期，又经历了英宗、神宗两朝，宋代由盛而衰的下坡路趋势，他是看在眼里，痛在心中，但又无能为力。他担心六朝故事的重演，所以就有了这番登楼眺望，忧从中来，却又尽付之渔樵闲话的感慨。

在我们的写作中，议论历史，谈论如何汲取历史的经验教训，常常也是一个重要的主题，或者是其他话题内容展开的一个思路，一种处理。议论历史，可以是激昂急切的，也可以是从容不迫的，前者令人热血沸腾，后者让人沉吟思索。张昇在这里持的是一种隐忧其中，却也从容道来的历史态度，使我们很自然地想起了《三国演义》前面的那首词：古今多少事，都付笑谈中。有时候，文章的历史怀想意味，可以通过这种"多少六朝兴废事，尽入渔樵闲话'，而体现得更为深远。

对一张琴，一壶酒，一溪云
——有感而发，线性展开

◎ **出处**

宋·苏轼《行香子·述怀》

◎ **原文**

清夜无尘，月色如银。酒斟时、须满十分。浮名浮利，虚苦劳神。叹隙中驹，石中火，梦中身。

虽抱文章，开口谁亲。且陶陶、乐尽天真。几时归去，作个闲人。对一张琴，一壶酒，一溪云。

◎ **注释**

行香子：词牌名，又名"爇心香"。

尘：尘滓，细小的尘灰渣滓。

十分：古代盛酒器。形如船，内藏风帆十幅。酒满一分则一帆举，十分为全满。

虚苦：徒劳，无意义的劳苦。

开口谁亲：有话对谁说，谁是知音呢？

陶陶：无忧无虑、单纯快乐的样子。

夜气清新，尘滓皆无，月光皎洁如银。值此良辰美景，把酒对月，须尽情享受。名利都如浮云变幻无常，徒然劳神费力。人的一生只不过像快马驰过缝隙，像击石迸出一闪即灭的火花，像在梦境中的经历一样短暂。

虽有满腹才学，却不被重用，无所施展。姑且借现实中的欢乐，忘掉人生的种种烦恼。何时能归隐田园，不为国事操劳，有琴可弹，有酒可饮，赏玩山水，就足够了。

◎ 赏析

词人首先描述了抒情环境：夜气清新，尘滓皆无，月光皎洁如银。此种夜的恬美，只有月明人静之后才能感到，与日间尘世的喧嚣判若两个世界。把酒对月常是诗人的一种雅兴：美酒盈樽，独自一人，仰望长空，遐想无穷。唐代诗人李白月下独酌时浮想翩翩，抒写了狂放的浪漫主义激情。苏轼为政治纷争所困扰，心情苦闷，因而他这时没有"把酒问青天"，也没有"起舞弄清影"，而是严肃地思索人生的意义。月夜的空阔神秘、阒寂无人，正好来冷静地思索人生，以求解脱。苏轼以博学雄辩著称，在诗词里经常发表议论。此词在描述了抒情环境之后便进入玄学思辨了。苏轼曾在作品中多次表达过"人生如梦"的主题思想，但在这首词里却表达得更明白、更集中。他想说明：人们追求名利是徒然劳神费力的，万物在宇宙中都是短暂的，人的一生只不过是"隙中驹、石中火、梦中身"一样须臾即逝。苏轼才华横溢，在这首词上片结句里令人惊佩地集中使用三个表示人生虚无的词语，构成博喻，而且都有出处。将古人关于人生虚无之语密集一处，说明词人对这一问题是经过长期认真思索过的。上片的议论虽然不可能具体展开，却概括集中，已达到很深的程度。

下片开头，以感叹的语气补足关于人生虚无的认识。"虽抱文章，开口谁亲"是古代士人"宏才乏近用"，不被知遇的感慨。苏轼在元祐时虽受朝廷恩遇，而实际上却无所作为，"团团如磨牛，步步踏陈迹"，加以群小攻击，故有是感。他在心情苦闷之时，寻求着自我解脱的方法。善于从困扰、纷争、痛苦中自我解脱，豪放达观，这正是苏轼人生态度的特点。他解脱的办法是追求现实享乐，待有机会则乞身退隐。"且陶陶、乐尽天真"是其现实享乐的方式。只有经常在"陶陶"之中才似乎恢复与获得人的本性，忘掉人生的种种烦恼。但最好的解脱方法莫过于远离官场，归隐田园。看来苏轼还不打算立即退隐，"几时归去"很难预料，而田园生活却令人十分向往。弹琴、饮酒、赏玩山水，吟风弄月，这是我国文人理想的一种消极的生活方式。他们恬淡寡欲，并无奢望，只需要大自然赏赐一点儿便能满足，"一张琴，一壶酒，一溪云"就足够了，非常清高而富有诗意。

◎ 写作应用

全词在抒情中插入议论。人生很短暂，能做的不多，回首一看，一切都是虚无。词人从生活中悟出对人生的认识，很有哲理意义，令人读后不致感到其说得枯燥。

对于写作来讲，这首词的借鉴意义主要在艺术形式方面，也就是艺术技巧、写作手法、风格形式等等。

在这个方面，一是可注意大作家所显示出来的那种描写技巧上的传神凝练："清夜无尘，月色如烟"，夜色如此洁净，月光朦胧似烟，八个字画出了一幅月夜清景图，把读者带入一个空灵美妙的境界之中；"对一张琴，一壶酒，一溪云"，面对的这三个"一"，使归隐之士的闲散恬淡、随归而安，呼之欲出。二是议论的流畅自然："斟酒时，一定得倒满。这样的快乐能有几时？那些浮名浮利，都是虚的，无非辛苦劳神而已；人生就如白驹过隙，燧石撞火，梦中之身，实在可叹。虽胸有文章，但有谁相知相亲呢？不如陶陶然欢乐，尽享淳朴天然好了。什么时候归隐去吧，做个闲人。"这一段议论，由斟酒时的感慨开始，谈到通常与饮酒相对立的追逐功名，然后是自己所概括的人生本质，最后，则是由这种本质导出了什么才是真正的人生价值。

可以看到，这段议论的起承转合十分自然流畅，没有任何硬要挤出一些什么道理来的勉强和困窘。之所以能够做到这一点，除了我们常说的要有感而发，还有一点也很重要，就是内心感想的展开方式。苏轼采用的是一种线性的展开，以从容的心态，不疾不徐，娓娓道来。

酒酣耳热说文章。惊倒邻墙，推倒胡床
——夸张的处理技巧

◎ **出处**

宋·刘克庄《一剪梅·余赴广东实之夜饯于风亭》

◎ **原文**

束缊宵行十里强。挑得诗囊，抛了衣囊。天寒路滑马蹄僵，元是王郎，来送刘郎。

酒酣耳热说文章。惊倒邻墙，推倒胡床。旁观拍手笑疏狂。疏又何妨，狂又何妨？

◎ **注释**

一剪梅：词牌名。

束缊：把乱麻捆起来，做成照明的火把。

诗囊：装诗书的袋子。

元：通"原"。

王郎：指王实之。

刘郎：指作者自己。唐代刘禹锡多次被贬，自称"刘郎"，此暗用其意。

胡床：坐具，即交椅，可以转缩，便于携带。

疏狂：意为不受拘束，纵情任性。

举着乱麻捆成的火把在夜里走了十多里路。只顾得挑着诗囊赶路，却丢掉了衣囊。天气寒冷道路湿滑，马蹄都冻得发僵，原来是王先生实之来送刘先生克庄。

我们高举酒杯，痛饮离别之酒，酒喝到耳根子发热，还谈论着文章。论说声惊倒了邻居的墙，推倒了交椅。旁观的人拍手笑我们太粗疏狂放。我们回应说人生在世，知音相遇，粗疏又怎样！狂放又怎样！

◎ 赏析

这是一首别具一格的抒写与友饯别的令词。上片写临行前的情景——刘克庄连夜启程，王迈为其送行。先写自己将在天亮之前拿着火把，走了十多里的路，不可背负过重，便把衣囊抛弃，只挑着诗囊上路，豪爽的性格与嗜诗如命的心情于此可见。起句"束缊宵行十里强"，开门见山地描写连夜而行的情状。一支火把引路，来到十里长亭，点出饯别之意。"挑得诗囊，抛了衣囊"二句表现了书生本色，诗囊里都是他的心血结晶，自然不肯轻易抛掉。诗囊里装着他的诗篇，也装着他的一腔豪情、满腹抑郁。

"天寒"三句，先从自然条件的恶劣写旅途之艰苦，再点友人相送之谊。"天寒路滑马蹄僵"，一个"僵"字，写尽了艰苦之状。虽在说马，但行人颠簸于马背，冒着寒风艰难赶路的情景，已跃然纸上。"王郎"送"刘郎"，用典巧妙。"王郎"暗指友人系"王谢"望族之后，而"刘郎"则为被贬谪者的代称。

下片写饯别情景。二人分手在即，却并不伤别感慨，而是痛饮酒醑，豪情满怀，谈文论诗，睥睨世俗，狂放不羁。二人高谈阔论，以致惊动了东邻西舍。词人曾以《落梅》诗受谤免官，他对此十分不平，所以最后三句写道：当别人笑他疏狂时，他满不在乎地回答他们，并不以疏狂为意。这正是对当时束缚思想的、严酷的礼法制度的挑战和抗议。

"酒酣耳热说文章"，从结构上说，是上片情节的结局，又可作为下片的开端，顺势翻出新的情节，安排颇显匠心。"酒酣耳热"表现了酒逢知己的欢乐，同时又是词人热情奋发、兴会正浓的时刻。词人避开朋友间碰杯换盏的次要情节，而径直写出"说文章"的一幕，可谓善于剪裁。"说文章"极含蓄地暗示他们对时事的评论、理想的抒发以及对忧愤的倾泄。

王实之秉性刚直，豪气干云，人称子昂、太白。刘克庄也是言谈雄豪，刚直无畏。"惊倒邻墙，推倒胡床"两句，正是他们这种英豪气质的形象表现。前句写客观反响，后句写人物举动。两个狂士捋袖豁拳，乘着酒兴指点江山，语惊四座，全无顾忌。这种形象的夸饰淋漓尽致地张扬了二人的豪气。

"旁观拍手笑疏狂"，词人设想，若有旁观者在此，必定拍手笑我二人疏狂。"拍手笑"是一种不被他人理解的表现，对狂者来说不足惧，倒起着反衬作用。刘克庄与王实之在志士受压、报国无门的时代，将心头的积郁化为激烈的言辞、不平常的行动，自然会被称为"疏狂"，"疏又何妨，狂又何妨？"态度明确坚定，可谓狂上加狂，雄放恣肆，豪情动人。

◎ **写作应用**

一位名叫王迈的朋友，为刘克庄赴广东任职钱行，于是词人写下了这首洋溢着书生豪放、不拘小节之特色的告别之作。全篇表达了词人傲视世俗的耿介个性，是他主动向社会发动"攻击"的狂放表现。语极夸张，情极大胆，豪爽超迈，淋漓酣畅。

书生特色，或是谨小慎微，缩手缩脚；或是性情中人，不拘小节，显然，刘克庄笔下这送别二人属于后者。值得我们在写作上去体会模仿的是，为了把这种豪迈狂放的书生本色表现出来，词人不仅采用了一种与之吻合的夸张处理，以"酒酣耳热说文章。惊倒邻墙，推倒胡床"来活灵活现地突现两位意气相投、高谈阔论，兴奋起来忘掉了一切的读书人，更重要的是最后两句"疏又何妨，狂又何妨"，以假设如果有人看到自己这一切将会做出的何种反应，从而直截了当、毫不遮掩，甚至是有意挑战式地来宣告自己的态度！这真是一种非常自然而然又非常聪明的手法。

日常写作中，求实求稳可说是一种基本的心态，不要"狂"，不要"过"，常常是人们的告诫和评价标准，这当然是很有道理，很管用的；然而，要防止由此而可能导致的两种弊端，一是心态和思路上的平庸，二是技巧和手法上的陈旧。对此，刘克庄这样的诗文是可以起到某种防治和激活作用的。

惟诗也，是乾坤清气，造物须悭

——要说服读者，先说服自己

◎ **出处**

宋·陈人杰《沁园春·诗不穷人》

◎ **原文**

诗不穷人，人道得诗，胜如得官。有山川草木，纵横纸上，虫鱼鸟兽，飞动毫端。水到渠成，风来帆速，廿四中书考不难。惟诗也，是乾坤清气，造物须悭。

金张许史浑闲，未必有功名久后看。算南朝将相，到今几姓；西湖名胜，只说孤山。象笏堆床，蝉冠满座，无此新诗传世间。杜陵老，向年时也自，并冻衣寒。

◎ **注释**

沁园春：词牌名，又名"东仙""寿星明""洞庭春色"等。

人道：有人说。

得诗：写出好诗。

胜如：胜于。

得官：获得官职。

毫端：笔尖。

水到渠成：水一流过，渠道自然形成。比喻条件一旦成熟，事情就会成功。

风来帆速：顺风来了，帆船便驶得快，喻意与"水到渠成"相近。

惟：同"唯"，只有。

算：细数。

向年时：在那个年代。

◎ 译文

诗不能使人失意贫穷，有人说得一首好诗，胜于得到一个好官职。诗人能将山川草木，活灵活现纵情潇洒展现在纸上；还可以让一切虫鱼鸟兽，飞动在自己的笔端。时机成熟水到渠成，顺水行船风来帆速，想做大官得二十四考并不难。唯有这神圣的诗歌，聚集着乾坤清气，造物者的给予非常吝啬。

金张许史四大家族稀松平常，一时显贵未必有功名经得时间考验。历数南朝那些将相，如今人们还能记得几个名姓；西湖的山水名胜，人们如今只说诗人林逋隐居的孤山。就算高官的象笏堆满一床，头戴蝉冠的权贵满座皆是，但他们不会有新鲜诗句流传世间。诗圣杜甫把一生都奉献给了诗国，当年他也曾贫病交加穷困潦倒，井冻衣寒无钱无粮不能举火烧饭。

◎ 赏析

中国古代有"诗穷而后工"之说，意即人在顺利之境、亨通之时是写不出来好诗的，陈人杰即据此来展开议论。词的开篇就以简洁、明快的语言，把作诗和做官对立起来，以诗人得诗胜于得好官来充分肯定诗人的价值，反映了古代文人投身诗文创作的执着追求和对此的真切热爱。

"有山川草木，纵横纸上；虫鱼鸟兽，飞动毫端。"此四句化用欧阳修之语，言诗人胸中蕴藏着广阔的世界，笔端能驱使山川草木、虫鱼鸟兽，万事万物都将进入诗篇。这里的"纵横"和"飞动"两个词语非常生动传神，把郁郁苍苍的山川草木和生机勃勃的虫鱼鸟兽表现得十分淋漓尽致，勾勒出丰富多彩的艺术形象世界。"水到渠成，风来帆速，廿四中书考不难。"这些不仅为世俗的目光所仰慕，即使在正统史家看来也是难能可贵，可是词人用"水到渠成，风来帆速"两个浅显而生动的比喻，说明他们的累至高官，其实并不难，只不过是时会所致而已。名垂千古的忠臣良将不过如此，其他平庸之辈便更不在话下了。人们所说的，词人如此用笔，目的还在于反衬诗人之难得，并进一步把为官和作诗来进行比较。引出什么比做官还难的问题，词人答道："唯诗也，是乾坤清气，造物须悭。"将写诗与天地间的传扬之气紧密相连，实则指出诗人乃得天地之最精而生，可谓将诗人的价值推崇到极致。

下片又从世间权贵不足贵说起。"金张许史浑闲，未必有功名久后看。"词人用"浑闲"二字，将当时的一些大人物一笔抹杀。"算南朝将相，到今几姓；西湖名胜，只说孤山。"这一韵把历史上的权贵和历史上的诗人做了生动的比较。"南朝"指宋齐梁陈，当时将相多为腐败衰朽的高门士族，王、谢、庾、顾几大姓之间轮流执掌国政。他们当时都曾不可一世，可是到此时人们对豪门贵胄记忆颇少，这里（包括上韵的"金张许史"）说的虽是古代的权贵，实际上指南宋王朝的权贵奸佞如史弥远、贾似道一类的人，他们或是已死，或正气焰嚣张，世人为之侧目，词人认为他们迟早要被人们所唾弃。与此相反，那位宋初隐居于西湖孤山、妻梅子鹤的诗人林逋，虽然没有什么"功名"，但因为他不趋慕富贵，写下许多清丽的诗篇，因此被人们永远记忆，他的居住之地也成为西湖名胜，给湖山增加了无穷的魅力。词人赞美创造精神财富的诗人，极力贬低富贵荣华，功名利禄，抒发词人蔑视权贵的激愤之情。"象笏"三句言贵族之家尽可安排自己的子弟占据高官要职，传给他们财富权势，但却不可能给他们以济世的才华。他们不会有传世的诗句流传在人间，他们无法创造精神财富。写到这里，词人充满诗人的自豪感，因之，他举出了最能引发诗人骄傲之情的杜甫："杜陵老，向年时也自，井冻衣寒。"这位诗国的圣人，精神财富创造者中的巨人，为人们留下无比丰厚的精神财富，他终生关注国家和人民的疾苦。可是他自己却常为饥寒所困，一子一女冻饿而死，自己最后也死于贫病交加。可是这位当时只"留得一钱看"的诗人却能以他美妙的诗篇，在宋代就受到普遍的尊敬（宋有人将杜甫比喻为集大成的孔子），成为众多诗人欣羡的楷模，词人用这位诗国的权威压倒世间（封建社会）以富贵势力为支撑的权威，使全词达到高潮。词至此戛然而止。这三句不仅和词的起韵相照应，也表明词人最尊崇的诗人是爱国忧民的诗人。

◎ **写作应用**

陈人杰的这首词，给我们的写作提供了一种启示：好的议论，议论者自己必须先有充分的自信，坚信自己所申说的道理是完全站得住脚的，是有着充分根据的，是天地人世间都在证实着的真理。倘若因为自己就没有认识透彻，或是本身就半信半疑，或是缺乏血肉丰满的丰富证据来支持要说明的道理，就不会有这样的自信；而没有这种自信的话，任何议论都是不可能说服读者的。要说服你的读者，先检查一下是不是真正说服了你自己。

说服是议论文写作的最终目的。说服别人接受你的观点，就要组织强有力的论证。证明你自己的观点成立，也许有许多许多的理由，但哪个理由是最为重要的，哪个论证是最有说服力的，应该按照重要性的顺序，把最重要的放在最前边，然后才是次重要的。因为对于读者来说，最容易理解的顺序是先了解主要的思想，然后了解次要思想，因为主要思想总是从次要思想中概括出来的。任何一个层次上的思想都是对其下一个层次上的思想的总结，下个一层次的思想都是对上个一层次思想的回答。

为子死孝，为臣死忠，死有何妨

——纯粹的议论，直接阐述道理

◎ **出处**

宋·文天祥《沁园春·题潮阳张许二公庙》

◎ **原文**

为子死孝，为臣死忠，死又何妨。自光岳气分，士无全节；君臣义缺，谁负刚肠。骂贼张巡，爱君许远，留取声名万古香。后来者，无二公之操，百炼之钢。

人生翕歘云亡。好烈烈轰轰做一场。使当时卖国，甘心降虏，受人唾骂，安得流芳。古庙幽沉，仪容俨雅，枯木寒鸦几夕阳。邮亭下，有奸雄过此，仔细思量。

◎ **注释**

潮阳：今广东省汕头市潮阳区西北。

光岳气分：指时衰世乱，国土分裂。

君臣义缺：指君臣间缺大义。

负：具有。

刚肠：指坚贞的节操。

后来者：指以后的士大夫。

操：节操，操守。

翕歘（xī xū）：即倏忽，如火光之一现。

云亡：死去。"云"字无义。

古庙：即潮阳祭祀张巡、许远的双庙。

仪容：指张、许二人的塑像。

俨雅：庄严典雅。

邮亭：古代设在沿途、供给公家送文书及旅客歇宿的会馆。

做儿子的能死节于孝，做臣子的能死节于忠，那就是死得其所。安史乱起，正气崩解，不见尽忠报国之士，反多无耻降敌之徒，士风不振，大义不存。张巡骂贼寇直到双眼出血，许远温文尔雅爱君能守死节，他们都留下万古芳名。后来的人已经没有他们那样的操守，那种如百炼精钢似的精诚。

人生短促，转眼生离死别。更应该轰轰烈烈做一番为国为民的事业。如果他们当时甘心投降卖国，则必受人唾骂，以致遗臭万年，又怎么能够流芳百世呢？双庙幽邃深沉，二公塑像庄严典雅。夕阳下寒鸦枯木示万物易衰，而古庙不改。邮亭下，如有奸雄经过，面对先烈，则当仔细思量，反躬自省。

"为子死孝，为臣死忠，死又何妨。"起笔突兀，如两根擎天大柱。可见天祥之为臣死忠，并非忠于一家一姓，而是忠于民族祖国。人能死孝死忠，大本已立，"死又何妨"，视死如归。以一段震古烁今之绝大议论起笔，下边遂转入盛赞张、许。"自光岳气分，士无全节；君臣义缺，谁负刚肠"，四句扇对，笔力精锐。光有三光，月为五岳。安史乱起，降叛者众，其情痛极。然有张、许，堂堂正气，令人振奋。

"骂贼张巡，爱君许远，留取声名万古香。"张、许二公，血战睢阳，至死不降，"时穷节乃见，一一垂丹青"。张巡每次与叛军交手大呼骂贼，眦裂血面，嚼齿皆碎，奈独木难撑，被攻陷城池，当面痛骂叛军，叛军用刀抉其口。许远是位宽厚长者，貌如其心。最终二人从容就义。张、许性格不同而同一节义，仅此两句，简练有力。"留取声名万古香"，张、许肉躯虽死，但精神长存。语意高迈积极，突出张、许取义成仁的崇高精神。"香"字下得亦好，表达出天祥对二公无限钦仰之情。"后来者，无二公之操"，"后来者"三字，遂将词情从唐代一笔带至今日，用笔颇为裕如。当宋亡之际，叛国投降者不胜枚举，上自

从宋词中汲取写作智慧

"臣妾签名谢道清"之谢后，下至贾余庆之流。故天祥感慨深沉如此。"二公之操，百炼之钢"，对仗歇拍，笔力精健。

"人生翕歘云亡。好烈烈轰轰做一场。"紧承上意，更以绝大议论，衬出儒家人生哲学，和起笔相辉映。"翕歘"意为短促。人生匆匆，转眼即逝，更应当轰轰烈烈做一场为国为民之事业！"使当时卖国，甘心降虏，受人唾骂，安得流芳。"假使当时张许二公贪生怕死，卖国降虏，将受人唾骂，遗臭万年，焉能流芳百世？

"古庙幽沉，仪容俨雅，枯木寒鸦几夕阳。"双庙庙貌幽邃深沉，二公塑像仪容庄严典雅，栩栩如生。又当夕阳西下，寒鸦在枯木间哀婉啼哭。枯木、寒鸦、夕阳，意味着无限流逝之时间，让世人油然而生人生易老之哀感，文天祥却以之写出精神生命之不朽。枯木虽枯，夕阳将夕，自然物象之易衰易变，却可反衬出古庙之依然不改，仪容之栩栩如生，可见世事自有公道，忠臣孝子虽死犹荣。文氏此词重在议论但情寓于景，反衬主题，词情便觉神致超逸。"邮亭下，有奸雄过此，仔细思量。"面对浩然之二公，如有奸雄路过双庙，当愧然自省。结笔寓意深刻，盼横流巨恶，良知应未完全泯灭，有可悟之时，但亦可见其对当时滔滔者天下皆是卖国贼痛愤之巨。

◎ 写作应用

文天祥的这首词是一篇纯粹的议论，宋词中常见的景物描写、细节刻画、气氛渲染和委婉抒情，都已经让位于直截了当的言说议论。按照通常的标准来衡量，不算是很高的艺术水准，但仔细品味一下，它自有一种因忠义之大节而引发出来的从容自信的魅力和感染力。

需要强调的是，文天祥出使元营被扣，第二天谢太后就派宰相贾余庆等人赴元营奉上降表，文天祥即抗节不屈。他有诗道："初修降表我无名，不是随班拜舞人。谁遣附庸祈请使？要教索虏识忠臣。"支撑他的是一种信念和人格，这种信念和人格不能被死亡或是功名利禄所征服。所以，当他后来在潮阳拜谒唐代抗击安史之乱的两位英雄张巡和许远的庙时，就写下了这番感受。

这首词在艺术上以议论立意，同抒情结体，既有具体形象之美，又有抽象之美。在抒情中蕴含从容娴雅和刚健之美。文中多用对句，句句整齐，笔笔精锐。情景交融，融景入情，极为优美。

就对于写作的借鉴而言，最值得我们体会学习的是作者基于自己的信念和人格，基于对此的自信，在这番议论中显现出来的那种从容道来。沉稳有力，在谈论到舍生取义这种重大命题时，具有那种"古庙幽沉"般的"仪容俨雅"。他不急不躁，不慌不忙，将自己早已成竹在胸的一番道理缓缓说出。这首先不是作文章的修养，而是精粹人品的修养。

第八章

读宋词，学修辞方法

人面不知何处，绿波依旧东流
——用移情增强感染力

◎ **出处**

宋·晏殊《清平乐·红笺小字》

◎ **原文**

红笺小字，说尽平生意。鸿雁在云鱼在水，惆怅此情难寄。

斜阳独倚西楼，遥山恰对帘钩。人面不知何处，绿波依旧东流。

◎ **注释**

红笺：红色的质地很好的纸片或者纸条。

平生意：这里指的是平生相慕相爱之意。

斜阳：傍晚西斜的太阳。

惆怅：失意，伤感。

◎ **译文**

精美的红格信笺写满密密小字，说的都是我平生对你的爱慕之情。鸿雁飞翔于云端，鱼儿游戏于水里，这番满腹惆怅的情意难以传寄。

在斜阳里我独自一人倚着西楼，遥远的群山恰好正对窗上帘钩。桃花般的人面不知到何处去了，唯有碧波绿水依旧向东流去。

◎ **赏析**

词的上片抒情。起句"红笺小字，说尽平生意"看似平淡，实包蕴无数情事、无限情思。红笺是一种精美的小幅红纸，可用来题诗、写信。词里的主人公便用这种纸，写上密密麻麻的小字，说尽了平生相慕相爱之意。显然，对方不是普通的友人，而是倾心相爱的知音。

三、四两句抒发信写成后无从传递的苦闷。古人有"雁足传书"和"鱼传尺素"的说法，是诗文中常用的典故。词人以"鸿雁在云鱼在水"的构思，表明无法驱遣它们去传书递简，因此"惆怅此情难寄"。运典出新，比起"断鸿难倩"等又增加了许多风致。

下片由抒情过渡到写景。"斜阳"句点明时间、地点和人物活动，红日偏西，余晖照着正在楼头眺望的孤独人影，景象已十分凄清，而远处的山峰又遮蔽着愁人的视线，隔断了离人的音信，更加令人惆怅难遣。"远山恰对帘钩"句，从象征意义上看，又有两情相对而遥相阻隔的意味。倚楼远眺本是为了抒忧，如今反倒平添一段愁思，从抒情手法来看，又多了一层转折。结尾两句给人以有余不尽之感。绿水，或曾映照过如花的人面，如今，流水依然在眼，而人面不知何处，唯有相思之情，跟随流水，悠悠东去而已。

此词以斜阳、遥山、人面、绿水、红笺、帘钩等物象，营造出一个充满离愁别恨的意境，将词人心中蕴藏的情感波澜表现得婉约细腻，感人肺腑。全词语淡情深，闲雅从容，充分体现了词人独特的艺术风格。

◎ 写作应用

这首词为怀人之作。词中寓情于景，以淡景写浓愁，言青山长在，绿水长流，而自己爱恋着的人却不知去向。虽有天上的鸿雁和水中的游鱼，它们却不能为自己传递书信，因而惆怅万端。

这首词使用了一些中国古典诗词中较具普遍性的意象，所以意思就很好懂：一幅红纸，写满小字，说尽了平生相慕相爱之意。可是，可以传书的鸿雁和鱼儿却高在云端、深在水底，还有什么可以托寄此情呢？夕阳时分，一个人独上高楼，但远处的山脉恰恰又遥对着自己头上的帘钩，挡住了视线。人，不知现在处于何方，而那曾经照过他的绿水却依然静静东流。

"人面不知何处，绿波依旧东流"，这两句里面的复杂意味值得我们好好体会。它化用了唐代诗人崔护《题都城南庄》中的名句"人面不知何处去，桃花依旧笑春风"，但又融入了"孤帆远影碧空尽，唯见长江天际流"的不尽之意，所以读起来的惆怅与感叹更显深切。它既不同于崔护原句的有着几分调侃，但与李白名句的开阔洒脱相比，惆怅味道又更浓一些。品味起来，与柳永那句"唯有长江水，无语东流"，倒是有相仿之处的。

我们在写作中很熟悉一种"移情"手法，也就是草木等景物因人而笑而泣，或低头或招手，浸染上人的主观情感和个人色彩。"移情"用得好的话，常常具有很强的艺术感染力。而"人面不知何处，绿波依旧东流"则是另外一种手法和处理。在立意和思路上，晏殊和柳永采用的都是一种很典型的以自然之无情来衬托人间之有情，人间之深情因自然之浑然无知而愈显真挚，令人刻骨铭心。无论是移情之感染，还是无情之反衬，这两种手法在写作中都应该经常练习使用。

惟有长江水，无语东流
——精彩的拟人手法

◎ **出处**

宋·柳永《八声甘州·对潇潇、暮雨洒江天》

◎ **原文**

对潇潇、暮雨洒江天，一番洗清秋。渐霜风凄紧，关河冷落，残照当楼。是处红衰翠减，苒苒物华休。惟有长江水，无语东流。

不忍登高临远，望故乡渺邈，归思难收。叹年来踪迹，何事苦淹留。想佳人、妆楼颙望，误几回、天际识归舟。争知我、倚阑干处，正恁凝愁。

◎ **注释**

潇潇：风雨之声。

一番洗清秋：一番风雨，洗出一个凄清的秋天。

霜风凄紧：秋风凄凉紧迫。凄紧，一作"凄惨"。

苒苒：渐渐。

渺邈：遥远。

淹留：久留。

颙望：抬头远望。

争：怎。

恁：如此。

凝愁：忧愁凝结不解。

◎ 译文

面对着潇潇暮雨从天空洒落在江面上，经过一番雨洗的秋景，分外寒凉清朗。凄凉的霜风一阵紧似一阵，关山江河一片冷清萧条，落日的余光照耀在高楼上。到处红花凋零翠叶枯落，一切美好的景物渐渐地衰残。只有那滔滔的长江水，不声不响地向东流淌。

不忍心登高遥望远方，眺望渺茫遥远的故乡，渴求回家的心思难以收拢。叹息这些年来的行踪，为什么苦苦地长期停留在异乡？想着佳人正在华丽的楼上抬头凝望，多少次错把远处驶来的船当作心上人回家的船。她怎会知道我，倚着栏杆，愁思正如此的深重。

◎ 赏析

这首词开头两句写雨后江天，澄澈如洗。一个"对"字，已写出登临纵目、望极天涯的境界。当时，天色已晚，暮雨潇潇，洒遍江天，千里无垠。其中"雨"字、"洒"字和"洗"字，三个上声，循声高诵，定觉素秋清爽，无与伦比。

自"渐霜风"句起，以一个"渐"字，领起四言三句十二字。"渐"字承上句而言，当此清秋复经雨涤，于是时光景物，遂又生一番变化。这样词人用一"渐"字，神态毕备。秋已更深，雨洗暮空，乃觉凉风忽至，其气凄然而遒劲，直令衣单之游子，有不可禁当之势。一"紧"字，又用上声，气氛声韵写尽悲秋之气。再下一"冷"字，上声，层层逼紧。而"凄紧""冷落"，又皆双声叠响，具有很强的艺术感染力量，紧接一句"残照当楼"，境界全出。这一句精彩处"当楼"二字，似全宇宙悲秋之气一起袭来。

"是处红衰翠减，苒苒物华休。"词意由苍莽悲壮转入细致沉思，由仰观转至俯察，又见处处皆是一片凋落之景象。"红衰翠减"，乃用玉溪诗人之语，倍觉风流蕴藉。"苒苒"正与"渐"字相呼应。一"休"字寓有无穷的感慨愁恨，接下来的"惟有长江水，无语东流"写的是短暂与永恒、改变与不变之间的这种直令千古词人思索的宇宙人生哲理。"无语"二字乃"无情"之意，此句蕴含百感交集的复杂情绪。

"不忍"句点明背景是登高临远，云"不忍"，又多一番曲折、多一番情致。至此，词以写景为主，情寓景中。但下片妙处在于词人善于推己及人，本是自己登高远眺，却偏想故园之闺中人，应该也在登楼望远，期盼游子归来。"误几回"三字更觉灵动。结句篇末点题。"倚阑干"，与"对"，与"当楼"，与"登高临远"，与"望"，与"叹"，与"想"，都相关联、相辉映。词中登高远眺之景，皆为"倚阑"时所见；思归之情又是从"凝愁"中生发；而"争知我"三字化实为虚，使思归之苦、怀人之情表达更为曲折动人。

◎ 写作应用

柳永擅长写慢词，这类作品篇幅较长，节奏舒缓，起伏展开，从容道来。这首词章法结构细密，写景、抒情融为一体，以铺叙见长。词中思乡怀人之意绪，展衍尽致。而白描手法，再加通俗的语言，将这复杂的意绪表达得明白如话。

对于我们的写作来说，这首词当然可以提供多方面的启发和借鉴，比如怎样写秋思或者乡愁，怎样含而不露地刻画人物的心理活动，景物描写怎样选择、怎样展开才会精彩。这首词中看起来极为朴素的两句"惟有长江水，无语东流"，同样也值得我们好好品味。周汝昌先生在赏析此二句时说："又补唯有江水东流，虽未必即与东坡《赤壁赋》所写短暂与永恒、变改与不变之间的这种直令千古词人思索的宇宙人生哲理全同，但也可见柳耆卿亦非只知留恋光景的浅薄之辈。在词而论，又不可忽略了'无语'二字。着此二字，方觉十倍深沉，百端交集。"

为什么这两句会如此令人感慨，令人长叹，令人百感交集却又无从说起？这里面有两点可以注意：一是我们所熟悉的拟人或移情，此时的长江可以说就是词人情感状态的化身；二是这种情感状态里所寄寓的丰厚而又沉重的心理内容，通过全篇的暮雨江天、霜风清秋、残照登楼等若干个既精彩又有着内在联系的景物描写，早已经暗示出来，已经深深地浸入读者的心灵感受之中。这些景物所蕴含的意味既明确又丰厚，读者体验也是既明确丰富却又欲说还休。所以，一番秋日暮雨洗刷过的长江，既在真实生活中会是静静流淌，而在词人、在我们读者的脑海中，也是"无语东流"了。但是，"此时无声胜有声"，我们又实实在在地读懂了它。

春悄悄，夜迢迢
——拟人的修辞方法不能乱用

◎ **出处**

宋·晏几道《鹧鸪天·小令尊前见玉箫》

◎ **原文**

小令尊前见玉箫，银灯一曲太妖娆。歌中醉倒谁能恨，唱罢归来酒未消。

春悄悄，夜迢迢。碧云天共楚宫遥。梦魂惯得无拘检，又踏杨花过谢桥。

◎ **注释**

小令：短小的歌曲。

银灯：表明灯火辉煌。

夜迢迢：形容夜漫长。

碧云天：天上神仙所居之处。

楚宫：楚王之宫殿，此暗用楚王与巫山神女的典故。

梦魂：古人以为人的灵魂在睡梦中会离开肉体。

惯得：纵容，随意。

拘检：检束，拘束。

◎ 译文

在酒席筵边，唱的是小令，我见到了玉箫。银灯把她映照，只一曲轻歌，便显出其妩媚妖娆。在歌声中醉倒，谁能认为遗憾产生悔恨懊恼？歌声停歇了，带着余音归来，酒意还不见消去。

春天如此静悄悄，春夜如此漫长，迟迟不见破晓。仰望碧空的游云，难道它跟楚国宫殿一样天远路遥？做个梦吧，只有梦境才能打破束缚人的框框条条，这是梦，还是真，反正我踏着满地杨花走过了谢家的小桥。

◎ 赏析

上阕写一见钟情的感动。起句写酒筵初遇。"尊前"点相遇之地。这里以"玉箫"代指伊人，或许双方当时心许神会，有一段情缘。"银灯"表明这是一次灯火辉煌的宵宴。"一曲太妖娆"写出伊人色艺出众，也体现了词人对其由衷的赞美。"歌中"两句紧承"一曲"而来，写宵宴尽欢而散。"歌中醉倒"写出陶醉之深，"唱罢归来"写出流连之久。拼上"醉倒"而无遗憾，夜深"归来"而醉意尚浓，充分表现出词人兴致的高昂。那么词人不仅陶醉于醇酒，陶醉于妙曲，更为佳人娇艳的仪容和温馨的柔情蜜意所醉倒，也就不言而喻了。

如果说上阕是写歌筵艳遇之乐，那么下阕则是写归来相思之苦。前三句从二人时空的阻隔处着笔，春光是那么寂静，黑夜是那么漫长，虽然同戴一个碧澄澄的"天"字，然而伊人的闺阁却无比遥远。"楚宫"在此借指玉箫居处，也暗示其人飘然消逝。二人形迹阻隔，蓬山万里，无缘相遇，佳会难再。人的肉体形骸，难以超越时间、空间、社会、物质、礼俗等等条件的制约，而神魂梦思则可以自由地翱翔。人们在现实中无法重温的感情满足和难以实现的精神追求，却可以在梦幻中求得某种补偿。"梦魂惯得无拘检，又踏杨花过谢桥"，就是以梦会故人来弥合现实的憾恨。梦魂向来是不受管束的，今夜又踏着杨花走过谢桥与伊人相会。"踏杨花""过谢桥"显示梦境的迷离缥缈，极有意趣。相思难逢，寤寐思服，形之梦境，非只一次，可见小晏的钟情，离思的沉挚。

◎ **写作应用**

此词写春夜怀人，深情款款，摇曳多姿。全词两种场景，两种气氛，由宴席之酣畅到孤眠之清寂，以温馨的现实比衬飘忽的梦幻，先实后虚，结拍出语新警，义趣幽眇，余味不尽。

"梦魂惯得无拘检，又踏杨花过谢桥"，清醒时，会有许多拘束，许多遗憾；但梦魂却无拘无束，它自由欢快地奔向自己想要去的任何地方。这真是情到深处时的奇思妙想了，所以，历来的鉴赏者都盛赞这两句。"春悄悄，夜迢迢"两句，从写作的角度来说，也同样值得我们注意，它不仅仅是一般的拟人手法，更有味道、更有感觉的，是它所起到的一种拟态作用，"悄悄"二字拟出了一种春夜特有的意境和氛围。如果我们注意观察和体味过春夜的话，就会发现它不像夏夜那样喧闹，不像秋夜那样深沉，更不像冬夜那般凄冷，而是有一种暖暖的静谧感，仿佛一切都在无声的萌发之中，暗示着希望，但绝不是热烈。晏几道不愧是位高明的词人，他用"悄悄"二字就捕捉到了春夜的典型特征，在这样的意境和氛围下，不受拘检的梦魂就自由欢快地上路了。

在写作中，正确运用拟人的修辞方法，可以使抽象的事物具体化，使无生命的事物活跃起来，增强语言的形象性和趣味性，便于作者托物抒发感情，提高文章的感染力；有助于读者对表达的事物产生鲜明的印象，感受作者对该事物的强烈感情，从而引起共鸣。

需要注意的是，首先，运用拟人的手法必须是自己真情实感的流露，也就是说，作者对事物必须要有真实而强烈的思想感情，才可以运用拟人手法，也只有这样，才能做到比拟自然、逼真、感人，否则就不要用，生拉硬扯，无情"挤"情，反而会给人矫揉造作之感。其次，只有事物本身的特点和人物的特点或心情有一定的相似之处时，才可以把"物"人格化，不能乱拟。如：麻雀叽叽喳喳的叫声，很像人在歌唱。我们可以把麻雀人格化，写成"麻雀为他歌唱"。再次，使用拟人手法的目的要明确。使用拟人手法，是为了突出事物的形象和特点，借物抒发作者内心之情，从而突出文章中心。如果不是这样的话，使用拟人手法，也就失去了意义。

海棠开后，燕子来时，黄昏庭院
——语言的减法更能产生渲染效果

◎ 出处

宋·王诜《忆故人·烛影摇红》

◎ 原文

烛影摇红，向夜阑，乍酒醒、心情懒。尊前谁为唱《阳关》，离恨天涯远。

无奈云沉雨散。凭阑干、东风泪眼。海棠开后，燕子来时，黄昏庭院。

◎ 注释

忆故人：词牌名。

夜阑：夜深。

尊前：在酒樽之前，指酒筵上。

阳关：即《阳关曲》。

◎ 译文

夜深人静，我从沉醉中醒来，独自对着微微摇动的烛光，黯然神伤。我不禁回忆起昨夜在送别的酒席上，我为他唱起的《阳关曲》。而现在，他已离我远去，让我的离愁别恨追随他直到天涯。

我深感无奈，往日欢愉已烟消云散。清晨起来，我凭栏远眺，不见他的踪迹。一阵东风吹来，我不由悲从中来，泪如潮涌。就这样痴痴凝望。不知不觉已至黄昏，海棠花已谢，燕子正归巢。夕阳下，庭院更显凄清寂寞。

◎ 赏析

这首词首四句写女主人公深夜酒醒时的情景。"烛影摇红"写的是夜间洞房深处的静态：当时夜深人静，万籁俱寂，女主人公刚刚酒醒，睁开惺忪的醉眼看看屋内，只觉得空荡荡的、静悄悄的，唯有一支孤零零的蜡烛摇曳着红色的光焰。更深夜阑之际，女主人公宿酒初醒，神思慵怠。着一"懒"字，写出了她心情之失意落拓。虽未言"忆"，而回忆之意已隐然逗出。"尊前"二句，才开始落到"忆"字上。这里的倒叙不是平铺直叙地回忆，而是人物抒情时将往事自然而然地带出来，这样就比客观地描述要生动得多，感人得多。"尊前谁为唱《阳关》"说的是饯别故人之时，她无可奈何地唱了一曲送别之歌。至此，可知她的"酒醒"乃是饯别时喝醉了的，前呼后应，针脚绵密。"谁为"二字，饱含着幽怨。她虽然唱了《阳关曲》，但又是懊悔，又是怨恨，充满了自怨自艾的情绪，至于为何，又不点透，这样此句便更含蓄蕴藉，耐人寻味。"离恨天涯远"，蝉联上句，意境又进一步拓开。大凡词中写离情的，常常说"魂梦绕天涯"，此处女主人公本在睡中，却直接用了"离恨"，这就避免了落套。此词不主故常，划尽华藻，直抒胸臆，纯以情语见长。离恨远至天涯，表明她的思绪也跟踪故人而去，其情之深挚，露于言表。

下片起句用了一个典故，暗示幽会之后，故人音讯杳然。"云沉雨散"，暗示词中女主人公乃是一名青楼女子。而冠以"无奈"二字，则加强了感情色彩，似乎可以听到这名不幸的青楼女子的叹息声。

以下几句时间跨度较大，即从夜阑酒醒，到这时的倚阑远眺，再到黄昏时的庭院。这长长的过程中，她几乎无时无刻不思量。此词意境空灵幽丽。从这几句，可以想见女主人公斜倚阑干，凝神远望的神态。她那双盈盈泪眼饱含着离情别绪，饱含着怨恨和忧思。"东风"二字，勾勒出她特定氛围中苦盼的神情，丰神独具，颇有韵味。

词最后以景语作结。"海棠开后"是说花落春残，象征女子的芳华易逝，境已惨矣；"燕子来时"是以归燕反衬故人之未归，激发和增添女子之离思，情更凄然。这两个并列的句子一写花，一写鸟，原为两景，接着"黄昏庭院"一句，便把两景融合在一个统一的意境中，自然浑成，思致渺远，真可谓语尽而意不尽，意尽而情不尽。

◎ 写作应用

这首《忆故人》词意与调名相仿佛，为代言体形式，写的是一个痴情女子对故人的忆念。全词深情缱绻，感人至深。分析一下，作为一首表达思念的作品，"海棠开后，燕子来时，黄昏庭院"，它最后三句字这样少，简洁得不能再简洁了，没有任何起渲染作用的形容词，只有名词、动词和副词，但营造出来的这幅景象和这种气氛，真的给人如在眼前、身临其境的感觉，仿佛我们就走进了这个小院里，看到了那一树海棠，燕子在院中飞过，黄昏时的庭院一片寂静……

这样的写作功力需要长时期的修养和积累，而这样的写作技巧却值得我们好好玩味。有的时候，语言使用上的减法，比起加法和乘法来，更能产生一种渲染的效果。这里面的关键在于，一是已经在读者的心灵感受上做了足够的酝酿，二是给读者留下了能够牵动他们想象的线索和无限空间。

雪后燕瑶池，人间第一枝

——善于使用比衬手法

◎ **出处**

宋·赵令畤《菩萨蛮·春风试手先梅蕊》

◎ **原文**

春风试手先梅蕊，颊姿冷艳明沙水。不受众芳知，端须月与期。

清香闲自远，先向钗头见。雪后燕瑶池，人间第一枝。

◎ **注释**

试手：尝试身手。

颊姿：美丽的姿色。颊，光润而美的样子。

明沙水：明净的沙水。

端须：只该。

期：约定之时。

钗头：妇女的头饰，多为金玉器。

燕：通"宴"，宴会，这里指举办宴会。

瑶池：神话传说中西王母居住的仙境，有玉楼十二层。

◎ **译文**

春风最先试着让梅花吐出嫩嫩的花蕊。花瓶中的梅花姿色美丽，冷韵幽香，伴随着它的是明沙净水。它不卑不亢，从容自如，不能被其他花儿理解，应当与月亮约定日期来做伴。

它的香气清幽淡雅，传得很远，总是先在女子们的钗头上出现。大雪过后，梅花被王母宴请到瑶池，这是人世间报春的第一枝花。

◎ **赏析**

词的首句起笔不凡。春风吹绽百花，这是很普通的比喻修辞，把春风之吹拂说成春风之手的抚摸，这也是很常见的拟人修辞，但是此词中词人把这两者融合，再加入他独有的体会之后，一句"春风试手先梅蕊"就显得异常新颖了。"试手"二字仿佛是说春风吹绽百花的这门"技艺"需要先操练一下，而操练的结果则是使梅花先于百花吐出了嫩蕊。冬去春来，春风自然要启开冰封雪盖的万物，但它却独钟情于梅花，暗含着对梅花的赞颂。"颗姿冷艳明沙水"一句以外在写内质。"颗姿"是写梅花美丽的姿容，"冷艳"写花色，这都是暗指它清高的独特气质。"明沙水"是它生长的环境，这冰清玉洁、一尘不染的环境，正是为了凸显梅花的高洁。

三、四句以梅花与百花对比。陆游《卜算子·咏梅》曾写梅花"无意苦争春，一任群芳妒"，梅花主动地不与百花争艳却遭来百花的妒忌，把梅花写得极为美丽又清高孤绝。而此词中却说"不受众芳知"，梅花孤高的气势削减了，仿佛还有了一丝落魄的哀伤。然而这只是铺垫，是词人刻意地压抑感情，接着"端须"一句就开始高扬——梅花之清高孤绝唯有月亮能与之相配，这感情和气势已丝毫不让陆游之词。这种先抑后扬的写法，使全词结构显得很精致。

下阕开始写梅花与人的互动。"清香闲自远"句写梅花的幽香，已暗含着闻到花香的人。正因为花香清雅而幽远，因此女子纷纷把梅花装饰在头发上，一个"先"字再次强调了它与"众芳"的区别。"雪后燕瑶池"一句，想象瑰丽，瑶池已自高远华美，加"雪后"修饰，一种幽冷清净的气氛更加强烈。而梅花因其高洁的品格和气质，被邀请到这样的地方赴宴，又荣列人间众芳之首，这是何等的荣耀。这一想象的目的还是从另一个角度赞美梅花与众不同的气质和"仙姿"。

整首词始终围绕梅花来写。无论是比喻、拟人还是想象，目的都是为了赞誉梅花的各种品格。

◎ 写作应用

这是一首咏梅的词作，我们从中可以学习到描写刻画具体事物方面的一些技巧和手法。

先看上阕。第一句就写春风先以梅花来一试身手，这不但把春天到来加以拟人化，而且梅花本身也显得灵动起来了；第二句写梅花美丽的姿色，则更为讲究：梅花的特征就是"冷艳"，在料峭春寒甚至是漫天飞雪中盛开，而词人还更强调它是开在水边，一片明净清澈的沙底水面映衬着它。

孤立地描写刻画某物，效果不会太好，所以会写文章的人都懂得而且善于使用比衬之法。"疏影横斜水清浅，暗香浮动月黄昏"，这是林和靖咏梅的名句，广为传诵，人们觉得它实在出色地写出了寒梅的神韵，而这恰恰是与清澈见底的水、黄昏时分的月、梅枝倒映在水面上的倒影相联系，才传达出来的。林和靖还有一联，也是咏梅："雪后园林才半树，水边篱落忽横枝。"用的也是这等比衬之法，梅的风姿也是那样传神生动。

"不受众芳知，端须月与期"，接下来词人干脆把这一点挑明了：梅花在众芳中是找不到知音的，只有月亮配与它相伴。"清香闲自远，先向钗头见"，梅花的香味不浓烈，清淡而幽远，女子们总是先把它插在钗头。词的结束，最后一句"人间第一枝"不算出奇，但"雪后燕瑶池"一句却令人赞叹：王母娘娘居住的瑶池仙境，大雪初霁，神仙们宴会时，该也摆上了它吧？这是一个从天而降的奇思妙想，但却非常合情合理，一点儿也不显得生硬突兀，气氛很协调，意境很美，没有丰富的想象力是写不出来的，而这种想象又是由欣赏此物时的神思而引发，这种神思真挚而又飘远。

比衬之法，飘逸神思，这或许就是赵令畤这首咏梅词给我们的写作启示。

楼上黄昏杏花寒，斜月小阑干

——浓情偏作淡语

◎ **出处**

宋·阮阅《眼儿媚·楼上黄昏杏花寒》

◎ **原文**

楼上黄昏杏花寒，斜月小阑干。一双燕子，两行征雁，画角声残。绮窗人在东风里，洒泪对春闲。也应似旧，盈盈秋水，淡淡春山。

◎ **注释**

阑干：即栏杆。

画角：有彩绘的号角。

绮窗：雕镂花纹的窗子。

淡淡：此指水波动的样子。

◎ **译文**

黄昏时登楼而望，只见杏花在微寒中开放，一钩斜月映照着小楼的栏杆。一双燕子归来，两行大雁北飞，远处传来断断续续的号角声。

华美的窗前，一位佳人立于春风中，默默无语，闲愁万种。也应像往日一样，眼如秋水般清亮，眉似春山般秀美。

◎ **赏析**

起首两句以形象鲜明的笔触绘出了一幅早春图：春寒料峭，杏花初绽，绣楼栏杆，夕阳斜月。这是景物描写，它暗写了人物活动的时间、地点，为人物勾勒出了一个典型环境。联系上下文，读者从这环境烘托中可以看到：一位思妇在早春二月杏花初绽之时，迎着料峭的春寒，登上色彩绮丽的绣楼，倚在栏杆旁，看着落日晚霞飞舞、斜月冉冉升起。她静静地观看眼前景，默默地思念远方征人。这幽静、凄寒的典型环境，正暗暗地烘托出一个忧思难耐的人物情态。词人独上层楼，极目天涯，无边思绪，自会油然而生。何况登楼之际，春寒料峭，暮色苍茫，一弯斜月，映照栏杆。这种环境，多么使人感到孤单凄凉。下面三句，写登楼所见所闻。"一双燕子，两行征雁"，含义深长。燕本双飞，雁惯合群，特写"一双""两行"，反衬词人此刻的孤独。耳边还传来城上的画角声，心情之凄楚，可以想见。上片写景，然景中有情，情中见人。

下片由写景到抒情。此情是怀人之情，怀人又从悬想对方着笔。将绮窗与人合并一起，称为"绮窗人"，语言更加浓缩，形象更加鲜明。仿佛词人从这熟悉的华美的窗口透视进去，只见其人亭亭玉立于春风之中，悄然无语。结尾两句"盈盈秋水，淡淡春山"，谓佳人眼如秋水之清，眉似春山之秀。前面着以"也应似旧"一句，词情顿然跳出实境，转作冥想之笔。

词人在上下阕的末三句分别写燕子成双，大雁成群，皆是实写所见。以秋水喻美人明眸，以春山状美人黛眉，则是作者想象的虚景。双燕、雁阵反衬出独身一人，秋水、春山突出词人对佳人的怀想。

◎ **写作应用**

阮阅的这首词，立意和结构在宋词中都相当常见。我们先来看上阕的写景。站在楼上，已是黄昏时分，楼外枝头上的杏花显得那般"寒"；月亮升起来了，楼上的栏杆在月光的映照下显得那样"小"；一双燕子盘旋来去，两行大雁在空中飞翔，城上的画角之声，听起来是那样"残"。"寒""小""残"，这三个词的使用，使得春日黄昏的景物，都浸透着一种浓郁的主观色彩。

下阕则是写登楼之人想象自己所眺望的那个人的情景，但情感色彩却显然淡化了：雕花的窗内有一个人，东风吹拂着脸庞，她默默无语地坐着，这个情景，想来会是同旧时一样，还是那如盈盈秋水般的眼，那如淡淡春山般的眉吧！

登楼远眺，怀想恋人，以至于改变了所看到的景物的状貌，这种情感不可谓不浓。然而，浓情浓说，有时候效果倒不一定好．聪明的人有时会故意浓情淡说，有意以平静旷达的语言出之，反而特别触动人心，感人至深。所以，从写作借鉴的角度来看，阮阅的这首词作有两个地方值得我们注意，都可以算是宋词的典型特色，一是景物描写的情感化，一是浓情偏作淡语。我们的作文，景物描写的情感化是大家都擅长的，而且有的时候可能还会过分地渲染，给读者一种"腻"的感觉，这其实有时会影响文章的感染力，文章会因此显得幼稚。所以，适当地节制，有时候将情感深藏一点儿，语言中的形容词、副词、感叹词从用"减法"而不是"加法""乘法"的角度来考虑，效果或许还会更好。

春色三分，二分尘土，一分流水

——因真情实感的"幻化"而拟人写物

◎ 出处

宋·苏轼《水龙吟·次韵章质夫杨花词》

◎ 原文

似花还似非花，也无人惜从教坠。抛家傍路，思量却是，无情有思。萦损柔肠，困酣娇眼，欲开还闭。梦随风万里，寻郎去处，又还被、莺呼起。

不恨此花飞尽，恨西园、落红难缀。晓来雨过，遗踪何在，一池萍碎。春色三分，二分尘土，一分流水。细看来，不是杨花，点点是离人泪。

◎ 注释

水龙吟：词牌名。又名"龙吟曲""庄椿岁""小楼连苑"。

从教：任凭。

无情有思：言杨花看似无情，却自有它的愁思。

萦：萦绕、牵念。

柔肠：柳枝细长柔软，故以柔肠为喻。

困酣：困倦之极。

娇眼：美人娇媚的眼睛，比喻柳叶。古人诗赋中常称初生的柳叶为柳眼。

落红：落花。

缀：连接。

春色：代指杨花。

◎ 译文

非常像花又好像不是花，无人怜惜任凭衰零坠地。把它抛掷在家乡路旁，细细思量它看似无情，实际上则饱含深情。细长的枝条似萦绕思绪的柔肠，片片柳叶似困倦至极的美人之眼，想要开放却又紧紧闭上。在梦中随风行走万里去寻觅心上人，却又被黄莺无情叫起。

不恨这种花儿飘飞落尽，只是抱怨愤恨那个西园、满地落红枯萎难再连接。清晨雨后，落花的踪迹又在何处？已经飘入池中化成一池细碎的浮萍。如果把春色姿容分三份，其中的二份化作了尘土，一份坠入流水了无踪影。细看来那全不是杨花啊，是离人那晶莹的眼泪啊。

◎ 赏析

上片首句"似花还似非花"出手不凡，耐人寻味。它既咏物象，又写人言情，准确地把握了杨花那"似花非花"的独特"风流标格"：说它"非花"，它却名为"杨花"，与百花同开同落，共同装点春光，送走春色；说它"似花"，它色淡无香，形态细小，隐身枝头，从不为人注目爱怜。

次句"也无人惜从教坠"，一个"坠"字，赋杨花之飘落；一个"惜"字，含浓郁的感情色彩。"无人惜"是说天下惜花者虽多，惜杨花者却少。此处用反衬法暗蕴缕缕怜惜杨花的情意，并为下片雨后觅踪伏笔。

"抛家傍路，思量却是，无情有思"三句承上"坠"字，写杨花离枝坠地、飘落无归的情状。不说"离枝"，而言"抛家"，貌似"无情"，实则"有思"。咏物至此，已见拟人端倪，亦为下文花人合一张本。

"萦损柔肠，困酣娇眼，欲开还闭"，这三句由杨花写到柳树，又以柳树喻指思妇、离人，可谓咏物而不滞于物，匠心独具，想象奇特。

以下"梦随"数句化用唐人金昌绪《春怨》诗意，借杨花之飘舞以写思妇由怀人不至引发的恼人春梦，咏物生动真切，言情缠绵哀怨，可谓缘物生情，以情映物，情景交融，轻灵飞动。

下片开头"不恨此花飞尽，恨西园、落红难缀"，作者在这里以落红陪衬杨花，曲笔传情地抒发了对于杨花的怜惜。继之由"晓来雨过"而问询杨花遗踪，进一步烘托出离人的春恨。"一池萍碎"便是回答"遗踪何在"的问题。

以下"春色三分，二分尘土，一分流水"，这是一种想象奇妙而兼以极度夸张的手法。这里，数字的妙用传达出作者的一番惜花伤春之情。至此，杨花的最终归宿和词人的满腔惜春之情水乳交融，将咏物抒情的题旨推向高潮。篇末"细看来，不是杨花，点点是离人泪"一句，总收上文，既干净利索，又余味无穷。它由眼前的流水，联想到思妇的泪水；又由思妇的点点泪珠，映带出空中的纷纷杨花，可谓虚中有实，实中见虚，虚实相间，妙趣横生。这一情景交融的神来之笔，与上片首句"似花还似非花"相呼应，画龙点睛地概括、烘托出全词的主旨，达成余音袅袅的效果。

◎ **写作应用**

这是一篇咏物词，写的是春天飘扬的杨花。它借暮春之际"抛家傍路"的杨花，化"无情"之花为"有思"之人，"直是言情，非复赋物"，幽怨缠绵而又空灵生动地抒写了带有普遍性的离愁。

"春色三分，二分尘土，一分流水"，这种将"春"分成几份的做法，一般认为，苏轼是化用了叶清臣《贺圣朝·留别》中的"三分春色二分愁，更一分风雨"。随风飘零的杨花，与暮春闺怨的思妇，这二者在凄婉悲苦、自怜自叹的身影、情调和命运上，竟是那般神似，所以在它（她）的眼中，所谓春色，也就是落花飘零碾作泥和自身命运的悲苦罢了。这样的"三分"，完全是从杨花和思妇眼中、心中幻化而出的，显得格外贴切真挚。

我们日常写作时，拟人手法的使用，有时显得笨拙，显得生硬，缺乏一种灵动的风致，一个重要的原因就在于缺乏苏轼写杨花时的这种眼中、心中的"幻化"——一种由感同身受、真情实意而导出的错觉效果。欧阳修那首"庭院深深深几许"的《蝶恋花》，最后两句"泪眼问花花不语，乱红飞过秋千去"，历来为人们所传诵，也是这样一个因真情实感的"幻化"而拟人写物的很好例证。

念兰堂红烛，心长焰短，向人垂泪
——尽量让比喻和比拟有灵性

◎ 出处

宋·晏殊《撼庭秋·别来音信千里》

◎ 原文

别来音信千里，恨此情难寄。碧纱秋月，梧桐夜雨，几回无寐。

楼高目断，天遥云黯，只堪憔悴。念兰堂红烛，心长焰短，向人垂泪。

◎ 注释

撼庭秋：词牌名。

碧纱：即碧纱厨。绿纱编制的蚊帐。

无寐：失眠。

目断：望尽，望而不见。

憔悴：瘦弱萎靡的样子。

兰堂：华美芳洁的厅堂。

心长焰短：烛芯虽长，烛焰却短。隐喻心有余而力不足。

◎ **译文**

别后相隔千里，音信不通，心中的深情也无法寄出，令人怅恨。碧纱窗里看惯了春花秋月，听厌了梧桐夜雨点点滴滴敲打着相思之人的心，多少回彻夜无眠。

她登上高楼眺望，天地寥阔，阴云密布，全无离人的半点儿踪影，让人更加忧伤憔悴。可叹啊！那厅堂里燃着的红烛，空自心长焰短，替人流着一滴滴相思的苦泪。

◎ **赏析**

"别来音信千里，恨此情难寄"开篇点题，说自与情人离别以来，音信远隔千里，惆怅的是，这一片深情无从寄去。以情语开篇后，作者接着以景写情，"碧纱秋月，梧桐夜雨"写的是碧纱窗下，对着皎洁的秋月，卧听淅淅沥沥的夜雨落在梧桐叶上。

"几回无寐"上承景语，点破相思，说的是有多少回彻夜无眠！"碧纱"二句，代表不同时间、地点、景物，目的是突出"几回无寐"四字。对月听雨，本是古诗词中常用的写表情的动作，用于此处，思与境谐，表明主人公难以排遣的怀人之情。

"楼高目断，天遥云黯，只堪憔悴"几句写的是：登上高楼极望，只见天空辽阔，层云黯淡，更令人痛苦憔悴。其中，"楼高目断"另笔提起，与上片"几回无寐"似接非接，颇有波澜起伏之势。"念兰堂红烛，心长焰短，向人垂泪"一结三句，是全词最精美之笔。那细长的烛心也即词人之心，心长，也就是情长意长，思念悠长恨悠长；焰短，蜡烛火焰短小，暗示着主人公力不从心，希望渺茫。这三句景真情足，读来只觉悱恻缠绵，令人低回。

◎ **写作应用**

这首词写与情人别后千里相隔，难以排遣、无所寄托的思念之情。

情无所寄，相会无期，夜长无寐，只好移情于烛：明明是人心里难过，却说蜡烛向人垂泪；明明是人心余力拙，却说蜡烛心长焰短。

人们公认，"念兰堂红烛，心长焰短，向人垂泪"是整首词中最为精美的三句，而它的精美显然是通过一个贴切的、恰到好处的比喻显示出来的。用红烛来比喻人的情感，尤其是爱情，这自然不是晏殊的发明。李商隐《无题》诗中就有了脍炙人口的"蜡炬成灰泪始干"，杜牧的《赠别》诗云："蜡烛有心还惜别，替人垂泪到天明。"晏殊之子，被称为小晏的另一位著名词人晏几道也写有"绛蜡等闲陪泪"和"红烛自怜无好计，夜寒空替人垂泪"等，都是同样的比喻。

在日常生活和文章写作中，有两种情况最容易引起我们头脑中比喻的兴起和产生，一是由于事物本身的相似，二是基于人的思想情感与客观对象构成一种内在的相似关联。比喻虽然不难产生，但感染力却是有强弱之分的。写作时，往往要用到比喻和比拟，这方面颇有质量的高低不同。有的时候，人们采用比喻和比拟是为了图省事，如幼儿问母亲："妈妈、妈妈，太阳是什么？"年轻的母亲可能会不耐烦地回答说："太阳是个大火球。"这种比喻，就是把自己说不太清楚的东西一比了之。然而，真正有质量的比喻和比拟，则是比喻者以自己的心灵、自己直觉的情感体验在喻与被喻二者之间碰撞出火花。这样，比喻和比拟就有了灵性，有了生命力，有了可以把作者、读者与喻体融为一体的真切之感。显然，上引几位的以烛喻人，就达到了这样的高质量。

水光山色与人亲，说不尽、无穷好
——多种拟人手法同时使用

◎ **出处**

宋·李清照《怨王孙·湖上风来波浩渺》

◎ **原文**

湖上风来波浩渺。秋已暮、红稀香少。水光山色与人亲，说不尽、无穷好。

莲子已成荷叶老。青露洗、蘋花汀草。眠沙鸥鹭不回头，似也恨、人归早。

◎ **注释**

怨王孙：词牌名。

浩渺：形容湖面空阔无边。

秋已暮：秋时已尽。

红、香：以颜色、气味指代花。

蘋：亦称田字草，多年生浅水草本蕨类植物。

汀：水边平地。

眠沙鸥鹭：眠伏在沙滩上的水鸟。

◎ **译文**

微风轻拂着湖水，更觉得湖面波光浩渺，正是深秋的时候，红花叶凋，芳香淡薄。水光山色与人亲近，唉！我也说不尽这无比的美好。

莲子已经成熟，莲叶也已衰老，清晨的露水，洗涤着水中的蘋花、汀上的水草。眠伏沙滩的水鸟也不回头，似乎也在怨恨人们归去得太早。

◎ **赏析**

"湖上风来"句起语不俗，避开俗套。秋高气爽，常见风平波静，而一旦朔风初起，便会吹起悠远的水波，宣告着深秋时节已到，所以说"秋已暮"。而一句"红稀香少"，更通过自然界色彩和气味的变化，进一步点染了深秋的景观。大自然总是宜人的，深秋季节却别有滋味，这里，词人不说人们如何喜爱山水，倒说"水光山色与人亲"，将大自然人情化、感情化。正是这"与人亲"，方换得人与景亲，也才能真正领略到大自然水光山色中的景物美，所以词人所说的"说不尽、无穷好"言之有根，是从心田深处发出的真诚的赞颂之语。

下片虽然仍是对深秋景色的描绘，但却不是简单的重复。莲实叶老、露洗萍草，都标示着深秋的时令，人所共见，却易于忽略，一经词人点染，便觉秋意袭人。而沙滩上勾头缩颈睡眠的鸥鹭等水鸟，对于早早归去的人们头也不回，似乎以此表示了它们的不满。这里，鸥鹭也被人格化了，与上片的山水的感情化似是同样手法，但却一反上片的山水"与人亲"，而为鸥鹭对人恨，这一亲一恨之间就带给读者以清新多样之感，且通过人们郊外的不能久留，更深一层地透露出深秋的到来。

◎ 写作应用

这是一首秋景词，词人以其独特的方式，细腻委婉又具体形象地传达出一种特色鲜明的阴柔之美，这首词当写于词人南渡前的早期。秋天给人们带来的常常是萧瑟冷落的感觉，自宋玉"悲秋"以来，文人笔下的秋景，总呈现出一种悲凉萧瑟之感。然而李清照这首《怨王孙》中的秋景，展现的是一幅清新广阔的画面，词人不仅赋予大自然以静态的美，更赋予生命和感情，由此看出词人不同凡俗的情趣与襟怀。这首词造景清新别致，描写细密传神，巧妙地运用拟人化手法，写出了物我交融的深秋美意，耐人寻味。

拟人手法是宋词最常用，而且都用得很妥帖、很传神的描写手段，这首词虽不算是最突出的，但仍然有它自身的特点。

"眠沙鸥鹭不回头，似也恨，人归早"，我们首先可能会注意到这一处。这是拟人，是我们常见也常用的将动物拟人。卧在沙滩上的鸥鸟，自己感觉秋天很舒服，欣赏着秋天的美景，于是就责备我们人不该那么早就回家去，辜负了这个季节、这片美景。

然而，除了具体形象的拟人，"水光山色与人亲，说不尽、无穷好"这句也是拟人，从一个大范围来拟人，而且效果也非常好。整个天地，整幅秋景，仿佛就像一位慈爱亲切、包容一切的老人，对他／她胸怀中的我们是那样呵护，那样温和慈祥，我们徜徉在其怀抱中感觉是那般舒适随意……而这正是天高气爽的秋天给人们的整体感受。这样的拟人，不是由形象方面的相似引发，而是由感觉方面的相似而引发，这一点我们要充分注意，在自己的日常写作中学习使用。

恨君不似江楼月……恨君却似江楼月
——比喻中的"二柄"和"多边"

◎ **出处**

宋·吕本中《采桑子·恨君不似江楼月》

◎ **原文**

恨君不似江楼月，南北东西，南北东西，只有相随无别离。

恨君却似江楼月，暂满还亏，暂满还亏，待得团圆是几时？

◎ **注释**

采桑子：词牌名。

君：这里指词人的妻子。一说此词为妻子思念丈夫。

江楼：靠在江边的楼阁。

暂满还亏：指月亮短暂的圆满之后又会有缺失。

◎ **译文**

可恨你不像江边楼上高悬的明月，不管人们南北东西四处漂泊，明月都与人相伴不分离。

可恨你就像江边楼上高悬的明月，刚刚圆满就又缺了，等到明月再圆不知还要等到何时。

这首词用"江楼月"作比，在上片里赞美"江楼月""南北东西，只有相随无别离"，是到处漂泊却永不分离的赞词。下片里写"江楼月""暂满还亏，待得团圆是几时"，是难得团圆的恨词。同样用"江楼月"作比，一赞一恨，是在一篇中用同一个比喻而具有二柄。还有，上片的"江楼月"，比"只有相随无别离"，是永不分离；下片的"江楼月"，比"待得团圆是几时"，是难得团圆。命意不同。同用一个比喻，在一首词里，所比不同，构成多边。像这样，同一个比喻，在一首词里，既有二柄，复具多边，这是很难找的。因此，这首词里用的比喻，在修辞学上是非常突出的。这样的比喻，是感情的自然流露，不是有意造作，用得又非常贴切，这是更为难能可贵的。词人经常在月下怀念妻子，所以产生上片的比喻；词人感叹与妻子难得团圆，所以产生下片的比喻。这些是词人独具的感情，所以写得那样真实而独具特色。

这首词从江楼月联想到人生的聚散离合。月有阴晴圆缺，却又不分南北东西，而与人相随。词人取喻新巧，正反成理。以"不似"与"却似"隐喻朋友的聚与散，反映出聚短离长之恨，具有鲜明的民歌色彩。全词明白易晓，流转自如，风格和婉，含蕴无限。

这是一首借喻明月来倾诉别离之情的词。上片指出他行踪不定，在南北东西漂泊，在漂泊中经常在月下怀念他的妻子，因此感叹他的妻子不能像月亮那样跟他在一起。下片写他同妻子分离的时候多，难得团圆。这首词的特色，是文人词而富有民歌风味。民歌是真情的自然流露，不用典故，是白描。这首词也是真情的自然流露，也是白描，很亲切。民歌往往采取重复歌唱的形式，这首词也一样。此外，民歌也往往用比喻，这首词的"江楼月"，正是比喻，这个比喻亲切而贴切。

这首词的最大特色显然也是比喻的使用，用得颇为巧妙。粗看有点儿文字游戏的味道，但细品一下，却会承认词人的心思还是很新巧的。

对于比喻，钱钟书先生在《管锥篇》中非常机智而又深刻地分析过它的"二柄"和"多边"。

"二柄"是指同一个比喻可以是褒义，也可以是贬义。可以表示喜欢，也可以表示厌恶。月亮就是一个最典型的例子，比如"水中之月"，既可以表示超妙之极的不可得到，也可以表示虚幻渺茫的得不到；前者含敬仰之意，后者则含讽刺或调侃之意。

"多边"则是说一个事物的属性往往是多方面的，同一个事物被用作比喻时，人们往往各取所需地选择其中的一个方面作为比喻的寓意，这就是"多边"。

周振甫先生在引用了钱先生的阐述后指出，吕本中这首词以月作比，兼有"两柄"和"多边"：上阕是赞词，下阕是恨词，这是"两柄"；上阕的"江楼月"取"只有相随无别离"的属性，类似于"千里共婵娟"；下阕的"江楼月"却是取"待得团圆是几时"的属性，类似于"月有阴晴圆缺"。这就是"多边"。

文章要写得好，最重要的自然是真情实感，但掌握一些修辞技巧，理解一些修辞技巧的内在奥妙，也是有帮助的。

流光容易把人抛，红了樱桃，绿了芭蕉
——比喻论证让语言更有内涵

◎ **出处**

宋·蒋捷《一剪梅·舟过吴江》

◎ **原文**

一片春愁待酒浇。江上舟摇，楼上帘招。秋娘渡与泰娘桥，风又飘飘，雨又萧萧。

何日归家洗客袍？银字笙调，心字香烧。流光容易把人抛，红了樱

261

桃，绿了芭蕉。

吴江：今江苏县名，在苏州南。

浇：浸灌，消除。

帘招：指酒旗。

秋娘渡：指吴江渡。渡，一本作"度"。

桥：一本作"娇"。

萧萧：象声词，雨声。

银字笙：管乐器的一种。

心字香：熏炉里心字形的香。

◎ 译文

船在吴江上飘摇，我满怀羁旅的春愁，看到岸上酒帘子在飘摇，招揽客人，便产生了借酒消愁的愿望。船只经过令文人骚客遐想不尽的胜景秋娘渡与泰娘桥，也没有好心情欣赏，眼前是"风又飘飘，雨又潇潇"，实在令人烦恼。

哪一天能回家洗客袍，结束客游劳顿的生活呢？哪一天能和家人团聚在一起，调弄镶有银字的笙，点燃熏炉里心字形的盘香？春光容易流逝，使人追赶不上，樱桃才变红，芭蕉又绿了，春去夏又到。

◎ 赏析

起笔点题，指出时序，点出"春愁"的主旨。"一片春愁待酒浇"，"一片"言愁闷连绵不断。"待酒浇"，是急欲要排解愁绪，表现词人愁绪之浓。词人的愁绪因何而发，这片春愁缘何而生？接着便点出这个命题。

随之以白描手法描绘了"舟过吴江"的情景："江上舟摇，楼上帘招。秋娘渡与泰娘桥，风又飘飘，雨又萧萧。"这"江"即吴江。一个"摇"字，颇具动态感，带出了乘舟的主人公的动荡漂泊之感。"招"，意为招徕顾客，透露了词人的视线为酒楼所吸引并希望借酒浇愁的心理。这里他的船已经驶过了秋娘渡和泰娘桥，以突出一个"过"字，心绪中难免有一种思归和团聚的急切之情。漂泊思归，偏逢连阴雨天气。词人用"飘飘""萧萧"描绘了风吹雨急。"又"字含义深刻，表明词人对风雨阻归的恼意。这里用当地的特色景点和凄清、伤悲气氛对愁绪进行了渲染。

"何日归家洗客袍？银字笙调，心字香烧。"首句点出"归家"的情思，"何日"道出对漂泊的厌倦和归家的迫切。想象归家后的温暖生活，思归的心情更加急切。"何日归家"四字，一直管着后面的三件事：洗客袍、调笙和烧香。这里是白描，词人想象归家之后的情景：结束旅途的劳顿，换去客袍；享受家庭生活的温馨，娇妻调弄起镶有银字的笙，点燃熏炉里心字形的香。白描是为了渲染归情，用美好和谐的家庭生活来突出思归的心绪。"银字"和"心字"给他所向往的家庭生活，增添了美好、和谐的意味。

下片最后三句非常精妙。"流光容易把人抛"，指时光流逝之快。"红了樱桃，绿了芭蕉"化抽象的时光为可感的意象，以樱桃和芭蕉这两种植物的颜色变化，具体地显示出时光的飞驰，也是渲染。蒋捷抓住夏初樱桃成熟时颜色变红，芭蕉叶子由浅绿变为深绿，把看不见的时光流逝转化为可以捉摸的形象。春愁是剪不断、理还乱。词中借"红""绿"颜色之转变，抒发了对年华易逝、人生易老的感叹。

◎ **写作应用**

这首词主要写词人乘船漂泊在途中倦懒思归之心情。"流光容易把人抛，红了樱桃，绿了芭蕉"，这是很有名的句子，时光易逝、人生易老的惆怅，竟被词人以如此抢眼的色彩和清丽的形象比喻出来，给人一种淡淡的忧愁和复杂的感受。

"流光容易把人抛，红了樱桃，绿了芭蕉"，作为宋词中脍炙人口的名句，我们可以直接用在文章写作中，用来形容时光的流逝，作为人生应该勤奋有为，不虚度年华的警戒，而且这个比喻并不给人一种沉重悲哀的感觉，而是一种春天般的清醒振作的美好感觉。无论是说话还是写文章，比喻本身是不难找到的，但比喻的质量不同，有些让人觉得别扭生硬或者勉强牵强，有些则让人觉得恰如其分；还有的不但恰如其分，并且美妙动人，让人过目难忘。蒋捷的这个比喻就是如此，好的比喻就应该向此学习，既形象鲜亮又恰当贴切。

"这其中的另一些人，他们寻找的，是自己的'根'。一生二，二生三，三生万物。我们的文化，便是从这样的一个'根'伸展出的繁茂壮丽的无数枝叶。而对于一个人来说，他的躯体生于父母，他的思想源于自然的伟大和祖先的智慧——这些'根'，在他生命开始的地方。他们寻找记忆中的故乡，寻的是这思想的源头，寻的是自己的'根'，有些人与他的父母、长辈不生长在一个地方，他其实有两个故乡。这两个地方思想、文化的共同引导，才成就他这样一个完整的人！"

这是2017年全国卷Ⅱ满分作文《所谓"故乡"》中的一段比喻论证。考生将一个人生命、文化的源头——故乡，比喻为"根"，一个人的寻根之举其实正是对他的生命、文化的源头的探究和追溯。这样的比喻论证使原本抽象乏味的论证过程变得生动活泼起来，语言也更富有内涵，更具表现力和感染力。